PAUL YALB

Kircha

le Zaporog

TOURS

MAISON ALFRED MAME ET FILS

KIRCHA LE ZAPOROG

———

3e SÉRIE IN-4o

« Oh! jeune homme, tu parles un peu fort, » dit Kroutchina.

PAUL YALB

KIRCHA LE ZAPOROG

Illustration de G. Lhuer.

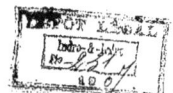

TOURS

MAISON ALFRED MAME ET FILS

KIRCHA LE ZAPOROG

I

Jamais la Russie ne fut dans un état plus déplorable qu'au début du XVIIᵉ siècle. Les ennemis extérieurs, les dissensions intestines, les révoltes des boyards et surtout l'anarchie complète faisaient présager la perte inévitable de la nation russe.

Le boyard Michel Borisovitch Cheïne, malgré sa bravoure sans exemple, n'avait pu sauver Smolensk. Cette ville, que ses fortifications rendaient puissante pour l'époque, se trouvait sous l'autorité du roi de Pologne Sigismond. Bien plus, les troupes de ce dernier, commandées par l'hetman Geolkievski, étaient entrées à Moscou, grâce à la trahison, et persécutaient les habitants de cette ancienne capitale.

Les bandes compactes de brigands connus sous le nom de cosaques zaporog, qui tenaient la campagne, ne leur cédaient pas en cruauté. Ces bandes occupaient ou, pour mieux dire, dévastaient les provinces de Tchernigov, Briansk et plusieurs autres villes. Non loin de Moscou se trouvaient les armées du deuxième imposteur, surnommé le Voleur de Touchine. Dans le Nord, le général suédois Pontius de la Gardi terrorisait Novgorod et Pskow. En un mot, sauf quelques villes du sud, presque tout le territoire russe était entre les mains de l'ennemi. Seul, le monastère de Saint-Serge, assiégé par les troupes du deuxième imposteur sous les ordres de l'hetman Sapieg et du célèbre pan (chef) Lissovski, se défendait avec acharnement. Un petit nombre de guerriers, les serviteurs du couvent et des religieux très avancés en âge réussirent à sauver le monastère.

Cet exemple de vaillance et les lettres d'exhortation que l'archimandrite Dionici et le moine Abraham, de glorieuse mémoire, envoyaient partout, réveillèrent enfin l'âme endormie du peuple russe et rallumèrent dans les cœurs l'amour ardent de la patrie. Tout le monde était prêt à se lever contre l'ennemi; mais le cri de guerre : « Mourons pour la religion orthodoxe et la sainte Russie ! » ne retentissait pas encore sur les places publiques. Les cœurs brûlaient du désir de la vengeance; mais le vaillant Pojarski, couvert de blessures, gisait sur un grabat, et l'immortel Minine n'était pas encore sorti de la foule des citoyens ordinaires.

C'est durant cette période troublée, au commencement du mois d'avril 1612, que deux cavaliers suivaient lentement la rive gauche de la Volga. L'un d'eux, enveloppé dans un ample manteau surmonté d'un capuchon, ouvrait la marche sur son agile cheval noir; il ne semblait pas s'apercevoir que la tempête de neige devenait d'heure en heure plus violente. L'autre, enfoui dans une pelisse sur laquelle flottait déboutonné un caftan en drap blanc, épais, arrêtait constamment sa monture fatiguée. Il prêtait à chaque instant une oreille attentive; mais, ne percevant d'autre bruit que le morne sifflement du vent, il regardait de tous côtés autour de lui avec une visible inquiétude.

« Plus lentement, boyard! dit-il enfin à son compagnon en réprimant un mouvement d'impatience. Ton cheval fait de grands pas, et c'est à peine si mon *griset* peut traîner ses pieds. »

Le cavalier qui tenait la tête du cortège ralentit aussitôt la marche de sa monture, et celui qui avait entamé la conversation s'empressa de le rejoindre. Une fois arrivé à sa hauteur, il continua :

« Je me demande, Jouri Dimitritch, si nous pourrons sortir sains et saufs de cet ouragan. Nous avons choisi une triste journée pour continuer notre route. Je t'avais prédit que le temps serait mauvais. Nous aurions bien pu nous reposer aujourd'hui, puisque nous avions parcouru hier soixante verstes. Voilà huit jours que nous avons quitté Moscou. Arriverons-nous bientôt? Dieu seul le sait!

— Ne t'inquiète point, Alexis, répondit l'autre voyageur. Demain, nous [nous reposerons à loisir.]

— Alors, c'est demain que nous devons arriver à l'endroit où t'envoie le pan Gonsievski?

— Je le crois.

— Dieu le veuille! Et ensuite, boyard, retournerons-nous à Moscou?

— Oui, presque aussitôt.

— Permets-moi, maître, d'ajouter un mot : ne vaudrait-il pas mieux attendre là-bas que le calme soit rétabli? Il ne fait pas bon vivre maintenant à Moscou. Les Polonais y cassent tout, les orthodoxes murmurent : il faut s'attendre, d'un moment à l'autre, à voir se produire un massacre... »

A ces mots, Alexis s'interrompit, puis vivement s'écria :

« Halte, boyard, halte! Mon *griset* s'ébroue, je ne sais pourquoi, et ton cheval aussi résiste. N'y aurait-il pas une fondrière? »

Les deux voyageurs s'arrêtèrent. Alexis sauta à terre, s'avança de quelques pas et demeura immobile, comme foudroyé.

« Eh bien, qu'y a-t-il? demanda l'autre voyageur.

— Oh! nous sommes bien lotis! Nous suivons un sentier impraticable, et puis voilà un ravin; regarde quelle pente! Nous nous sommes égarés, Jouri Dimitritch. Qu'allons-nous faire?

— Chercher le bon chemin.

— Mais comment le trouver, maître? Avec ce tourbillon de neige, on ne distingue plus rien. »

En effet, la tourmente était devenue si forte, qu'il était impossible de voir à deux pas devant soi. La couche de neige, creusée par un vent terrible, ressemblait à une mer démontée; le froid, à chaque instant, augmentait d'acuité, et le vent se transformait en véritable ouragan. D'épais nuages de neige tournoyaient dans l'air et

Le chien s'était arrêté et poussait des hurlements plaintifs.

n'aveuglaient pas seulement les voyageurs, mais les empêchaient même de respirer librement. Les infortunés, traînant derrière soi les chevaux qui trébuchaient à chaque pas et enfonçaient profondément dans le sol mouvant, parcoururent deux verstes sans trouver la route.

« Je ne peux aller plus loin, » dit enfin Jouri Dimitritch.

Puis, abandonnant les rênes, il s'arrêta épuisé.

« N'es-tu pas tout transi de froid, boyard? demanda Alexis effrayé.

— Oui, mon sang se refroidit dans les veines. Écoute!... Je ne peux aller plus loin, laisse-moi ici et ne pense qu'à toi.

— Que dis-tu, boyard? que dis-tu? Tais-toi.

— Oui, mon cher Alexis. Tu es moins fatigué que moi, et tu peux te sauver. Quand j'aurai complétement perdu mes forces, abandonne-moi, et si tu réussis aujourd'hui à trouver un asile, va demain au château du boyard Kroutchyna-Chalonski, qui ne doit pas être loin d'ici. Donne-lui...

— Comment, Jouri Dimitritch, tu veux que ton serviteur fidèle t'abandonne! Non, mon cher, si tu ne peux marcher, je ne te quitterai pas. S'il faut mourir, nous mourrons tous deux. Mais qu'est-ce? Ai-je bien entendu? »

Alexis ôta sa coiffure et tendit l'oreille.

« Si ce maudit vent cessait, ne fût-ce qu'une minute! s'écria-t-il impatient. Il m'a semblé qu'à notre gauche... Doucement, entends-tu, maître?...

— En effet, dit Jouri en se relevant; il me semble qu'un chien aboie dans le lointain.

— Je crois avoir entendu le même bruit. Dieu veuille que ce soit vrai! Entends-tu de nouveau?...

— En effet, tu ne te trompes pas.

— Où un chien aboie, il y a une habitation. Courage, boyard! Nous ne sommes pas encore perdus. »

Le voyageur surpris par des tourbillons de neige dans la plaine immense et qui a éprouvé lui-même toute l'horreur d'une tempête d'hiver, celui-là seul comprendra la joie de nos deux cavaliers quand ils furent certains d'avoir entendu réellement l'aboiement d'un chien. L'espoir d'une délivrance assurée ranima leur courage; oubliant la fatigue, ils reprirent aussitôt leur marche. A chaque pas, l'espoir augmentait; l'aboiement devenait plus distinct, et bien que la tempête gardât sa même intensité, ils ne craignaient plus de perdre leur route.

« Il me semble que le chien n'est pas loin d'ici, dit Jouri : je l'entends très distinctement.

— Moi aussi, boyard, je l'entends, répondit Alexis s'arrêtant une minute; seulement cet aboiement ne me plaît pas...

— Pourquoi donc?

— Voilà, maître! rien n'indique qu'il y ait ici une habitation. »

Ils marchèrent encore. Tout à coup, un chien noir accourut à leur rencontre. Il commença à se frotter contre Alexis et frétilla de la queue en poussant des hurlements, puis, revenant sur ses pas, se mit à courir, redoublant ses aboiements. Alexis le suivit, mais quelques instants après il s'écriait avec effroi :

« Ciel! c'est bien ce que je pressentais. Vois donc, boyard! »

Un homme, vêtu d'une houppelande grise retenue aux reins par une ceinture bigarrée d'où émergeait le manche d'un large poignard turc, gisait sur la neige. Il portait en bandoulière un long fusil enfermé dans une gaine en drap, tandis que du côté droit pendait à sa ceinture un gros fouet de cosaque. Son bonnet, en peau de mouton garnie d'un liseré bleu, gisait près de lui.

Le chien s'était arrêté et poussait des hurlements plaintifs en regardant les voyageurs.

« Ah! mon Dieu! dit Jouri, le malheureux est gelé. »

Oubliant sa propre infortune, Jouri se pencha avec empressement sur l'inconnu et s'efforça de le rappeler à la vie.

Ce spectacle, — triste présage de leur propre sort, — la fatigue et surtout la désillusion avaient si fortement agi sur le pauvre Alexis, que tout son courage disparut. Complètement désespéré, il croyait sa dernière heure venue et évoquait le nom des personnes qui lui étaient chères.

« Pardonnez-moi, bonnes gens, disait-il en gémissant. Pardonne-moi, chère Marianne. Nous n'aurions pas dû quitter la maison par ce temps-là. Nous sommes perdus!...

— Assez de jérémiades, Alexis! dit Jouri. Viens ici. Ce malheureux vit encore; il dort, et si nous réussissons à le réveiller...

— Nous aussi, nous nous endormirons bientôt pour ne plus nous réveiller.

— Non, dit Jouri. Regarde bien. Ne vois-tu pas qu'ici la neige est aplanie et que nos chevaux n'enfoncent plus : c'est la bonne route. »

Et Jouri redoubla ses efforts pour ranimer le malade. Deux minutes s'écoulèrent sans résultat. Enfin l'inconnu revint à lui, leva la tête et balbutia quelques mots incompréhensibles. Jouri, avec l'aide d'Alexis, le mit sur ses pieds; mais il ne pouvait se tenir debout.

« Eh bien, tu vois, Jouri Dimitritch, dit Alexis, nous ne pouvons rien en faire. Partons. Du premier village, nous enverrons un traîneau le chercher.

— Mais jusqu'à ce que nous ayons atteint une habitation, le malheureux aura le temps de geler complètement.

— Que veux-tu, boyard! Charité bien ordonnée commence par soi-même. Écoute : je suis prêt à me mettre au feu pour toi. Tu es mon seigneur, mais je ne veux pas mourir pour le premier passant venu. Quant à faire dire une messe pour lui, c'est autre chose : j'y consens.

— Tais-toi et aide-moi à le mettre sur ton *griset*. »

Alexis se tut et aida son maître. Tous deux, avec peine, amenèrent l'inconnu près du cheval. L'infortuné se déplaçait machinalement et ne paraissait ni voir ni entendre. Mais lorsqu'il s'agit de le hisser sur le cheval, il se ranima subitement et, comme d'instinct, sauta en selle sans leur aide. Il prit aussitôt les rênes, la vie reparut dans ses yeux immobiles, et un sourire joyeux illumina son visage. Le chien courut devant en aboyant.

« Regarde, boyard, dit Alexis. C'est à peine s'il a repris ses sens et comme il se tient à cheval. On voit que c'est un cavalier. Oh! mais il commence à se remuer. Plus doucement, frère! plus doucement! Mon *griset* est fatigué. »

Et s'adressant à son maître, Alexis continua :

« Ne sens-tu pas, Jouri Dimitritch, que la température s'est radoucie? Si la neige ne tombait pas à si gros flocons, nous n'aurions plus aucun sujet de préoccupation. »

A ce moment, le cavalier qui les précédait suivit le chien et tourna à droite. Croyant qu'il se trompait de chemin, Alexis s'élança aussitôt derrière lui, et prenant la bride du cheval :

« Holà, le gelé! s'écria-t-il. Arrête! Tu veux donc te refroidir de nouveau? »

Mais l'inconnu, brandissant son fouet, entraîna Alexis l'espace de quelques mètres, et son cheval reprit pied sur la route un instant perdue.

« Vois-tu, murmura-t-il d'une voix à peine distincte, mon chien connaît mieux le chemin que toi.

— Oh! tu commences à parler! Eh bien, frère, te voilà ranimé. »

L'inconnu ne répondit pas. Continuant à marcher silencieusement, il essayait par des mouvements ininterrompus de réchauffer ses membres glacés; il se levait sur ses étriers, se penchait tantôt d'un côté, tantôt d'un autre, et agitait son fouet. Enfin, quelques minutes après, il se mit à chanter en sourdine une chanson de son pays.

« Allons, camarade, dit Alexis, on dirait que tu es complètement dégelé. Voilà que tu chantes maintenant.

— Oui, bonnes gens, merci! J'aurais pu dormir longtemps si vous ne m'aviez réveillé.

— D'où viens-tu, demanda Jouri, et où vas-tu?

— Je viens de Moscou. Quant au but de mon voyage, je ne le connais pas bien moi-même. Mon camarade fidèle, mon bon cheval, n'en pouvant plus, est tombé à environ cinq verstes d'ici. Moi, je voulais arriver n'importe comment au premier village.

— Et qui es-tu?

— Qui suis-je? Comment vous le dire!... Je me nomme Kircha: je suis natif de Tsaritsine; j'ai servi comme cosaque à Batourine, et maintenant je fais partie des cosaques de Zaporog. Je suis Zaporog.

— Zaporog! s'écria Alexis, s'écartant instinctivement avec effroi.

— Oui, continua tranquillement l'inconnu. Je suis inscrit sur les listes du contingent de Zaporog, au village de Nesamanov, et, sans me vanter, je puis dire que je ne compte pas parmi les derniers des cosaques. Mon propre frère est ataman de village, et mon oncle était capitaine des charrois.

— Cosaque zaporog! dit Alexis. Tu es sûrement un brigand.

— Non, camarade, ce que tu dis là n'est pas exact. Pour ce qui concerne la hardiesse, je ne suis pas en retard sur les autres; mais je n'ai jamais...

— Comment es-tu arrivé dans ce pays? interrogea Jouri avec curiosité.

— Voici comment: depuis environ deux ans, j'erre à travers le monde; mais je ne sais pourquoi, cette vie ne me convient plus. J'ai appris qu'on rassemblait en cachette une armée à Nijni-Novgorod; j'ai voulu tenter la fortune et m'enrôler chez les gens d'ici.

— Contre qui?

— Qu'est-ce que cela peut me faire? Les pans le savent. Quant à moi, il me suffit qu'il y ait du profit, car j'aurais honte de rentrer dans mon village les mains vides. Il ferait bon voir les autres installer des tonneaux dans la rue et régaler tous les passants, tandis que moi je n'aurais rien à offrir même au capitaine des charrois.

— Pourquoi ne t'es-tu donc pas enrôlé dans l'armée de l'hetman Geolkievski?

— Demande plutôt pourquoi je l'ai quittée.

— Alors, tu es un déserteur ?

— Qui ? Moi, déserteur ? » dit le cosaque en arrêtant son cheval.

Cette question fut lancée sur un ton qui incita Alexis à porter la main sur le manche de son couteau de chasse.

« Bien ! bien ! continua-t-il. C'est péché de me fâcher contre toi. Déserteur ! Mon brave monsieur, les Zaporogs sont des gens libres et servent qui leur plaît.

— Mais ne devez-vous pas servir le roi Sigismond ?

— Nous devons ! Ainsi parlent les chefs, mais je doute qu'un cosaque zaporog soit jamais l'ami des Polonais. Il ne faut pas nous vanter. Nous aussi nous avons mené joyeuse vie à Tchernigov : « Tout est à Dieu et à nous ! » Mais avons-nous brûlé les églises ? Avons-nous profané la religion orthodoxe ? Au contraire, ces maudits Polonais tirent des coups de fusil sur les saintes icônes.

— Tous ces désordres vont bientôt cesser, puisque les habitants de Moscou ont choisi librement pour souverain le fils du roi de Pologne ?

— Librement ! Ah ! oui, la belle liberté qui consiste, une trique à la main, à vous faire crier contre votre gré : « Donnez-nous le prince Vladislas ! » Mon brave monsieur, cet hérétique ne régnera pas à Moscou. Laisse seulement les Russes prendre des forces !

— Il me semble tout de même que le coup a réussi, puisque tout Moscou a prêté serment au prince royal polonais.

— Il vous semble souvent beaucoup de choses. Ainsi, il m'a semblé plusieurs fois qu'une lumière brillait là-bas sur ma droite ; or, maintenant, je ne vois plus rien.

— Une lumière ! Où la vois-tu ? s'écria Alexis.

— Tiens, voilà, regarde. Elle se montre de nouveau. On dirait une bougie qui brûle. »

Les voyageurs s'arrêtèrent. Une lumière brillait en effet sur la droite, à environ une demi-verste de la route. Ils se dirigèrent de ce côté, et quelques minutes après Alexis, qui marchait en tête avec le chien, s'écria d'un ton joyeux :

« Par ici, Jouri Dimitritch, par ici ! C'est une haie. L'entrée de l'enclos doit être plus à gauche. Voici ! continua-t-il en ouvrant la porte. Nous sommes arrivés et bien à propos, car écoute hurler la tempête. Qu'elle sévisse comme elle voudra, cela nous laisse indifférents : on n'aura pas froid dans la maison.

— Sommes-nous seuls en route ? demanda Jouri en regardant avec inquiétude l'affreux tourbillon qui de nouveau passait à travers la campagne.

— Celui qui doit être tué ne gèlera pas ! » murmura sentencieusement Kircha en pénétrant dans l'enclos.

II

Le petit village où venaient d'arriver les voyageurs se trouvait près de la route, sur une petite éminence que la Volga ne couvrait pas à l'époque des inondations. Quelques chaumières, noircies par la fumée et disséminées sur la pente de la colline, entouraient une habitation qui ressemblait moins que les autres à une hutte. Les ouvertures de cette habitation étaient garnies d'une toile transparente imprégnée d'huile qui remplaçait les vitres. La cour était vaste et couverte. De l'intérieur du logis sortaient des éclats de voix et le bourdonnement d'une conversation assez bruyante, tandis que dans les autres chaumières régnait un silence complet. Tout montrait que c'était une auberge et que nos voyageurs n'étaient pas les seuls à y chercher asile contre le mauvais temps.

La vie du paysan russe de l'époque ne différait presque pas de celle du paysan d'aujourd'hui. L'installation de l'isba était pareille : on y trouvait le même poêle énorme dont le dessus sert de couchette, les mêmes soupentes tenant lieu de lits, une grande table, des bancs et, dans le coin en face de la porte, les icônes des saints. Seuls quelques menus détails se sont transformés depuis. A notre époque, dans une bonne isba, le poêle a pour accessoire une cheminée et les murs sont parfois ornés de quelques gravures. Au XVIIe siècle, ce luxe n'était connu que des seuls boyards ou des riches marchands.

Dans la salle de l'auberge, plusieurs personnes étaient assises autour d'une grande table en chêne. La torche de bois résineux, enfoncée dans le chandelier, répandait une lumière assez vive. D'après les restes de pain et les terrines en bois vides, on pouvait deviner que les hôtes venaient de terminer leur dîner, et qu'en guise de dessert ils mangeaient de la bouillie de sarrasin, en l'arrosant de la braga, — boisson fabriquée avec de l'orge et du millet, — qui remplissait une grande cruche en cuivre placée au milieu de la table. Sur le banc adossé au mur, étaient assis trois voyageurs : l'un, couvert d'une pelisse de renard, parlait avec grande animation, sans oublier toutefois de verser à chaque instant dans sa timbale de voyage un peu du contenu de la grande cruche. Ses deux voisins paraissaient l'écouter avec une extrême attention et s'écartaient respectueusement lorsque l'orateur, dans la chaleur du récit, agitait les bras. On pouvait juger du premier coup d'œil que l'homme à la pelisse de renard était un marchand aisé, et que les deux auditeurs attentifs étaient ses commis.

En face d'eux se trouvait un *strélitz*, — soldat du régiment des archers, — vêtu d'un caftan rouge avec un sabre à la ceinture ; son bonnet à corne pointue était placé sur la table à côté de lui. Il écoutait aussi attentivement, mais avec un mécontentement visible, le marchand dont le récit semblait produire un effet contraire sur son voisin, un homme de taille moyenne, à la barbe rousse et à la physionomie repoussante. Dans les yeux de ce dernier, fixés sur le narrateur, brillait une joie méchante. Il remuait sans cesse sur son banc, se frottait les mains et semblait particulièrement satisfait. On n'aurait pu deviner à quelle caste il appartenait, si, par suite de ses mouvements, son habit vert foncé ne s'était entr'ouvert, laissant voir, brodées sur sa poitrine, deux initiales indiquant qu'il faisait partie de la police.

Dans l'angle du fond, sous les icônes, se trouvait un homme ayant dépassé de peu la quarantaine et de mise très simple : sa barbe noire touffue, son front couvert de rides et surtout son regard d'aigle le distinguaient des autres. Son visage brun aux traits énergiques, ses larges épaules, ses bras nerveux, son buste allongé d'athlète, dénotaient une force et une vigueur extraordinaires. Accoudé négligemment sur la table, il paraissait ne prêter aucune attention à ses voisins, et ce n'est que par intervalles qu'il jetait un regard sur l'agent de police : un mépris inexprimable apparaissait alors dans ses yeux, puis ce regard rapide comme l'éclair redevenait immobile, n'exprimant plus que la méditation et une indifférence complète.

« De grâce ! s'écria le strélitz, quand l'homme à la pelisse eut achevé son récit, est-il possible que Moscou ait prêté serment de fidélité à l'hérétique polonais ?

— N'as-tu donc pas entendu ? fit l'agent de police. D'ailleurs, pourquoi s'étonner ? Contre cognée, serrure ne peut tenir ! Et puis, qu'est-ce que cela peut nous faire, à nous autres les petits ?

— Comment ! cela ne nous regarde pas ? demanda le marchand qui venait de vider une fois de plus sa timbale. Ne sommes-nous pas des orthodoxes ? N'avons-nous pas assez de princes et de boyards célèbres ? Nous pouvons choisir, et sans aller bien loin, on aurait pu prendre, par exemple, le prince Dimitri Mikhaïlovitch Pojarski.

— Eh bien, ton choix est fameux ! dit l'agent de police. Le prince Pojarski ! répéta-t-il avec un mauvais sourire qui rendait encore son visage plus hideux. Non, maître, les Polonais lui ont enlevé l'envie de se mêler de ce qui ne le regarde pas. Il faut croire qu'il a repris ses sens : il s'est retiré dans son bailliage de Pourets, et voilà presque une année entière qu'il se tient plus calme que l'eau, plus bas que l'herbe ; probablement ses côtes lui font encore mal.

— Oui, frère, mais les Polonais ne l'oublieront pas de sitôt, dit le strélitz en frappant de sa main sur son sabre. J'étais moi-même à Moscou quand, le dernier mois de mars, le prince Pojarski se mit à combattre les Polonais, visiteurs importuns. Ce fut une belle lutte ! Nous construisîmes des retranchements sur la Loubianka, autour de l'église de la Présentation de la Vierge, et nous nous défendîmes durant deux jours entiers contre nos adversaires...

— Le troisième jour, c'est à peine si vous avez pu fuir.

— Que faire, camarade? La force brise le feu de paille! L'hetman en personne fondit sur nous avec toute son armée.

— Il est probable que Pojarski partit le premier. On le dit très agile. »

A ce moment, le mystérieux inconnu qui se tenait dans le coin des icônes lança sur l'agent un regard courroucé, et, détachant involontairement de la table son bras droit au poing fermé, il se leva à demi... Mais, avant qu'aucun des assistants eût pu apercevoir ce mouvement, il s'assit de nouveau, accoudé sur la table, et son visage reprit son air habituel d'indifférence.

« Écoute, camarade! fit le strélitz, après avoir fixé quelques instants sans mot dire l'agent de police; il me semble que tu n'as pas deux têtes.

— Que veux-tu dire?

— C'est que, mon cher, il ne t'en restera pas d'autre si on te casse celle-là. Sied-il à un agent de police de parler ainsi du prince Pojarski? Je suis un homme paisible; mais si tu avais eu affaire à un autre, dès ton premier mot tu aurais été étranglé. J'ai vu de mes yeux comment on a enlevé de Moscou le prince Pojarski, qu'on croyait mort. Non, frère! le prince ne fuirait pas le premier, même s'il rencontrait Satan en personne, auquel, soit dit en passant, ta tête ressemble beaucoup. »

Le marchand se mit à sourire, tandis que ses employés riaient aux éclats. L'agent de police, n'osant répondre, se disait tout bas :

« Injure! injure! Les paroles ne sentent pas mauvais!

« Vous tous les strélitz, s'écria-t-il ensuite, vous êtes des révoltés! Mais vous n'en avez pas pour longtemps à faire les bravaches : bientôt vous vous mordrez la langue.

— Monsieur l'agent, dit le marchand avec importance, le strélitz a parlé fort sensément : il ne sied pas à un frère de médire d'un boyard aussi célèbre que le prince Pojarski.

— Vous m'avez mal compris! répliqua l'agent, remis de sa frayeur. Le boyard Kroutchyna-Chalonski n'est pas au-dessous de votre Pojarski. Or écoutez ce qu'on raconte de lui.

— Le boyard Chalonski? répéta le marchand, nous en avons entendu de belles sur son esprit et son embonpoint. Chez nous, à Balakhna, on racontait que le boyard Chalonski...

— Est un ami des Polonais, observa le strélitz. Oui, celui-là n'est pas un boyard russe. Il est pire qu'un mécréant. Il tourmente ses paysans; il a ruiné ses propriétés et même, ajouta-t-il en faisant le signe de la croix et regardant autour de soi avec défiance, et même on dit qu'il... j'ai peur d'en parler!... qu'il n'observe pas le jeûne les jours de carême.

— Oh! l'athée! s'écria le marchand en frappant des mains, et le Seigneur supporte une telle iniquité!

— Plus bas, maître, plus bas! dit l'agent. Le boyard Chalonski vient de fiancer sa fille avec le pan Gonsievski, actuellement hetman et principal gouverneur de

Tous les regards se tournèrent vers le voyageur inconnu.

2

Moscou. Aussi ne serait-il pas mauvais, pour certaines personnes, de tenir leur langue. L'hetman a le bras long et Balakhna n'est pas si loin de Moscou, et puis le boyard lui-même n'aime pas plaisanter. S'il t'arrivait de passer avec des marchandises sur ses domaines, prends garde de ne pas les vendre à perte.

— Que Dieu me protège ! s'écria le marchand devenu pâle de frayeur. Mais, cher monsieur, je n'ai rien dit, Dieu en est témoin, rien du tout. Nous sommes de petites gens : qu'avons-nous à parler des boyards ?

— Où va monsieur ? continua l'agent de police. Ne retournez-vous pas à Balakhna ?

— Pourquoi as-tu besoin de le savoir, mon cher ?

— C'est mon affaire. La grand'route passe par le village du boyard, et les chemins de traverse sont impraticables en ce moment ; dès lors, que tu le veuilles ou non, tu seras obligé de passer chez le boyard. Il a certainement besoin de différentes marchandises.

— Dieu m'est témoin que je n'emporte plus rien avec moi. J'ai tout vendu à Kostroma.

— Tout au comptant ?

— Comment, tout au comptant ? Tout à crédit ! C'est une vraie ruine !

— Cependant, je jurerais bien que tu as sur la poitrine un sac plein d'argent. Vois donc, ton côté gauche est gonflé. »

Une sueur froide perla sur le front de l'infortuné marchand, qui porta involontairement la main sur sa poitrine et dit à demi-voix, s'efforçant de paraître tranquille :

« Regarde, je t'en prie. On dirait en effet qu'il y en a beaucoup, mais en réalité il n'y a que quelques pièces de monnaie. Je ne sais même pas si j'en aurai assez pour rentrer à la maison.

— C'est dommage, maître, reprit l'agent, qu'il ne reste plus de marchandises dans tes voitures, qui cependant paraissent bien chargées. Tu aurais pu les écouler. Le boyard Chalonski est riche et généreux. Il vit en véritable grand seigneur. Son château ressemble à un palais de tsar ; ses domestiques sont nombreux. Il y a chez lui de la viande plus que l'on en peut manger, de l'hydromel plus que l'on en peut boire. Il n'y a pas à dire, c'est la vie large. Vous avez sans doute entendu parler de lui ? ajouta-t-il en s'adressant à l'aubergiste.

— Certainement, cher monsieur, répondit l'aubergiste en se grattant la tête. Nous avons entendu parler de lui, et nous le connaissons.

— Et, comme il est méchant, laissons-le de côté, ajouta l'hôtesse en attisant la torche.

— Tais-toi, femme, ce n'est pas ton affaire.

— Bien sûr que ce n'est pas mon affaire. Mais demande donc à notre voisin s'il a été gentil pour lui.

— Qu'a-t-il donc fait à votre voisin ? interrogea le strélitz.

— Voici, mon cher : notre voisin est un propriétaire qui vit avec sa mère. Il y a quelques jours, le boyard l'invita chez lui à une fête. Or que penses-tu, petit père, qu'il inventa pour s'amuser ? Il le fit coudre dans une peau d'ours et lui lança dessus les chiens. Ceux-ci s'acharnèrent tellement sur la peau d'ours, qu'on eut grand'peine à leur faire lâcher prise en les arrosant d'eau. On ramena chez lui l'infortuné jeune homme à peine vivant, et sa pauvre mère en est inconsolable. Et ce ne fut pas peu de chose; durant une semaine, le malheureux ne put remuer la tête.

— Bah! fit l'agent de police, qui donc pourrait servir d'amusement au boyard, si ce n'est les petits propriétaires? »

L'aubergiste continua ensuite ses lamentations sur le malheur des temps et l'augmentation des impôts.

« Les prestations, dit-il, passe encore. Mais à peine s'est-on mis en route, qu'il faut payer la capitation, le péage, le pontonnage...

— Eh bien, interrompit l'agent de police, qu'avez-vous à perdre d'avoir pour maîtres les Polonais? Et puis, ce n'est pas votre affaire de lutter contre eux. Il nous est indifférent qu'un tsar russe ou un prince polonais règne à Moscou, pourvu que nous ne soyons pas opprimés. »

A ces paroles, la terrine en bois qui se trouvait sur le banc dans l'angle de face tomba sur le plancher. Tous les regards se tournèrent vers le voyageur silencieux. Les yeux de ce dernier brillaient, une extrême pâleur couvrait son visage, ses lèvres tremblaient; on eût cru qu'il voulait par son seul regard anéantir l'agent de police aux cheveux roux.

« Qu'as-tu, mon brave? lui demanda le strélitz, après un moment de silence.

— Oui, j'ai vu et entendu Satan. »

Le marchand fit le signe de la croix; ses employés s'éloignèrent de l'inconnu, et tous, avec frayeur et anxiété, attendirent la suite de la conversation. Mais l'inconnu se taisait, et il semblait que le marchand n'osait pas continuer ses questions. Tout à coup retentit dans la rue le bruit de pas de chevaux.

« Attention! dit l'aubergiste. Ne dirait-on pas encore des voyageurs? Femme, entends-tu comme le chien s'est mis à aboyer? Va éclairer. »

La porte cochère craqua, et un fort aboiement inconnu, auquel répondit un timide grognement du chien de la maison, se fit entendre dans la cour. Puis, un instant après, Jouri et Kircha entrèrent dans l'isba.

III

« Bonjour, mes braves ! dit Jouri, après avoir salué les icônes.

— Soyez le bienvenu ! répondit l'aubergiste.

— Ah ! mon cher, s'écria l'hôtesse s'adressant au nouveau venu, comme tu es couvert de neige ! Tu dois être probablement transi de froid.

— Nous allons nous réchauffer, dit Kircha aidant Jouri à enlever son manteau.

— On dirait un boyard ! » murmura l'hôtesse à l'oreille de son mari.

Ayant ôté son manteau, Jouri apparut dans sa tunique cramoisie ornée de galons, un sabre polonais au côté et un long pistolet turc passé en sautoir. Les cheveux châtains du jeune homme paraissaient presque noirs, par contraste avec la blancheur mate de son visage qui respirait la santé. La bravoure et la bonté brillaient dans ses yeux bleus, et le sourire dont il accompagna ses salutations en s'approchant de la table dénotait une telle cordialité, que tous les voyageurs, sans excepter l'agent, se levèrent et lui dirent d'une seule voix :

« Soit le bienvenu, cher monsieur, sois le bienvenu ! »

Le mystérieux inconnu lui-même s'écarta vers la fenêtre et lui proposa la place d'honneur sous les icônes.

« Merci, mon cher ! dit Jouri. J'ai trop froid : je me coucherai sur le poêle afin de me réchauffer.

— D'où vient monsieur ? demanda le marchand.

— De Moscou, maître.

— De Moscou ! Eh bien, cher monsieur, est-il vrai que là-bas on ait prêté serment au prince Vladislas ?

— C'est vrai.

— Elle est belle, la capitale ! s'écria le strélitz. Ils sont propres, les Moscovites. A mon avis, il aurait mieux valu se soumettre à Dimitri.

— Se soumettre à qui ? dit l'agent de police. A l'imposteur, au voleur de Touchine ?...

— C'est bien ! c'est bien ! Appelle-le comme tu voudras : il appartient tout de même à la religion orthodoxe et n'est pas Polonais, tandis que le prince Vladislas est hérétique.

— Écoute, ami ! dit Jouri avec un mécontentement visible ; je n'aime pas les discussions ; aussi je te préviens de penser ce que tu voudras du prince polonais, mais de ne pas le dire tout haut.

— Et pourquoi donc ?

— Parce que moi-même j'ai prêté serment au prince et que je ne permettrai pas que son nom soit injurié devant moi. »

Une expression de regret et de dépit se peignit sur la physionomie du mystérieux inconnu. Il regardait avec un intérêt attristé Jouri fièrement campé, les bras croisés, paraissant appeler un contradicteur.

Le strélitz, voyant que personne ne prenait son parti, garda le silence. Durant quelques instants, nul n'essaya de reprendre la conversation. Enfin l'agent de police demanda très humblement :

« Son Altesse Sérénissime, le prince polonais, arrivera-t-elle bientôt à Moscou ?

— On l'attend, répondit Jouri d'un ton sec.

— Des ambassadeurs ont probablement été envoyés déjà depuis longtemps en Pologne ?

— Non, pas en Pologne ! déclara l'inconnu qui jusqu'alors avait gardé le silence, mais sous Smolensk, que le roi de Pologne ruine et fait périr par la faim, tandis qu'à Moscou on embrasse la croix pour son fils. »

Jouri fut visiblement troublé.

« Ah ! ces habitants de Smolensk, dit l'agent, ils ont bien mérité leur sort, les révoltés ! Au lieu d'aller à la rencontre du roi de Pologne et de lui offrir le pain et le sel, ils ne l'ont pas, les brigands ! laissé entrer dans la ville.

— Mais, monsieur l'agent, répliqua le marchand, c'est qu'il est venu avec une armée et qu'il veut gouverner Smolensk comme une de ses possessions.

— Eh bien, quoi ? continua l'agent. Du moment que nous sommes soumis au fils, le père peut bien prendre ce qu'il veut. N'est-ce pas, monsieur ? »

L'indignation se peignit sur le visage de Jouri.

« Non, dit-il, nous n'avons pas prêté serment de fidélité au prince polonais pour que des étrangers s'abattent sur nous comme des vautours et déchirent en morceaux la Russie. Au reste, quel est l'orthodoxe qui pourrait prêter serment à un homme d'une autre religion, si ce dernier n'avait pas promis de conserver la terre russe dans sa gloire et sa puissance d'autrefois ?

— Mais, cher seigneur, reprit l'agent de police, on pourrait, semble-t-il, rendre hommage au roi de Pologne en lui cédant Smolensk. Ce ne serait pas une grosse affaire : une petite ville ! Pour un tel bonheur, on pourrait céder non seulement Smolensk, mais encore la moitié de Moscou.

— Je te répète encore une fois, dit Jouri, que tout Moscou a prêté serment au prince polonais. Lui seul peut faire cesser les malheurs de notre patrie, et, s'il tient parole, je serai le premier à sacrifier ma tête pour lui. Mais, ajouta-t-il en lançant un regard de mépris à l'agent de police, celui qui se réjouit de ce que nous sommes obligés, pour sauver la patrie, de choisir un tsar parmi les étrangers, celui-là n'est pas un Russe, n'est pas un orthodoxe et c'est même pire qu'un Tartare païen. »

Le mystérieux inconnu tendit vivement la main à Jouri. Ses yeux, fixés sur le jeune homme, brillaient de joie. Il voulut parler; mais Jouri, ne l'ayant pas aperçu, s'éloigna de la table et monta sur le poêle, où il s'étendit.

« Dis donc, l'aubergiste, demanda Kircha, j'espère que tes clients n'ont pas tout mangé?

— Il n'y a plus de tchi; il ne reste que de la bouillie de sarrasin.

— Merci, sers-nous-en.

— Et monsieur, que va-t-il manger? demanda avec empressement la femme de l'aubergiste en montrant Jouri.

— N'aie aucun souci, petite tante, dit Alexis, qui pénétrait dans l'isba; il y a dans ce sac de quoi casser une croûte. Voilà un gâteau et une oie, mets-les au four! » continua-t-il.

S'adressant aux voyageurs :

« Auquel d'entre vous appartient le cheval noir à la longue crinière?

— A moi, répondit le mystérieux inconnu.

— Eh bien, mon frère, c'est un beau cheval. Ce serait dommage qu'il s'écorche contre un pieu. Va vite : il s'est détaché et erre dans la cour. »

L'inconnu se leva vivement et sortit de l'isba.

« Ah! quel épouvantail! Tu ne le connais pas? demanda l'agent à l'aubergiste.

— Dieu le sait! Ce n'est pas un paysan comme nous : on dirait plutôt un citadin.

— D'où vient-il?

— Dieu le sait! Tu vois quel loup-garou : il ne dit mot.

— Oui, il a une physionomie peu gracieuse, remarqua le marchand. Je ne voudrais pas le rencontrer, le soir, au coin d'un bois.

— Mais quel bel homme! ajouta le strélitz. Je n'ai jamais vu des épaules aussi carrées. »

Pendant que ces propos s'échangeaient, Alexis et Kircha se mirent à table.

« Eh bien, frère, dit Alexis, je crois que nous serons un peu serrés pour dormir : les enfants sont couchés dans les soupentes; nous serons obligés de rester assis sur les bancs.

— Ne crains rien : nous aurons de la place, » objecta tout bas Kircha commençant à manger.

Le marchand, qui n'osait pas fatiguer Jouri de questions, voulait profiter de l'occasion pour converser à son aise avec les compagnons de ce dernier. Ayant laissé à Alexis le temps de calmer son premier appétit, il lui demanda s'ils avaient quitté Moscou depuis longtemps.

« Sept jours, maître, répondit Alexis. Autant que si nous avions conduit un troupeau de bœufs. Nous nous sommes reposés un jour sur deux. Et puis, vois le temps que nous avons.

— Êtes-vous originaires de Moscou?

— Comment donc! Nous sommes tous deux, avec monsieur, de purs Moscovites.

— Alors vous habitiez Moscou du temps de Grichka Otrepiev?

— Sans doute, maître! J'étais au Kremlin quand cet hérétique, voyant sa mort inévitable, sauta par la fenêtre. Mais il faut croire que le diable l'avait abandonné; il ne s'envola pas vers le ciel, mais fut précipité dans l'abîme, le maudit!

— Il aurait dû apprendre à voler chez sa femme Marinka, dit le strélitz. On raconte que cette sorcière entra dans les appartements du tsar, se transforma en pie devant tout le monde et s'envola par la fenêtre. Qu'as-tu à sourire? continua-t-il en s'adressant au marchand. Je pense que cette nouvelle est arrivée jusqu'à toi.

— Il ne faut pas ajouter foi à tous les racontars! fit le marchand avec importance.

— Bien, bien! Vous autres qui savez lire et écrire, vous ne croyez rien.

— L'instruction est la lumière et l'ignorance produit les ténèbres. Le peuple imbécile répète beaucoup de bêtises. Alors il faudrait tout croire. Mais, je t'en prie, réfléchis un peu: comment Marinka aurait-elle pu se transformer en pie? Tu sais bien qu'elle est née en Pologne et que toutes les sorcières sont natives de Kiev.

— Ce que tu dis paraît juste, continua le strélitz presque convaincu par cet argument. Cependant tout Moscou parle de ce fait.

— Elle voltige encore aux alentours de Moscou, dit Kircha en posant sur la table la cuillère avec laquelle il venait de manger.

— Est-ce possible? s'écria le marchand.

— Je l'ai vue! continua tranquillement le cosaque.

— Comment, vue?

— De la même façon que je te vois maintenant, maître, tenir en main ce flacon.

— Mais oui, et puis?

— Rien.

— Mais où l'as-tu vue?

— Oui, comment te le raconter? Je ne me rappelle pas bien... le froid m'a enlevé la mémoire.

— Bien, bien, dit le marchand; passe ton verre...

— Merci! mais verse plus plein... C'est bon! Eh bien, écoute donc, poursuivit le cosaque après avoir vidé le verre d'un seul trait. J'ai vu Marinka à Touchine, seulement je ne veux pas te mentir, elle ne ressemblait pas du tout à une pie.

— A Touchine?

— Oui, à Touchine, avec Dimitri que vous appelez le deuxième imposteur et qui n'était pas son mari.

— Alors tu connais aussi le voleur de Touchine?

— Certainement.

— Est-il vrai qu'il soit brave? demanda le strélitz.

— Il a de terribles partisans et surtout Lissovski.

— Lissovski! s'écria le marchand. Ce malfaiteur, cet assassin!

Oui, maître ! La boule peut rouler partout où il passe avec ses acolytes. Tout est rasé; il ne reste plus debout ni maison, ni pieu. Mais aussi, à la bataille, il est toujours prêt à se faire tuer pour le dernier de ses soldats. C'est un cavalier hors ligne.

— Comment le connais-tu ? demanda le marchand.

— Allons, verse-moi donc encore un petit verre, que je boive à ta santé.

— On dit que ce Lissovski, reprit le marchand en cachant dans sa poche le flacon d'eau-de-vie, a une tête satanique et qu'il ne ressemble pas à un homme.

« Voilà un gâteau et une oie, mets-les au feu. »

— Certainement, il n'est pas beau, continua Kircha. Je ne connais qu'un brave qui ait le visage plus brun et les moustaches plus noires que le pan Lissovski. Autrefois, on ne le redoutait pas moins que ce dernier.

— Et maintenant ? interrogea le marchand.

— Maintenant, il erre dans les forêts et n'effraie plus que vous autres les marchands.

— Quel est donc cet homme ?...

— Quel est cet homme ?... Pourquoi ? J'ai de nouveau la gorge qui se dessèche. Passe-moi, maître, ton flacon. Merci ! continua Kircha en le vidant. Qu'est-ce que je disais ?...

— Tu parlais de je ne sais quel homme qui, d'après toi, est plus terrible que Lissovski.

— Oui, oui, j'y suis. Ce fier-à-bras était capitaine chez le chef de brigands Khlopka, qui avait sous ses ordres une bande de vingt mille hommes et vivait sous le règne du tsar Boris. Vaincu par le boyard Basmanov, Khlopka fut tué, mais son capitaine se sauva. Au reste, vous avez dû entendre parler de lui. On l'appelle « la moustache du diable ».

— Comment donc! dit le marchand. Dieu nous garde! On dit que « la moustache du diable » est encore plus méchant que son ancien chef.

— Et surtout, il ne ménage pas les marchands et les agents de police, dit Kircha. Autour de Kalouga, il n'y avait pas un arbre où ne fût pendu un agent de police.

— Brigand! s'écria l'agent.

— Tu l'as donc connu? demanda le marchand au cosaque.

— Je n'étais pas en relation avec lui, mais je l'ai vu deux fois. La première, à Kalouga, où était son repaire de brigand, et la deuxième, ajouta-t-il à mi-voix, mais de façon que tout le monde entendit, la deuxième fois, je l'ai vu ici.

— Comment, ici? s'écria le marchand mort de frayeur.

— Y a-t-il longtemps? demanda l'agent de police en bégayant.

— Aujourd'hui! répondit Kircha d'un air indifférent.

— Aujourd'hui! répéta le marchand d'une voix étouffée et brisée. Que la force de la croix soit avec nous! Mais où est-il?

— Il était tout à l'heure là sous les icônes.

— Alors c'est lui! » s'écria le marchand, et tous les regards se tournèrent involontairement vers l'angle vide.

Pendant quelques instants, un silence de mort plana sur les assistants, puis le remue-ménage fut complet dans l'auberge. Alexis voulait réveiller son maître, mais Kircha lui murmura quelques mots à l'oreille et il se rassura. Le marchand et ses commis respiraient à peine de frayeur, l'agent de police tremblait de tous ses membres, le strélitz regardait silencieusement de temps à autre son sabre, tandis que l'aubergiste et sa femme paraissaient complètement tranquilles.

« Pourquoi avoir tant peur? dit le strélitz revenu à lui. Nous sommes nombreux et lui est seul.

— Dieu sait s'il est tout seul! remarqua l'agent de police. Il regardait, je ne sais pourquoi, trop souvent par la fenêtre.

— Oui, oui, continua le marchand d'une voix tremblante. En effet, il avait l'air d'attendre quelqu'un. Et, à sa ceinture... Vous avez vu le poignard? Il était long de quatre pieds et demi.

— Écoute, maître, dit vivement l'agent, cours vite dans la rue et fais sonner le tocsin...

— Que dis-tu là?... Sonner le tocsin! répondit l'aubergiste. Sommes-nous un grand village? Nous n'avons même pas d'église.

— Cela ne fait rien. Donne l'alarme, réunis le peuple... Et puis, cours chez le chef de police qui se trouve à cinq verstes d'ici, et qui arrivera en un clin d'œil avec ses hommes.

— Qu'as-tu? Dieu soit avec toi! s'écria la femme de l'aubergiste. Tu veux donc notre perte? le chef de la police ne viendra pas éteindre l'incendie quand les camarades de ce brave auront mis le feu aux deux extrémités de notre village. Non, mon cher, va l'arrêter sur la grand'route, mais ne le touche pas chez nous.

— Imbécile! dit le strélitz. Tu ne crains donc pas qu'il vous pille.

— Mais, petit père, quel profit trouverait-il chez nous? Demain nous l'accompagnerons en lui offrant le pain et le sel, et il nous remerciera.

— Et puis, ce n'est pas la première fois que cela nous arrive, ajouta l'aubergiste. Plus d'une fois se sont arrêtés chez nous les valets de camp qui suivent l'armée polonaise. Ils sont plus méchants que nos brigands et, malgré cela, Dieu nous en a préservés.

— Eh bien, faites ce que vous voudrez, interrompit le marchand. Arrêtez-le ou laissez-le courir : quant à moi, je ne resterai pas ici un instant de plus. Voilà heureusement que la tempête s'est calmée. Allez, enfants, attelez les chevaux. De grâce, pressez-vous!

— Et moi aussi, je te suivrai, dit le strélitz. Tu seras mieux avec moi : tu vois, j'ai de quoi me défendre.

— Prends-moi donc aussi, ajouta l'agent de police. Pour rien au monde je ne demeurerai ici. Voyez donc, continua-t-il en montrant Kircha et Alexis, tandis que nous sommes bouleversés, eux ne bougent pas. Qui sont-ils?

— C'est vrai! C'est vrai! murmura le marchand en jetant un regard timide sur Kircha. Voyez cet effronté qui a bu tout mon flacon : il a bu tout mon flacon, il a un couteau, un sabre... et une tête, non, mais quelle tête! Oh! mes petits pères, que le Seigneur m'enlève au plus vite d'ici! »

La porte s'ouvrit, et l'inconnu qui venait de faire les frais de la conversation entra dans l'isba. Le marchand et l'agent de police se serrèrent contre le mur, l'aubergiste et sa femme se portèrent au-devant de lui avec de profonds saluts, et le strélitz, ayant reculé de deux pas, saisit son sabre. L'inconnu, ne remarquant rien de cette scène, fit plusieurs fois le signe de la croix, mit silencieusement sa pelisse sous sa tête et s'allongea sur le banc près des fenêtres. Tous les voyageurs, sauf Kircha et Alexis, sortirent l'un après l'autre de l'isba.

« Maintenant explique-moi, Kircha, dit à demi-voix Alexis, pourquoi tu as eu l'idée de faire de ce voyageur un brigand?

— Comment, pourquoi? Regarde donc la place que nous avons. Tu peux te coucher sur le banc que tu veux.

— Mais s'il l'apprend?

— Eh bien, il me remerciera.

— Il y a de quoi... Et si l'on arrête!

— Ah! Quelle drôle de tête tu as! Sommes-nous à une époque où l'on arrête les brigands? De nos jours, ils ont une bonne existence : tout le monde les craint et personne ne les poursuit. Vois les honneurs qu'on rend à ce voyageur. L'aubergiste ne voudra même pas être payé. »

Quelques instants après, le marchand, en compagnie de l'agent de police et du strélitz, ayant réglé leur compte, quittèrent la maison. Kircha ouvrit la porte, siffla, et son chien noir entra en courant dans l'isba.

« Maintenant, il y a même de la place pour toi, dit-il en jetant au chien un gros morceau de pain. Mange, mon chéri! Mange, tu dois être affamé! »

Cela fit souvenir Alexis que son maître n'avait pas encore dîné; mais, voyant que Jouri dormait, il ne put se décider à le réveiller.

« Dis-moi donc, demanda le cosaque en se couchant sur le banc à côté d'Alexis, ton maître a certainement un chagrin sur le cœur. Il est trop morose pour son âge.

— Oui, frère, il a un chagrin.

— C'est probablement quelque belle jeune fille qui le contriste?

— Oui, voilà justement le malheur. »

Alexis, ayant baissé la voix, commença un récit à Kircha, qui, après avoir écouté tranquillement, dit :

« C'est dommage, mon cher, que ton maître ne soit pas cosaque zaporog. Dans nos villages, on ne languit pas pour de pareilles vétilles. Nous vivons en frères et nous n'avons pas besoin de sœurs. Les femmes portent toujours malheur. Bonne nuit, camarade! »

Bientôt tout se calma dans l'auberge. Seuls, les enfants pleurnichaient de temps à autre dans les soupentes. Mais la mère, empressée, les berçait alternativement et leur donnait une bouchée de bouillie, puis tout rentrait dans le silence.

IV

Le lendemain matin, avant l'aurore, deux troïkas lancées au grand galop s'arrêtèrent brusquement devant l'auberge. Plusieurs hommes, emmitouflés dans leurs pelisses, sautèrent à bas des traîneaux, tandis que les chevaux fumants et impatients, malgré leur fatigue, creusaient de leurs sabots la couche profonde de neige qui recouvrait le sol.

« Holà ! ouvrez plus vite ! cria sous les fenêtres une voix rude.

— Eh bien, remuez-vous, sinon nous enfonçons la porte cochère ! »

Pendant que la femme de l'aubergiste rallumait le feu et que son mari descendait de la soupente où il était couché, l'impatience des nouveaux venus était à son comble : ils frappaient à coups redoublés contre la porte cochère en proférant des injures. L'un d'eux surtout, tantôt en russe, tantôt en polonais, menaçait l'aubergiste de lui couper le cou. Dans l'intérieur de la maison, tout le monde, sauf Jouri, avait été réveillé par le tapage. Enfin la porte cochère s'ouvrit, et un gros Polonais, accompagné de deux cosaques, pénétra dans l'isba. Dès leur entrée, les cosaques firent le signe de la croix devant les icônes, et le Polonais, sans ôter son bonnet, cria d'une voix légèrement enrouée :

« Hé, patron, mets à la porte toute la valetaille que tu as ici. Allez-vous-en tous ! Eh bien, vous autres ? Vous êtes donc sourds ? Sortez ! vous dit-on. »

Le mystérieux inconnu leva la tête et, après avoir regardé tranquillement le Polonais, la posa de nouveau sur la pelisse qui lui servait d'oreiller. Alexis et Kircha se levèrent ; le cosaque, tout en se frottant les yeux, considérait avec un visible étonnement l'intrus qui troublait ainsi son sommeil.

Le Polonais, content de l'effet produit, se rengorgeait. Il était cependant grotesque avec son gros abdomen ; il bedonnait au point de pouvoir à peine se tenir en équilibre sur deux jambes courtes et tordues. Sa tête majestueusement rejetée en arrière et coiffée d'un très haut bonnet à poil, son visage cramoisi aux joues boursouflées, ses yeux couleur d'étain, son nez retroussé ressemblant à un oignon, complétaient le portrait du personnage et en faisaient comme une sorte de caricature vivante.

Pendant que ce voyageur donnait en polonais des ordres aux cosaques, Kircha ne cessait de l'observer. Le Zaporog avait d'abord été surpris en détaillant la silhouette bizarre du pan polonais qui lui rappelait vaguement de vieux souvenirs; puis le mépris avait repris le dessus. Un instant après, ses yeux brillèrent de bonne gaieté et, sous le masque d'une soumission complète, un rire moqueur erra sur ses lèvres.

« Pourquoi donc restez-vous immobile? reprit le pan d'une voix sévère, en s'adressant de nouveau à Kircha et Alexis. Est-ce que vous n'auriez pas entendu?... Sortez!... »

La voix impérieuse du Polonais offrait un contraste si frappant avec son extérieur ridicule qu'Alexis, sans songer à obéir, était comme rivé sur place et se mordait les lèvres pour ne pas éclater de rire.

« Qu'est-ce donc? Espèces de Moscovites! ne savez-vous pas qui je suis?

— Ne te mets pas en colère, très illustre pan, dit Kircha en saluant profondément. A moitié endormis, nous ne t'avions pas reconnu. Permets-nous au moins de rester dans un coin. Dès que le jour poindra, nous nous mettrons en route.

— Quel est ce malotru qui reste étendu sur le banc? continua le pan en fixant le mystérieux inconnu. Hé, toi, manant! »

L'inconnu se releva; mais, au lieu de se mettre debout, il s'assit et demanda tranquillement au Polonais ce qu'il voulait.

« Sors de l'isba.

— Mais je suis bien ici.

— Tu oses encore raisonner! Sors d'ici, te dit-on!

— Écoute, Polonais, déclara l'inconnu d'un ton ferme, l'auberge n'est pas pour toi seul, et si tu n'as pas assez de place, va-t'en toi-même.

— Que dis-tu, Moscovite? hurla le Polonais. Allons, valets, jetez-moi dehors cet impoli.

— Me mettre à la porte? Moi!... Essayez!... répondit l'inconnu en se levant lentement. Eh bien, qui vous arrête, mes braves? continua-t-il en s'adressant aux cosaques qui n'osaient bouger et considéraient respectueusement la stature colossale du voyageur. Il faut croire que je ne suis pas pour vous.

— Hachez ce brigand! s'écria le Polonais en reculant vers la porte.

— Mes bons messieurs, je vous prie de ne pas faire de tapage chez moi, dit l'aubergiste. Et toi, brave homme, as-tu donc oublié que tu voulais partir dès l'aube? Entends-tu les coqs chanter pour la deuxième fois?

— En effet, il est temps de se mettre en route, dit vivement le voyageur, qui, sans prêter autrement attention au Polonais et aux cosaques, sortit de l'isba.

— Enfin, il a compris, dit le Polonais en s'asseyant. Tu es heureux, canaille, d'avoir détalé, sinon j'aurais eu raison de toi. Non, mais quels révoltés sont les gens d'ici! On voit qu'ils n'ont pas encore été à l'école du pan Lissovski.

— Pan Lissovski? répéta Kircha. Tu le connais?

— Comment ne le connaîtrais-je pas, répondit le Polonais en caressant sa moustache avec importance. Nous sommes de vieux amis. Nous avons fraternisé sur le champ de bataille et battu ensemble les Moscovites...

— Près du monastère de la Sainte-Trinité? » interrompit Kircha.

Le Polonais fixa le cosaque et, ayant redressé son bonnet, continua sur un ton altier :

« Oui, près du monastère de la Trinité, où les Moscovites n'osaient pendant le jour montrer le bout du nez.

— Ne te fâche pas, je te prie! repartit Kircha. J'ai servi dans l'armée de l'hetman Sapieg, qui campait près de la Trinité, et je me rappelle que les Russes nous taillaient à l'occasion des croupières, tantôt le jour, tantôt la nuit. Ainsi, par exemple, te rappelles-tu, très illustre pan, ce qui se passa un beau matin dans le potager du monastère de Saint-Serge? Qu'as-tu donc à te retourner ainsi? Quelque chose te gênerait?

— Rien! rien! répondit le Polonais en s'efforçant de cacher son trouble.

— Il me semble voir encore la scène! continua Kircha. Il y eut un bel engagement dans ce jardin, et le pan Lissovski faisait à lui seul la besogne de dix.

— Oui, interrompit le Polonais : il se battait comme un diable. Je peux en témoigner, car je ne l'ai pas quitté d'une semelle.

— Alors, très illustre pan, tu étais présent quand il rencontra un poltron qui, pendant la lutte, s'était caché comme un lapin au milieu des plates-bandes et qu'il daigna régaler de son fouet? »

Les yeux d'étain du Polonais roulèrent dans leurs orbites, et son nez rubicond brilla comme un charbon enflammé.

« Comment dis-tu?... Avec le fouet? s'écria-t-il. Ce sont des bêtises! Cela n'est jamais arrivé!

— De grâce, continua Kircha. Mais toute l'armée de Sapieg a vu la scène. Ce poltron servait dans le régiment de Lissovski et se nommait, s'il m'en souvient bien, pan Kopytsinski.

— Ce n'est pas vrai! Ne le croyez pas! s'écria le Polonais s'adressant aux cosaques. C'est une calomnie. Ni Lissovski, ni le diable lui-même n'ont jamais frappé du fouet Kopytsinski! Il ne craint personne.

— Quel mauvais génie le forçait donc à se coucher au milieu des plates-bandes, pendant que les autres se battaient?

— Comment? Qui donc t'a dit que j'étais couché parmi les plates-bandes?

— Ah! c'était donc toi, très illustre pan! Vois ce que les méchantes langues racontent. On dit en effet que Lissovski t'a fouetté et que si, le lendemain, tu n'avais pris la fuite, il t'aurait pendu pour faire un exemple.

— Quelle bêtise! Quelle bêtise! interrompit le Polonais en s'efforçant de paraître calme. D'ailleurs à quoi bon continuer cet entretien? Holà! patron, qu'as-tu à manger? Je veux déjeuner.

— Ah! père nourricier, répondit l'aubergiste, il ne me reste que du pain.

— Pas autre chose?

— Rien. J'avais un pot de bouillie et un pot de tchi, mais les voyageurs ont tout dévoré.

— C'est impossible qu'il ne reste rien. Allons, cosaque, dit-il à un de ses serviteurs, cherche un peu dans le four : peut-être y trouveras-tu quelque chose. »

Le cosaque ouvrit la porte du four et sortit une oie rôtie.

« Ah ! ah ! s'écria le Polonais. Espèce de vaurien ! Pourquoi disais-tu que tu n'avais plus rien à manger ?

— Mais cette oie n'est pas à moi, petit père, dit la femme de l'aubergiste. Elle appartient au monsieur qui dort sur le poêle.

— Est-il Polonais ?

— Non, il semble Russe.

— Un Moscovite ? Alors, donne ici. »

Alexis voulut défendre le droit de propriété de son maître, mais un des cosaques lui asséna un coup si violent qu'il put à peine conserver l'équilibre.

« Réveille ton maître, murmura Kircha : il s'arrangera mieux que nous avec ce tapageur. »

Pendant qu'Alexis réveillait Jouri et lui annonçait l'enlèvement de l'oie, le Polonais, ayant ôté son bonnet, se disposait tranquillement à manger. Jouri descendit du poêle, cacha son pistolet dans sa poitrine, puis, ayant donné à voix basse des ordres à Alexis qui sortit sur-le-champ de l'isba, il s'approcha de la table.

« Bonne santé ! » dit-il en saluant courtoisement le pan.

Le Polonais, sans interrompre son repas, salua de la tête. Jouri s'assit à l'autre bout de la table et, après quelques instants de silence, demanda à Kopytsinski si l'oie rôtie était de son goût.

« Quand on a faim, tout paraît bon, répondit le Polonais. Cette oie t'appartenait ?

— Oui, pan.

— Il n'y a pas à dire, vous autres Moscovites, vous êtes plus avisés que nous. Vous emportez toujours des provisions en voyage. Il est vrai que nous n'avons pas besoin de nous embarrasser. Pour nous, Polonais, il n'y a rien de réservé.

— Sans doute, pan ! Sans doute. Mais pourquoi as-tu cessé de manger ? Mange donc à ma santé.

— Je ne veux pas : je n'ai plus faim.

— Ne fais pas de façons ; mange.

— Non, mange toi-même, si tu veux.

— Merci, je ne suis pas habitué à me contenter de restes et je n'aime pas non plus que les autres en laissent. Mange, pan !

— Je t'ai déjà dit que je ne veux pas.

— Ne te fâche pas : tu prétendais tout à l'heure qu'il n'y avait rien de sacré pour les Polonais, c'est-à-dire qu'ils ont coutume de prendre le bien d'autrui sans en demander l'autorisation. C'est possible ; mais nous, les Russes, nous sommes hospitaliers ; nous aimons régaler les autres. Chacun ses coutumes. Mange, pan !

— Qu'as-tu à m'importuner ainsi ?

— Je ne te laisserai pas de répit jusqu'à ce que tu aies mangé l'oie entière.

— Comment entière ?...

— Oui, entière !... répéta Jouri en sortant le pistolet. Je te prie de te remettre à manger. Puisque tu as commencé, il faut continuer.

— Qu'est-ce que c'est ? gémit le Polonais. Hé, valets ! »

« Halte, mes braves, restez en place. »

D'un geste rapide, Jouri, poussant la table, serra Kopytsinski contre le mur, puis se retournant vers les cosaques, commanda :

« Halte, mes braves ! Restez en place. »

Ces paroles furent prononcées d'un ton si impérieux que les cosaques, qui s'apprêtaient à s'élancer sur Jouri, s'arrêtèrent.

« Écoutez, camarades, continua Jouri, si l'un de vous se déplace ou fait le moindre mouvement, je lui casse la tête. Et toi, très illustre pan, ordonne-leur de sortir : je ne régale que toi seul. Eh bien, pourquoi gardes-tu le silence ? Écoute, Polonais, je n'ai jamais juré inutilement et je fais le serment que tu n'auras pas le temps de faire le signe de la croix s'ils ne sortent pas sur-le-champ, ajouta-t-il en dirigeant le canon du pistolet vers le front du Polonais.

— Jésus ! s'écria ce dernier, s'efforçant de cacher sous la table sa tête rasée. Allez-vous-en ! Allez-vous-en !

— Allons, camarades, dit Kircha, sortez, sinon ce monsieur logera une balle dans la tête de votre maître. Il n'aime pas plaisanter.

— Allez-vous-en, brigands ! Allez-vous-en ! » continuait à crier Kopytsinski, détournant les yeux afin de ne pas voir le canon du pistolet, qui, à cet instant, lui paraissait plus long qu'une arquebuse.

En sortant, les cosaques rencontrèrent le mystérieux inconnu, qui, ayant contemplé cette scène extraordinaire, questionnait tout bas l'aubergiste.

« Maintenant, Kircha, reprit Jouri, pendant que je vais soigner ce cher hôte, prends ton fusil et veille à ce que ces gaillards-là ne reviennent pas. Eh bien, pan, je te prie de te dépêcher ; je n'ai pas le temps d'attendre. »

Le Polonais, sans souffler mot, se remit à manger, et Jouri, sans changer d'attitude, continuait à le surveiller. Le malheureux pan mettait les bouchées doubles et s'étouffait. Plusieurs fois, il essaya de demander grâce. Mais Jouri restait inflexible, et le regard du Polonais rencontrait toujours le canon du pistolet et un visage dans lequel il lisait clairement sa condamnation à mort.

« Permets-moi au moins de me reposer ! supplia-t-il à demi étouffé.

— Assez, pan, je n'ai pas le temps d'attendre. Achève !

— Plus vite, pan Kopytsinski ! Plus vite ! dit Kircha. Tu vois bien qu'il n'en reste plus beaucoup. Pas d'hésitation, sans cela, gare... Eh bien, voilà qui est fait ! ajouta-t-il quand le Polonais eut avalé le dernier morceau.

— A propos, interrompit Jouri, quand on est en train de faire la fête, il faut aller jusqu'au bout. Il doit encore y avoir un gâteau dans le four. Apporte-le, Kircha.

— Grâce ! hurla le Polonais. Je n'en puis plus !

— Eh bien, pan, t'assoiras-tu encore à une table étrangère sans être invité ? dit le mystérieux voyageur. Merci, continua-t-il en s'adressant à Jouri, merci d'avoir corrigé cet effronté. Il en a assez. Laissez ce vaurien. Chez nous, en Russie, on n'accable pas ceux qui sont à terre. Donne-moi ta main, brave. Peut-être nous reverrons-nous. Peut-être alors comprendras-tu que le serment imposé par le mensonge et la force est nul et qu'il est plus honorable de mourir pour la religion orthodoxe et la sainte Russie que de vivre sous le joug étranger. Au revoir! patron, voici ce que je te dois, fit-il en jetant quelques pièces de monnaie sur la table.

— Il ne me faut rien, mon petit père, dit l'aubergiste en lui rendant l'argent. Nous sommes contents sans cela. »

L'inconnu, étonné, regarda l'aubergiste, puis, sans rien dire, serra la main de Jouri, fit le signe de la croix, sortit de l'isba et, un instant après, s'éloigna au grand trot.

Le Polonais avait profité de ce répit pour se dégager de derrière la table et se faufiler vers la porte. Jouri l'arrêta.

« Ne t'en va pas, pan! dit-il; je pars sur-le-champ et tu peux demeurer ici pour continuer à y faire autant de tapage que tu voudras. Adieu, Kircha!

— Pardon, boyard! dit le cosaque zaporog. Je te dois la vie et je ne te quitterai pas jusqu'à ce que tu me renvoies.

— Allons, soit! Mais tu sais que le piéton n'est pas camarade du cavalier.

— J'ai l'argent nécessaire pour acheter un cheval.

— J'en vendrais bien un, dit l'aubergiste. Il boite un peu, mais il fait de grands pas et en vaut dix autres. Il est bien un peu rébarbatif et il faut faire attention. Cependant, s'il n'était devenu borgne, je ne m'en dessaisirais pas.

— Bon! interrompit Kircha. Qu'il me traîne seulement jusqu'à la première foire.

— Nous irons au pas, dit Jouri; tu auras ainsi le temps de nous rattraper. Adieu, pan! continua-t-il en s'adressant au Polonais, qui, n'osant plus bouger, était assis tout hébété sur le banc. Sache à l'avenir que tous les Moscovites ne supportent pas tranquillement les offenses et qu'il y a beaucoup de Russes qui, tout en respectant un étranger brave, ne permettront jamais à un bretteur, — fût-il même Polonais, — de se moquer d'eux. Surtout, souviens-toi le plus souvent possible de l'oie rôtie. Au revoir, très illustre pan! »

V

L'aurore répandait dans la plaine ses premières lueurs roses ; au loin commençait à se dessiner la blanche silhouette des collines, tandis que les étoiles s'éteignaient une à une dans le ciel. La route suivie par Jouri et son fidèle serviteur Alexis longeait encore la Volga durant une demi-verste, puis tournait brusquement et se dirigeait vers une forêt qui, d'un formidable trait noir, barrait l'horizon. Après avoir parcouru deux verstes, les voyageurs arrivèrent à la forêt dont la route côtoyait d'abord la lisière. Au centre d'épais taillis, se dressaient les sapins semblables à des fantômes gris ; sur leurs hautes cimes couvertes de neige se jouaient les premiers rayons du soleil levant, tandis que l'ombre allongée de leur ramure couvrait la route et se projetait au loin dans les champs dénudés.

Alexis avait plusieurs fois interpellé son maître, mais Jouri ne répondait pas. Plongé dans une profonde méditation, il avait lâché les rênes de son cheval qu'il laissait marcher à son gré. Les dernières paroles du mystérieux inconnu avaient trouvé un écho dans son âme agitée de mille pensées diverses. *Les Russes, serviteurs des étrangers !* Cette phrase avait sonné à son oreille comme un glas funèbre, comme une condamnation à mort. — « Non ! dit-il enfin tout haut, comme s'il répondait à l'inconnu. Nous avons prêté serment d'obéissance au tsar russe et non pas au prince polonais. Vladislas abjurera son hérésie, il quittera sa patrie ; notre pays deviendra le sien. Dès lors, il sera notre père et nos ennemis seront les siens.

— Diable ! fit Alexis, arrivé devant une ornière profonde que son cheval eut peine à franchir. Il serait temps que le soleil se montrât.

— Ne t'inquiète pas, dit Jouri. Là-bas, après le tournant, nous aurons plus de jour.

— Et plus de chaleur aussi, il faut l'espérer, car ici la température est glaciale. Eh bien, Jouri Dimitritch, tu as bien arrangé ce vantard de Polonais. Voilà ce qui s'appelle « une régalade à la russe » ! Je pense que de quinze jours il n'aura plus faim. Mais écoute, boyard, au moment où nous quittions le village, mes oreilles ont entendu un bruit peu rassurant : je ne m'appelle pas Alexis Bournach si, à l'heure actuelle, tout le village n'est pas rempli de cavaliers polonais.

— Tu as entendu le piétinement des chevaux ?

— Oui, boyard ; et cependant, l'hiver, on ne les réunit pas en bande. Qui sait ? Kostroma n'est pas loin et les Polonais l'occupent. Il ne serait pas étonnant qu'ils aient poussé une pointe jusqu'ici.

— Oui, c'est possible.

— Et si ce poltron de Kopytsinski allait se plaindre et si on courait à notre poursuite ! Je crois qu'ils ne seraient pas embarrassés pour trouver un guide : Kircha n'est pas resté pour rien à l'auberge.

— Comment peux-tu penser que celui dont nous avons sauvé la vie manque à ce point de conscience ?

— Allons, boyard, voici maintenant que tu veux trouver de la conscience chez ces diables de Zaporogs ! Il n'est même pas sûr qu'ils connaissent Dieu, les maudits ! Tu crois qu'un cosaque zaporog peut se souvenir d'un service qu'on lui a rendu. Mais il vendrait son propre frère pour un verre d'eau-de-vie !... Ah ! voici la route qui s'enfonce dans le bois, continua le loquace Alexis. Quel antre ! On n'y voit goutte. Il ferait bon chasser dans ces parages : il doit y avoir quantité d'ours et de fauves. »

Les voyageurs entrèrent en plein cœur de la forêt. A chaque pas, l'obscurité devenait plus intense et la voie plus impraticable. Tandis qu'une forte brise secouait les hautes cimes des arbres, le calme était complet près du sol. Parfois un rayon de soleil parvenait à percer les épais branchages qui formaient un dôme au-dessus de la route, mais des deux côtés l'ombre était épaisse. Un silence de mort planait au loin : c'est à peine si, de temps à autre, l'on entendait le battement d'ailes d'un oiseau qui, troublé dans son sommeil, s'enfuyait en saupoudrant de givre les passants.

Voyant que son maître n'avait pas envie de continuer l'entretien, Alexis se mit à siffloter une chanson. Ils marchaient ainsi depuis quelque temps, lorsque, tout à coup, Alexis arrêta son cheval et dit d'un air craintif :

« Entends-tu, boyard ?

— Quoi ? demanda Jouri, comme s'il se réveillait d'un long sommeil.

— Doucement ! Entends-tu ? Quelqu'un galope derrière nous !

— Oui, et très vite. C'est assurément Kircha.

— Non, Jouri Dimitritch. J'ai vu la haridelle que l'aubergiste lui a vendue. Avec elle il ne galoperait pas loin. Regarde, boyard ! Vois-tu là-bas un petit point noir ? Ce n'est pas Kircha. On dirait un oiseau qui vole. »

Le cavalier qui, en effet, se rapprochait des voyageurs avec une vitesse extraordinaire déboucha dans une petite clairière où un rayon de soleil éclaira son visage. Jouri reconnut aussitôt le cosaque zaporog qui, couché sur le pommeau de sa selle, passait comme un ouragan sur la route.

« Je te disais bien que c'était Kircha ! dit-il à Alexis.

— Je vois, boyard ! Moi aussi je reconnais son bonnet à poil et son chien. Mais où a-t-il pris son cheval noir ? Il m'a semblé qu'il achetait un cheval pie. On dirait vraiment que ce sont les démons qui le portent. Holà! Plus doucement, Kircha : tu as failli écraser le boyard.

— Ne perdez pas une minute! cria vivement Kircha en arrêtant avec difficulté son cheval. On vous poursuit.

— Je m'en doutais! dit Alexis. Les Polonais sont dans le village?

— Oui, trois escadrons et environ deux cents valets de camp.

— Allons, vite, en route, boyard, et que Dieu nous aide!

— Que crains-tu? dit Jouri. Quand les Polonais sauront qui je suis...

— C'est juste, Jouri Dimitritch; mais pendant que tu essayeras de leur expliquer que tu es porteur d'une dépêche du pan Gonsievski, ils auront tiré sur nous. Les Polonais s'entendent à merveille pour pousser vivement une enquête.

— Surtout quand ils sont persuadés avoir affaire à un ennemi qui porte sur lui beaucoup d'argent! ajouta Kircha.

— En outre, poursuivit Alexis, tu as failli étouffer un Polonais avec une oie rôtie.

— Ils n'auraient pas pris parti pour le poltron Kopytsinski, continua Kircha; mais celui-ci leur a persuadé que tu es un ennemi et que tu portes de l'argent à Nijni-Novgorod. Je suis entré avec les autres à l'auberge et j'ai tout entendu de mes propres oreilles. Pendant que le commandant du régiment donnait l'ordre à ses hommes de vous poursuivre, j'ai cherché le moyen de vous sauver d'une catastrophe inévitable; je suis sorti dans la cour. Près du perron, un homme tenait ce cheval par la bride. J'ai vu que l'homme n'était pas bien fort; je me suis approché de lui et lui ai administré un coup de poing sur la nuque. Le pauvre diable n'a pas poussé un cri. J'ai sauté en selle et, passant par la porte de derrière, je me suis sauvé sur la grand'route. Mais entendez-vous le bruit qui résonne dans la forêt! Diable! Est-il possible qu'ils se soient lancés à votre poursuite? »

En effet, il semblait que la forêt se fût ranimée : on entendait une rumeur semblable au murmure lointain d'une cascade, des sifflements et des coups de pistolet, tandis que des volées d'oiseaux effrayés passaient sur la tête des voyageurs.

« Allons, vite, boyard! s'écria Kircha. Ces vauriens sont plus près de nous que nous ne pensons. Regarde comme mon chien hérisse son poil. Ce n'est pas pour rien. Les voilà! Attention, boyard! »

Subitement, une détonation retentit et le cheval de Jouri tomba mort sur le sol.

Un hardi cavalier, qui galopait en éclaireur devant ses camarades, arrivait à toute bride :

« Halte-là! » cria-t-il en dirigeant son second pistolet sur Kircha.

Plus rapide que l'éclair, le cosaque avait mis pied à terre et saisi son fusil.

« Saute sur mon cheval, dit-il à Jouri; je me charge de celui-là. »

Il épaula vivement, tira. La balle siffla, et presque au même instant l'éclaireur vidait les étriers.

« Partez! Partez donc! criait Kircha.

— Et toi? demanda Jouri.

— Le piéton trouve partout son chemin.

— Mais si on te tue?

— Eh bien, quoi? Ma dette sera payée. Partez!

— Au nom de Dieu, boyard! s'écria Alexis; dépêchons-nous! Les voici! »

Les camarades de l'éclaireur avançaient en poussant de grands cris.

« Pourquoi discuter? Ne te fâche pas, boyard! » dit Kircha en donnant un coup de fouet au cheval sur lequel était monté Jouri.

Le brave animal se raidit sur ses jambes de derrière et s'élança comme une flèche sur la route.

« Attrapons le piéton! A mort! » hurlèrent les cavaliers polonais, et une grêle de balles s'abattit à l'endroit où se trouvait le cosaque un instant auparavant.

Mais Kircha, d'un bond formidable, avait disparu dans les taillis. Il suivit d'abord un étroit sentier qui s'enfonçait au cœur de la forêt. Après avoir parcouru à toutes jambes cinq cents mètres, le cosaque s'arrêta, se coucha et posa son oreille sur le sol : c'est à peine si les pas des chevaux retentissaient au loin; les cris sauvages avaient cessé. Bientôt tout se calma et le chien, haletant, se coucha tranquillement à ses pieds. Se croyant hors de danger, le Zaporog sortit de sa poche de la poudre et une balle et commença à charger son fusil. Il n'avait pas encore fini de bourrer la balle que le chien dressa les oreilles, se mit à grogner et s'élança dans le sentier. Un instant après, il revint en aboyant à côté de son maître.

« Qu'as-tu donc, Zariesse, mon chéri? dit Kircha en le caressant. Qu'as-tu? Est-ce que tu sentirais un fauve? Pourquoi te serres-tu contre moi? Est-ce possible?... Mais non! C'est à peine si, à pied, j'ai pu passer par là. Cependant, il me semble... Ne serait-ce pas un ours?... Non. Que diable, tais-toi, Zariesse! »

Tout à coup, à une faible distance, retentirent des pas et le craquement des branches sèches foulées par un groupe de personnes. Kircha n'eut pas de peine à comprendre que plusieurs cavaliers avaient mis pied à terre et s'étaient lancés à sa poursuite : le danger n'était donc pas encore passé. Craignant de s'égarer dans cette vaste forêt, il reprit sa course sur le sentier qui se terminait au milieu d'une petite clairière. Arrivé là, Kircha s'arrêta indécis. Il comprenait tout le danger de se montrer ainsi à découvert; mais de l'autre côté de la clairière, dans l'épaisseur même de la forêt, il voyait filtrer à travers les branches une fumée qui lui promettait un gîte. Cependant le bruit se rapprochait, et il n'était plus de temps réfléchir. Il prit une décision et sortit dans la clairière.

« Le voilà! Arrêtez-le! Attrapez-le vivant! » crièrent aussitôt des voix derrière lui.

Le cosaque se retourna : une dizaine de Polonais armés débouchaient du bois; il ne pouvait songer à se défendre. Deux des Polonais, qui devançaient leurs camarades, étaient sur ses talons. Encore quelques bonds et Kircha allait atteindre l'autre lisière de la forêt, lorsque tout à coup il buta contre un tronc d'arbre et roula sur le sol.

« Te voilà pris! cria un Polonais en lui enlevant son fusil.

— Attache-le bien, ce maudit Moscovite! » dit l'autre.

Mais le fidèle Zariesse s'élança comme un tigre sur le Polonais qui tenait Kircha et, le saisissant à la gorge, il le renversa. L'autre Polonais courut au secours de son camarade. Le cosaque put se relever et s'enfuir. Arrivé à hauteur des taillis épais, il tomba presque sans connaissance sur la neige. Il ne pouvait voir ce qui se passait dans la clairière, mais il entendait nettement les cris et les jurons des Polonais, les violents aboiements de Zariesse, puis un hurlement désespéré et enfin le dernier cri plaintif du chien expirant. Un flot de sang afflua au cœur du cosaque. Plusieurs fois,

Le fidèle Zariesse s'élança comme un tigre sur le Polonais.

Kircha saisit le manche de son couteau et s'efforça de se lever ; mais, à demi étouffé, il retomba inanimé sur le sol.

Pendant ce temps, les Polonais, réunis en cercle dans la clairière, discutaient s'ils devaient se retirer ou continuer la poursuite. Par bonheur pour Kircha, plusieurs minutes s'écoulèrent en discours, et lorsqu'enfin les Polonais se décidèrent à continuer leurs recherches, le cosaque avait pu reprendre ses sens et courir vers l'endroit d'où s'élevait le panache de fumée.

VI

Kircha, se glissant à travers les arbres, parvint enfin à une haie touffue précédée d'un fossé profond. Sans perdre de temps, il franchit la haie derrière laquelle se trouvaient quelques ruches disposées irrégulièrement autour d'une petite isba à moitié enfouie sous la neige. La fumée sortait en tourbillons par la lucarne et tournoyait au-dessus du toit en chaume. Devant la porte, un énorme molosse se chauffait au soleil, couché près de sa niche. Flairant un inconnu, le chien se mit à aboyer violemment. Kircha s'arrêta; il s'attendait à voir quelqu'un sortir de la maison, mais personne ne se montra. Prenant alors un morceau de pain dans sa musette, le cosaque le jeta au cerbère, qui s'adoucit et rentra en grognant dans sa niche.

« Pauvre Zariesse! dit Kircha en entrant dans l'isba. Toi aussi, tu gardais autre-fois ma maison; mais il n'était pas aussi facile de t'amadouer. »

Du premier coup d'œil, le Zaporog vit que l'isba était déserte; mais le poêle allumé, la table couverte d'une nappe en toile sur laquelle était posé un pain rond ainsi qu'une cruche pleine de liquide, dénotaient que le maître s'était absenté pour peu de temps. L'intérieur de l'isba était partagé en deux par une cloison derrière laquelle se trouvaient des ruches vides, des cuves et plusieurs petits tonneaux. Kircha n'avait pas eu le temps de terminer son inspection que des voix se firent entendre à peu de distance. Ne sachant pas si c'étaient des amis ou des ennemis qui appro-chaient, il se cacha entre deux ruches. Quelqu'un entra. Le cosaque retint sa respi-ration et prêta l'oreille.

« Entre donc, Grégorievna! dit une voix rude. Sois sans crainte; celui qui vient chez moi avec des cadeaux n'a pas à redouter d'être ensorcelé.

— Certainement, petit père Koudimovitch! répondit une voix de femme. Certai-nement tu es un brave homme; et puis mon affaire est facile.

— Bien! Assieds-toi, petite tante. Qu'as-tu sur toi?

— Je t'apporte un cadeau, petit père. Je te prie humblement de l'accepter. Dans ce petit sac, tu trouveras un gâteau, et voici un flacon d'eau-de-vie de cerise de la cave du boyard.

— Merci, Grégorievna. Merci !

— Mange, petit père. C'est Agraffa Vlassievna qui te l'envoie.

— La femme de chambre de notre demoiselle ?

— Oui, petit père. Elle n'a pas le temps de venir causer avec toi ; aussi m'a-t-elle priée de la remplacer. Vois-tu, petit père, Anastassia Timopheievna, la fille du boyard Chalonski, cause son désespoir. Dieu sait ce qui tourmente cette demoiselle ; elle pleure, s'afflige et se consume entièrement. On a envoyé de Moscou, au boyard, un habile médecin ; mais celui-là, comme les autres, n'a pu rien obtenir. Il l'a exorcisée, lui a fait prendre des herbes d'outre-mer et je ne sais quoi encore, mais en vain. Cette maladie ne serait-elle pas la conséquence du mauvais œil. Qu'en penses-tu, Koudimovitch ?

— Il n'y aurait rien d'étonnant, Grégorievna. Rien d'étonnant. Souffre-t-elle depuis longtemps ?

— Vlassievna dit qu'à l'époque où le boyard l'emmena à Moscou, l'hiver dernier, elle se portait à merveille. Mais, à peine revenue ici, elle commença à rêver ; et, depuis surtout que son père l'a fiancée à un grand pan polonais, elle est comme hébétée.

— Oui-dà ! Et pourrait-on savoir si quelqu'un, à Moscou, n'a pas regardé fixement la demoiselle ?

— Comment donc, petit père ! Tous les jours elle allait avec Anastassia à l'église du Sauveur pour assister à la messe, et, chaque fois, un certain jeune homme aux cheveux châtains ne la quittait pas des yeux.

— Voilà ! Et sait-on qui est ce jeune homme ?

— Non, petit père. Mais, un jour, Vlassievna entendit que son domestique l'appelait Jouri Dimitritch ; de plus, il avait l'allure et les manières d'un boyard. »

Ces dernières paroles aiguisèrent l'attention de Kircha et l'engagèrent à rester dans sa cachette d'où il se disposait à sortir.

« Eh bien, comme tu hésites à répondre, petit père ! continua Grégorievna. Est-ce de la maladie ou bien du chagrin ?

— L'effet du mauvais œil, Grégorievna, du mauvais œil !

— La femme de chambre est de ton avis. Toi, petit père, tu connais tout cela et, si tu le veux, tu peux y remédier.

— Non, Grégorievna ; le cas est mauvais. C'est celui qui l'a rendue malade qui doit la guérir. Cependant j'en parlerai tout de même à Vlassievna.

— Parle, petit père ! Parle ; une intelligence c'est beaucoup, mais deux c'est mieux. Maintenant, je vais partir. Mais ne me rends pas malheureuse ; moi aussi, j'ai une prière à t'adresser.

— Quoi donc, Grégorievna ?

— Je n'ose pas l'avouer.

— Parle toujours ; n'aie pas peur.

— Je suis venue chez toi pour m'instruire.

— Comment cela?

— Tu sais bien; je suis veuve et abandonnée, tout à fait seule : je n'ai parfois rien à me mettre sous la dent.

— Je sais, je sais.

— Le Seigneur t'a fait sage, Koudimovitch. Tu connais tous les tenants et les aboutissants. Qu'un cheval s'échappe de l'écurie, qu'une vache se dessèche, que la clavelée éprouve le bétail, qu'un jeune homme ait l'intention de se marier, qu'une jeune fille commence à être possédée, c'est toujours chez toi qu'on accourt. Le boyard lui-même t'adresse de temps en temps un mot affable. Partout où l'on fait bombance, Koudimovitch est parmi les invités. Comment donc? Si l'on n'invitait pas un aussi habile magicien, il arriverait sûrement un malheur.

— Sans doute, il en est ainsi, Grégorievna. Mais que désires-tu?

— Voici, petit père. Apprends-moi ta science pour qu'on me vénère autant que toi.

— Allons donc, ma pauvre vieille! Est-ce que, par hasard, tu voudrais me faire concurrence?

— Que dis-tu, petit père! Les oreilles ne dépassent jamais le front. Je ferai ce que tu m'ordonneras.

— Vraiment!

— Le Seigneur en est témoin! Quoi qu'il arrive, je ne sortirai pas de ton pouvoir.

— Eh bien, soit! Ta tête me revient. Même sans cela, tout le monde t'appelle « vieille sorcière ». Mais est-il bien sûr que tu resteras soumise à ma volonté?

— Je deviendrai ton bien, petit père.

— Alors, fais attention. Écoute, Grégorievna, je me laisse fléchir. Tu es orpheline... Mais les femmes ont les cheveux longs et l'intelligence courte. Et si tu allais ensuite tout raconter?

— Qui? Moi? Petit père, que le Seigneur me dessèche comme une tige de paille d'orge! Que je ne voie plus la lumière! Que je meure sans confession!

— Bien! bien! Ne jure pas. Laisse-moi réfléchir. Eh bien, écoute donc, Grégorievna, poursuivit le sorcier après un instant de silence. Nous avons une noce au village : la fille du secrétaire du canton se marie avec le fils de notre intendant. Lorsqu'ils se rendront à l'église, monte dans la soupente de l'isba du fiancé, cache-toi bien dans l'angle, tiens tes yeux baissés et murmure à voix basse.

— Et que m'ordonnes-tu de marmonner à voix basse?

— Ce qui te viendra à la tête. Fais attention; ne réponds à aucune question. Contente-toi de marmonner et de te dandiner.

— Bien, petit père.

— Lorsque le cortège reviendra de l'église, j'entrerai dans l'isba. Dès que j'aurai franchi le seuil, tu te jetteras de la soupente sur le plancher.

— Sur le plancher? Mais, petit père, je me briserai les os!

— En voilà une aristocrate. Tu voudrais donc devenir sorcière sans aucun effort? Eh bien, si tu en as le temps, jette un peu de paille au bas de la soupente, mais prends garde que personne ne te remarque.

— Bien, petit père, bien !

— A toutes les questions que je te poserai, tu répondras seulement : « Je suis fautive ! » Le reste ne te regarde pas. Avant-hier, poursuivit le sorcier, des pièces de toile ont disparu de chez le boyard. Si je t'interroge à ce sujet, prends un seau d'eau, murmure quelques mots, regarde-moi et, lorsque je te ferai un signe de

« Mais c'est une vieille sorcière ! » s'écria-t-il.

tête, réponds que les pièces sont cachées dans le hangar de l'enclos de Fiedka Khomiak.

— Ah ! petit père. Est-il possible que Fiedka Khomiak soit l'auteur du vol ?

— Il a menacé de me battre ; aussi qu'il s'arrange maintenant avec l'intendant.

— Attends donc. Mais ne venais-tu pas de l'enclos, lorsque je t'ai rencontré ?

— Tais-toi, vieille, pas un mot ! Tu n'as rien vu ni entendu. Est-ce compris ?

— Je comprends, petit père. Je comprends.

— Viens ici demain. J'ai quelques recommandations à t'adresser, et maintenant va-t'en au plus vite. Prends garde ; fais un détour afin que personne ne s'aperçoive que tu es venue chez moi.

— Excuse-moi, petit père Koudimovitch.

— Attends! On dirait que le chien aboie. Oui, c'est cela. Qui donc le diable nous envoie-t-il? Écoute, Grégorievna, si on te voyait ici, l'affaire serait ratée. Cache-toi bien vite dans ce petit réduit; ferme le crochet, retiens ta respiration et fais la morte. »

Grégorievna passa derrière la cloison, ferma la porte et se serra près de la ruche derrière laquelle Kircha était couché. Quelques instants après plusieurs hommes faisaient irruption dans l'isba en traînant leurs sabres.

« Holà, Moscovite! cria l'un d'eux, n'as-tu pas quelqu'un ici?

— Personne, petit père.

— Tu mens! Le vaurien que nous cherchons est caché chez toi.

— Dieu m'est témoin que non.

— Dis la vérité; sans cela, d'un seul coup je te fais rendre l'âme. Allons, vous, visitez le grenier, et vous autres, fouillez tous les petits coins. Qu'as-tu derrière cette cloison?

— Des ruches vides et de la vieille vaisselle.

— Tu mens, Moscovite! la porte est fermée en dedans : il y a quelqu'un. Eh bien, camarades, donnez-lui le fouet : il parlera peut-être alors.

— Grâce, mes braves messieurs! Je vous dirai la vérité. Il y a une femme.

— Une femme! Pourquoi diable l'as-tu cachée là-dedans?

— Ne te fâche pas, petit père. Vous êtes des hommes de guerre : plus la femme est loin de vous, plus loin est le péché.

— Amène-la ici! cria le soldat d'une voix rude.

— Et puis, à propos, voilà, ajouta-t-il, une bouteille de sirop. Nous la boirons en compagnie de la recluse. Allons, sors, la belle. Sans cela on fait sauter la porte. Elle s'est bien enfermée, la maudite. Eh bien, camarades, un coup de main!

— Halte, mes enfants! dit une voix enrouée. Donner l'assaut c'est mon affaire; seulement entente vaut mieux qu'argent : celui qui entrera le premier aura le butin. Écartez-vous! »

D'un puissant coup d'épaule, il fit sauter le crochet et la porte s'ouvrit toute grande.

« Assez de résistance, petit cygne! Viens, dit le Polonais en amenant Grégorievna au milieu de l'isba. Que diable, mais c'est une vieille sorcière! s'écria-t-il en lui lâchant les bras.

— Grâce, petit père! répondit Grégorievna se jetant à genoux.

— Nos félicitations! crièrent, en riant aux éclats, les autres Polonais : tu as découvert une beauté.

— Allons, vieille édentée! Convient-il de se cacher, quand on a une tête comme la tienne? dit le soldat dépité en frappant de son poing Grégorievna. Sors d'ici, vieille diablesse. Et toi, barbe rousse, viens et conduis-nous à la grand'route.

— Attends, frère! dit une autre voix : avons-nous bien tout visité? N'y a-t-il pas encore quelqu'un derrière cette cloison?

— Il n'y a personne! répondit le maître de la maison en regardant avec inquiétude le réduit sombre dans lequel se trouvaient deux tonneaux de miel. Il n'y a rien d'autre que des ruches vides et de la vieille vaisselle.

— En effet, reprit le colosse. Comment diable serait-il venu se fourrer dans ce piège, alors qu'il pouvait se cacher derrière chaque buisson? Allons, camarades! Eh! patron, tu dois posséder, je pense, quelque argent.

— Je n'ai pas un kopeck.

— Assez de manières et donne de bon gré. Sans cela...

— Grâce, petit père. J'ai porté hier mon dernier argent au boyard Chalonski.

— Écoute, Moscovite! donne tout de suite.

— Tu deviens fou, camarade! dit l'un des Polonais. Ou bien tu as oublié ce que le commandant du régiment nous a dit. Si ce vieux appartient au boyard Chalonski, nous ne devons lui faire aucun mal.

— Le pan colonel! Le pan colonel! Que le diable!...

— Plus bas! Qu'as-tu à crier de la sorte, imbécile? interrompit le même Polonais. Tu penses donc que la balle ricochera sur ton front. Prends garde! Le très illustre pan n'aime pas plaisanter. Allons, sortons, camarades, et toi, patron, marche devant et conduis-nous sur la route. »

Une minute après, l'isba était vide et Kircha put respirer librement. Il sortit avec précaution de sa cachette : le calme était revenu. Le chien inquiet s'était allongé tranquillement au soleil et, frétillant de la queue, laissa passer Kircha comme une vieille connaissance.

Le cosaque ne doutait pas que le sentier qui sortait du rucher conduisît au château du boyard Chalonski, où, d'après ce que lui avait dit Alexis, il comptait revoir Jouri, si ce dernier avait échappé aux Polonais. Il parcourut environ quatre verstes sans rencontrer personne; mais la forêt devenait moins touffue, et il put apercevoir des colonnes de fumée qui indiquaient la proximité d'un important village. Il arriva aux jardins potagers. Longeant les haies, le cosaque s'approcha d'une petite chapelle en face de laquelle, à travers la porte cochère d'un enclos, on apercevait une rangée de petites ruches couvertes en chaume.

Afin d'arriver plus vite aux habitations, Kircha se décida à passer par les derrières. Un proverbe russe dit : « Chat échaudé craint l'eau froide. » Kircha le mettait en pratique. En passant devant l'enclos, il crut entendre quelqu'un venir. Son premier mouvement fut de se cacher. Mais, avant d'avoir repris ses sens, il roulait au fond d'un fossé. Il aurait peut-être payé cher son saut hardi si un objet volumineux n'eût amorti la chute. En tâtonnant, il palpa et reconnut sous lui des pièces de toile fine. Il se souvint alors de la conversation bizarre entendue dans l'isba du sorcier.

« Allons, bon! Tu es un faux sorcier! pensa Kircha. Nous verrons si le diable te dira où sont allées les toiles du boyard en sortant de l'enclos de Fiedka Khomiak. »

Cette idée l'égaya. Il retira du fossé les pièces de toile, les emporta dans la forêt, puis, les ayant enfouies sous la neige près de la chapelle, il suivit un étroit sentier au milieu des jardins et déboucha dans une large rue, à l'extrémité de laquelle il aperçut une église. Le parvis et les abords de l'édifice étaient pleins de monde. Le pope, dans ses vêtements sacerdotaux, se tenait près de la porte ; ses regards, ainsi que ceux de tous les assistants, étaient dirigés vers un cortège qui approchait lentement.

L'allure belliqueuse du cosaque zaporog attira sur lui l'attention générale. Lorsqu'il s'approcha de l'église, la foule s'écarta respectueusement, et les premiers paysans enlevèrent vivement leur bonnets. Seul, un jeune homme aux larges épaules, après avoir jeté sur Kircha un coup d'œil indifférent, se retourna et ne fit plus attention à lui. La physionomie ouverte et hardie du paysan plut au cosaque ; il s'approcha et lui demanda ce que les fidèles, les curieux attendaient.

« Le peuple est bête ! dit le paysan. La fille du secrétaire du canton se marie aujourd'hui, et ces gens sont venus contempler le jeune couple. Comme si c'était extraordinaire !

— Elle se marie avec le fils de votre intendant ?

— Oui, comment le sais-tu ?

— Les nouvelles se répandent vite, camarade.

— Alors, tu es d'ici ?

— Non, je viens d'arriver dans votre village et je ne connais personne.

— Est-ce bien vrai ?

— C'est vrai ! Mais, dis-moi donc à qui appartient le château que j'aperçois là-bas ?

— A notre boyard Chalonski.

— Sais-tu si un étranger est arrivé chez lui ?

— Je l'ignore. Nous n'approchons jamais du château.

— Pourquoi donc ? Le boyard est-il méchant ?

— On pourrait se demander si une femme l'a mis au monde. Nous sommes même ennuyés par sa valetaille.

— Qu'as-tu, Fiedka Khomiak, à parler de la sorte ? interrompit un autre paysan à barbe grise. Ne l'écoute pas, mon brave. Notre boyard, Dieu le conserve de longues années, est un homme bienveillant et nous rend heureux.

— Oui, frère ! Heureux quand il nous enlève jusqu'à la dernière brebis.

— Te tairas-tu, imbécile ? continua le veillard à barbe grise. Tu ne conserveras pas ta tête. Cher monsieur, poursuivit-il en s'adressant à Kircha, ne le crois pas : il dit cela par sottise.

— Ne crains rien, grand-père, répondit le cosaque en souriant. Je suis un passant et ne connais pas votre maître. Mais a-t-il des enfants ?

— Une seule fille, petit père : Anastassia Timopheievna, un ange !

— C'est vrai, ajouta le paysan ; elle ne ressemble pas du tout à son père : elle est si bonne, si affable et si belle ! Ce serait la perfection, si elle avait un peu plus d'embonpoint ; mais la santé lui fait défaut.

— Attention, Khomiak ! s'écria le vieillard : voici le secrétaire avec la fiancée dans le traîneau du boyard. Chapeau bas ! »

Le cortège arrivait à l'église. En tête, vêtus de caftans bleu clair, s'avançaient à cheval deux paysans ; derrière eux, dans un petit traîneau, le frère cadet de la fiancée portait une icône. Puis, dans un autre traîneau tapissé à l'intérieur de velours cramoisi, se trouvaient la fiancée et son père, ayant à leurs pieds une peau d'ours. Les chevaux étaient superbement harnachés avec une quantité de queues de renard. Une file de traîneaux suivait avec les parents du fiancé. Le cortège se terminait par un

Koudimovitch conduisit le cortège vers la maison de l'intendant.

groupe de piétons et de cavaliers au milieu desquels caracolait le fiancé sur un cheval blanc dont les harnais étaient ornés de flots de rubans de diverses couleurs.

Kircha suivit le fiancé et entra dans l'église pleine de monde. Tout se passa d'abord dans le plus grand ordre. Les paysans observaient un silence respectueux; mais, au moment où le jeune fiancé, suivant la coutume de l'époque, jeta à terre un flacon contenant du vin dont il avait bu des lampées avec sa fiancée pendant la cérémonie, l'assistance devint houleuse et un sourd murmure retentit sur le parvis de l'église. « Écartez-vous; laissez passer Koudimovitch! » répétèrent des voix nombreuses. Les paysans s'écartèrent et, sur le seuil de la porte, apparut un homme de haute taille, au visage encadré d'une épaisse barbe rousse. Son extérieur n'avait rien d'imposant, mais la crainte avec laquelle tous les assistants le regardaient et répétaient son nom à voix basse fit aussitôt comprendre à Kircha que le personnage n'était autre que le sorcier.

Koudimovitch s'arrêta, fouilla d'un coup d'œil rapide l'intérieur de l'église et, apercevant Fiedka Khomiak, il eut un sourire si méchant que le cosaque jura de sauver le paysan de l'accusation calomnieuse dont il était menacé, et de tirer au clair les machinations du sorcier.

Après la cérémonie, le cortège, dans le même ordre, se remit en marche pour se rendre à la maison de l'intendant. Koudimovitch, sur les instances du marié, se joignit au défilé, pendant que Kircha, de son côté, se mêlait à la foule des invités pour prendre part aussi à la fête.

A mi-chemin, une jeune fille effrayée accourut vers le traîneau de l'intendant et lui dit quelques mots à voix basse. L'intendant, devenu pâle comme un mort, appela Koudimovitch, et le cortège s'arrêta. Ils causèrent quelques instants ensemble; enfin Koudimovitch dit à voix haute :

« Laissez-moi, je vous précède; je sais ce qu'il faut faire ! »

Le cortège se disloqua sur-le-champ; les invités descendirent des traîneaux, entourèrent le sorcier et lui emboîtèrent le pas.

Koudimovitch, se donnant un air imposant, se mit en marche et conduisit la foule vers la maison de l'intendant.

VII

De leur côté Jouri et Alexis avaient dépisté leurs poursuivants. Après un furieux galop, ils purent constater qu'ils étaient à l'abri des Polonais.

« Eh bien, boyard, dit Alexis, nous sommes sauvés !

— Et le pauvre Kircha ?

— Ah ! Jouri Dimitritch, c'est un gaillard agile... Ils ne l'attraperont pas dans une forêt aussi épaisse.

— Et s'il est blessé ?

— Non. Le cosaque se tirera d'affaire.

— Je payerais cher pour en être sûr. N'as-tu pas honte, Alexis, d'avoir suspecté Kircha ?

— Je me repens, boyard. J'ai péché ; je crois même...

— Quoi ?

— Qu'il n'est pas Zaporog.

— Il y a partout de braves gens, Alexis.

— Mais toi, boyard, peut-être crois-tu aussi que les Polonais sont de braves gens ?

— Assurément, j'en connais plusieurs auxquels je voudrais ressembler.

— Ceux mêmes qui poursuivent les voyageurs pour les voler ?

— Les faits et gestes d'une bande de brigands russes ou d'une troupe de valets de camp polonais ne signifient rien. Non, Alexis ; j'estime les braves et nobles Polonais. Un temps viendra où ils se souviendront que dans leurs veines coule le sang de nos ancêtres slaves. Peut-être que nos petits-enfants fraterniseront avec eux et que les deux plus fortes races du Nord se confondront en un grand et invincible peuple.

— Ne te fâche pas, boyard, mais je trouve qu'en vivant avec les Polonais, tu es devenu trop savant. Tu parles si bien que je ne comprends plus un mot. Dis ce que tu voudras, mais l'avenir est incertain. Pour l'instant, nos hôtes importuns feraient mieux de retourner chez eux. Ton feu père ne pensait pas comme toi. Après la mort de ta mère, tu lui restas seul l'être le plus cher au monde, et cependant il disait qu'il aimerait mieux te voir mourir jeune que devenir serviteur du roi de Pologne ou mari d'une Polonaise.

— Mari d'une Polonaise ! répéta à demi-voix Jouri, et une profonde tristesse se peignit sur son visage. Mon cher Alexis, je n'épouserai pas celle qui plaît à mon cœur : je suis destiné à rester isolé toute ma vie.

— Allons, boyard, il n'y a pas qu'une étoile qui brille au ciel ! Il n'y a pas qu'une belle fille en Russie ! Tu penses toujours à cette princesse aux yeux noirs que tu as vue à Moscou à l'église du Sauveur. Pourquoi n'as-tu pas voulu te renseigner à son sujet ? Tu remettais chaque jour, et tout à coup elle disparut. Est-il possible qu'un brave comme toi se consume, pour cela, de tristesse ? Annonce seulement ton intention de te marier et tu ne pourras tenir tête à la foule des fiancées qui se présenteront; peut-être même... qui sait ? On ne saurait fuir sa destinée... tu ne cherches pas, et peut-être tu retrouveras ta belle aux yeux noirs.

— Mariée à un autre !... Non ! Dans ces conditions, il vaudrait mieux pour moi ne la retrouver jamais. Laissons ce chapitre. Il faut maintenant s'occuper d'autre chose. Quelle route devons-nous suivre ? Celle de droite ou celle de gauche ? Voici un paysan qui vient fort à propos. — Holà ! Écoute donc, l'oncle ! Quelle route faut-il prendre pour aller chez le boyard Kroutchyna-Chalonski ? »

A ce nom redouté, le paysan ôta son bonnet, salua bien bas les voyageurs et montra sans mot dire le chemin de gauche.

Une demi-heure après, les voyageurs sortaient de la forêt et apercevaient le village. De nombreuses isbas, construites sur les bords d'une petite rivière, s'offrirent à leurs regards. Une large rue transversale conduisait à l'église, et de l'autre côté de la rivière, sur une colline à pente douce, se dressait, — avec sa tourelle, — le château du boyard dont le parc était entouré d'une haute haie ressemblant à une palissade de forteresse. Autour du château, étaient disséminées les maisons d'habitation des domestiques, les écuries, le chenil. Toutes ces constructions, avec leurs dépendances et leurs enclos, occupaient un vaste espace et constituaient un second village aussi grand que le premier.

Jouri et Alexis passèrent un pont posé sur pilotis, grimpèrent la côte et entrèrent dans la vaste cour du château. La façade du bâtiment principal avait au moins trente-deux mètres de longueur, mais la hauteur n'était pas en proportion. Du côté gauche, l'édifice se terminait par un perron abrité d'une large marquise. A droite, s'élevait la tourelle à deux étages dont les fenêtres étaient deux fois plus grandes que celles du reste de l'édifice. Sur les côtés de la cour se trouvaient de longues constructions pour l'office, les cuisines et les caves; au milieu se dressait une potence à laquelle pendait une corde.

Le boyard Kroutchyna était célèbre par son luxe. Depuis longtemps, on lui reprochait d'imiter les étrangers et de mépriser les coutumes simples des ancêtres. Aussi la description de sa demeure ne peut-elle pas donner une idée juste de la vie des boyards russes de l'époque. Leurs résidences ne brillaient point, comme celle de Chalonski, ni par la grandeur ni par le faste.

En traversant la cour, Jouri remarqua de grands préparatifs : les domestiques couraient de tous côtés; dans la cuisine, flambait un feu clair; plusieurs cuisiniers étaient occupés autour d'un bœuf tué. Le boyard Kroutchyna attendait sûrement des invités. Les domestiques que Jouri croisa en s'approchant du perron le regardèrent avec étonnement. Le manteau chiffonné qui l'enveloppait des pieds à la tête et le vêtement modeste d'Alexis ne justifiaient en rien l'audace de cet hôte inconnu qui, contrairement à l'usage, n'était pas descendu de cheval à la porte cochère. Jouri confia les rênes de son cheval à Alexis, monta l'escalier et entra dans l'antichambre. Des cottes de mailles, des hallebardes, des javelots, des sabres, des fusils en panoplies, formaient le seul ornement de cette pièce. Une vingtaine de domestiques, en caftan de couleur, s'y trouvaient réunis. L'un d'eux, sans se lever, demanda d'un ton arrogant au visiteur ce qu'il voulait.

« Je désire voir le boyard Chalonski, répondit Jouri.

— Qui t'envoie? »

Au lieu de répondre, Jouri enleva son manteau. Le caftan orné de galons et le beau sabre du jeune homme influencèrent ces valets ignorants. Ils se levèrent; celui qui avait posé la première question salua poliment, répondit que le boyard n'était pas encore visible et pria Jouri de passer dans une autre salle. Jouri suivit le domestique dans une vaste pièce rectangulaire, au milieu de laquelle se trouvaient de grandes tables en chêne, et, le long des murs, des banquettes recouvertes de tapisseries de couleur. Plus d'une heure s'écoula sans que personne se montrât. Pour passer le temps, Jouri se mit à regarder les portraits qui ornaient les murs. Presque tous représentaient des Polonais, et l'un d'entre eux le roi de Pologne avec la couronne et le manteau de pourpre. Le roi était accoudé à une table sur laquelle se trouvait placé le sceptre avec l'aigle à deux têtes et la couronne des Monomakhs, sacrée pour les Russes. Jouri fut secoué d'un frisson de révolte en lisant cette inscription en polonais : « Sigismond, roi de Pologne, et tsar de Russie. » Sans penser aux conséquences d'un premier mouvement irréfléchi, il tendait la main pour arracher le portrait du mur, lorsque tout à coup la porte donnant accès aux appartements intérieurs s'ouvrit, et un homme d'une trentaine d'années, de bel extérieur, entra dans la salle. Après avoir complimenté Jouri de son heureuse arrivée et s'être présenté comme un *ami* du boyard, il lui demanda l'objet de sa visite.

« Je dois parler personnellement à Timophéi Théodorovitch, répondit Jouri.

— Il n'a pas le temps de vous recevoir maintenant; il prépare le courrier pour Moscou.

— Moi-même, je viens de Moscou et lui apporte une lettre du pan Gonsievski.

— Du pan Gonsievski? Alors c'est une autre affaire. Sois le bienvenu! Je vais sur-le-champ t'annoncer au boyard. Permets-moi seulement de te demander si tu étais à Moscou quand on a reçu la nouvelle de la victoire du roi de Pologne?

— Quelle victoire?

— Comment, tu ne sais pas que Smolensk est pris?

— Est-ce possible?

— Oui, oui, ce repaire de révoltés est maintenant détruit : le boyard Timophéi Théodorovitch vient d'être prévenu par un de ses amis de Smolensk qui a aidé le roi de Pologne à se rendre maître de la ville.

— Et qui, certainement, ne fut pas récompensé d'un tel service comme il le méritait, dit Jouri en dissimulant sa colère.

— Pardon ! Il est très en faveur auprès du roi de Pologne.

— Je ne puis le croire. Sigismond ne tolérerait pas un traître auprès de lui.

— Que dis-tu ? Ce n'est pas un traître. Quand la ville fut prise, tous les traîtres et les révoltés s'enfermèrent dans la cathédrale sous laquelle se trouvait une poudrière, puis ils mirent eux-mêmes le feu aux poudres, et tous périrent jusqu'au dernier. Ils n'ont eu que ce qu'ils méritaient. Excuse-moi, je vais t'annoncer au boyard.

— Oh ! fidèles habitants de Smolensk ! dit Jouri resté seul, pourquoi n'ai-je pu périr avec vous ! Vous avez sacrifié votre vie pour votre patrie, et moi j'ai prêté serment de fidélité à celui dont le père, comme un féroce ennemi, ruine notre terre russe. »

Un cri déchirant, venu du dehors, arrêta un instant le cours des idées sombres de Jouri, qui s'approcha de la fenêtre. Au milieu de la cour, plusieurs valets arrosaient d'eau un vieillard infirme ; le malheureux tremblait de froid, se courbait, faisait des sauts bizarres et hurlait comme une bête fauve. Le bon et sensible Jouri n'aurait jamais deviné ce que signifiait cette mauvaise plaisanterie, si un fort rire, parti de la pièce voisine, ne lui eût révélé qu'il s'agissait d'un amusement du boyard Chalonski. La vue de ce passe-temps barbare redoubla le dégoût qu'il éprouvait pour le maître de la maison.

Après ce spectacle étrange, *l'ami* du boyard revint dans la salle et invita Jouri à le suivre. Ayant traversé une petite pièce, son guide ouvrit une porte drapée de rouge et l'introduisit dans une salle dont les murs étaient tendus de cuir doré de Hollande. Un homme d'environ cinquante ans était assis devant une grande table dans un haut fauteuil sculpté. Son visage pâle portait les traces de passions violentes et désordonnées ; sa barbe et ses cheveux clairsemés grisonnaient ; ses petits yeux brillaient sous les sourcils froncés et paraissaient prêts à s'enflammer de colère à la moindre contradiction.

L'ensemble était peu sympathique. Les cheveux rasés à la polonaise, la ceinture passée sous son long caftan de soie rouge, lui donnaient l'aspect d'un riche pan polonais ; mais le manteau, orné de boutonnières en or, jeté sur ses épaules pardessus le caftan, rappelait en même temps le riche costume des boyards russes. Jouri n'eut pas de peine à deviner qu'il avait devant lui le boyard Kroutchyna Chalonski. En le saluant avec courtoisie, il lui remit la lettre du pan Gonsievski attachée par un cordon de soie.

« As-tu quitté Moscou depuis longtemps ? demanda le boyard en ouvrant la lettre.

— Depuis huit jours, Timophéi Théodorovitch.

— Huit jours ! Mon futur gendre a choisi un bon courrier. Eh bien, mon brave, si tu étais à mon service...

— Je ne sers que le tsar russe Vladislas ! interrompit froidement Jouri.

— En effet. Mais qui es-tu, fidèle serviteur du tsar Vladislas ? demanda Kroutchyna d'un air moqueur.

— Jouri, le fils du boyard Dimitri Miloslavski...

— De Dimitri Miloslavski? L'ennemi incarné des Polonais. Et toi, son fils? Mais cela ne fait rien. Assieds-toi, Jouri Dimitrich. C'est étonnant que le pan Gonsievski n'ait pas trouvé d'autre messager.

— C'est par amitié pour lui que je me suis chargé de t'apporter cette lettre.

— Le fils du boyard Miloslavski est l'ami de Gonsievski! C'est bizarre! Alors ton père serait aussi revenu à la sagesse?

— Il est mort depuis longtemps.

— Ah! voilà! Excuse-moi, Jouri Dimitrich. Je vais lire la lettre du pan Gonsievski. »

A mesure qu'il lisait, le boyard devenait de plus en plus sombre : le dépit et la colère se reflétaient sur sa physionomie.

« Non, dit-il, on n'en viendra pas à bout par la douceur. J'aurais détruit jusqu'aux fondations cette ville de brigands... Voici ce que m'écrit le pan Gonsievski : il vient d'apprendre que les habitants de Nijni-Novgorod rassemblent une armée; il désire que je t'envoie dans cette ville pour le renseigner sur ce qui s'y passe et persuader aux principaux instigateurs de la révolte de se soumettre, en leur promettant la grâce du prince Vladislas. L'exemple, dit-il, l'exemple du fils d'un boyard de Moscou, célèbre par sa haine contre les Polonais, peut ramener ces imbéciles à la raison : du moment que le fils de Dimitri Miloslavski a prêté serment de fidélité au prince royal, pourquoi ne feraient-ils pas de même?

— Je suis prêt à exécuter avec joie la mission de Gonsievski, répondit Jouri, car je suis convaincu que Vladislas peut sauver notre patrie.

— Oui, oui, interrompit le boyard, ménagez ces rebelles. Discutez avec eux. Vous obtiendrez que toutes les villes du sud prendront leur parti, et alors vous essayerez de les calmer. — Non, messieurs les Moscovites, on ne réprime pas les révoltes par la douceur, mais par le glaive et par le feu. Gonsievski envoie ici le pan Tichkevitch avec un régiment, mais ce n'est pas assez pour les intimider. S'il m'avait écouté et s'il avait envoyé des forces considérables, il ne resterait plus depuis longtemps, à Nijni-Novgorod, ni poutre sur poutre ni pierre sur pierre.

— Il n'est pas agréable, boyard, de s'amputer le bras gauche avec son bras droit; un Russe ne marche pas de bon cœur contre un Russe. N'y a-t-il donc pas assez de sang versé? »

Le boyard Kroutchyna regarda fixement Jouri, et plein d'ironie lui demanda si, avec de pareilles idées, il n'avait pas l'intention de se faire moine, et pourquoi il portait un sabre à la ceinture au lieu d'un chapelet.

« Les ennemis de la Russie, dit Jouri, savent que je sais tenir le sabre; mais Dieu seul sait si j'aurai l'honneur d'être moine.

— Crois-tu donc, compatissant envoyé de Gonsievski, continua le boyard, que les habitants de Nijni seront aussi tendres pour toi? Ils mettront des gants pour t'exécuter comme un traître et un serviteur du roi de Pologne.

— Ils feraient bien si j'étais le serviteur du roi de Pologne.

— Oh! jeune homme!... Tu parles un peu trop fort! dit Kroutchyna en fronçant les sourcils.

— Oui, boyard, continua Jouri, je sers le tsar russe Vladislas et non le roi de Pologne.

— Mais Sigismond n'est-il pas son père?

— Oui, mais pas le nôtre. Ainsi pensent les habitants de Moscou, ainsi pensent tous les Russes.

— Doucement, mon brave! Tu es encore jeune : il ne te sied pas de donner des leçons aux vieillards. Nous savons mieux que vous ce qui convient à la Russie. Aujourd'hui, tu te reposeras, Jouri Dimitrich, et demain, dès l'aube, tu te mettras en route. Je te donnerai une lettre pour le boyard Istoma Tourénine. Il habite Nijni, et je te prie de suivre les conseils de cet homme d'expérience et habile dans les affaires. Que les citoyens de Nijni commencent par prêter serment à Vladislas et puis... l'on verra! Le père n'est pas loin du fils.

— Non, boyard, tant que les Russes vivront...

— Bien, nous en reparlerons. Sache seulement, Jouri Dimitritch, que pendant la tempête, sur un navire en danger, ce n'est pas un enfant qui tient le gouvernail, mais un pilote expérimenté. Mais j'ai des affaires importantes, excuse-moi!... Au revoir! »

« N'est-ce pas folie de la part de Gonsievski, se disait le boyard en suivant des yeux Jouri qui sortait, de m'envoyer ce gamin qui parle constamment de Vladislas et de la patrie? Ils perdent la tête à Moscou. Bien, mon jeune homme. Tu iras à Nijni, et, quels que soient tes desseins, tu ne me tromperas pas. Tu exécuteras ma volonté, sinon... »

Le boyard siffla et demanda au domestique qui accourait si son écuyer était de retour de la ville.

« Maître, il descend à l'instant de cheval, répondit le valet.

— Dis-lui de ne se montrer à personne, de venir me voir en secret par la petite porte du jardin et de se tenir prêt à partir. Va. Appelle aussi Vlassievna. »

Quelques minutes après, une petite vieille d'environ soixante ans, vêtue d'une robe de soie et coiffée d'un bonnet cramoisi garni de fourrures, entrait dans la pièce. Elle salua très bas le boyard, et, pliant humblement les bras, elle attendit dans un silence respectueux les ordres de son maître.

« Eh bien, Vlassievna, demanda le boyard, vas-tu me donner une bonne nouvelle? Comment se porte Anastassia?

— Toujours de même, petit père. Elle ne mange rien, ne dort pas, s'ennuie constamment. De quoi? elle l'ignore elle-même. Je lui ai demandé :

« — Qu'as-tu, mon enfant, ma joie? Que se passe-t-il en toi?

« — Je suis malade, nourrice! »

« — Voilà toute la réponse. Quel est son mal? Dieu seul le sait. »

Le boyard devint rêveur. Il est douteux qu'un mauvais citoyen puisse être un bon père, mais les bêtes fauves aiment aussi leurs petits; de plus, l'ambitieux boyard voyait en sa fille la future épouse de Gonsievski, le favori du roi de Pologne. Elle était pour lui le plus sûr moyen d'atteindre les honneurs et le pouvoir, qui formaient le seul objet de ses secrètes pensées et de ses impatientes aspirations. Après un

instant de silence, il demanda si la malade avait pris les médicaments ordonnés par
le docteur polonais avant son départ pour Moscou.

« Oh! petit père, répondit la bonne vieille, ces médicaments l'ont rendue encore
plus malade. Fâche-toi si tu veux contre moi, mais, vois-tu, petit père, chez Anastassia, c'est le moral qui est atteint.

— Alors tu la crois ensorcelée?

— Ensorcelée, petit père, ensorcelée!

— J'en doute, mais si on n'essaye rien, on ne réussira point: vois Koudimovitch.

— Je voulais déjà, sans ton ordre, lui en toucher un mot; mais on dit qu'il y a
ici de passage un étranger plus fort que Koudimovitch. Envoie-le chercher. Il fait,
en ce moment, la fête chez l'intendant Thomas avec les jeunes mariés.

— Bien! Qu'il vienne voir Anastassia! S'il la soulage, dis-lui qu'il me demande
la somme qu'il voudra; mais s'il la rend plus malade, il aura beau être sorcier, il
ne m'échappera pas. Je le tuerai à coups de bâton. Allons, va! Dans une heure,
peut-être même plus tôt, j'irai voir moi-même la malade. »

Le gentilhomme chargé de faire les honneurs à Jouri l'avait conduit dans une
salle où se trouvaient plusieurs lits sans rideaux.

« C'est ici, dit-il, la chambre des hôtes du boyard. Veux-tu te reposer ou prendre
quelque nourriture? Quand on arrive de voyage, on a toujours faim.

— Merci, répondit Jouri, je n'ai pas faim : je voudrais me reposer.

— Alors, à ton aise, boyard! Couche-toi et dors ; aujourd'hui, on dînera tard.
Timophéi Théodorovitch reçoit le pan Tichkevitch qui vient d'arriver avec son régiment. Bon sommeil, Jouri Dimitritch! Je vais voir moi-même si l'on a bien soigné
tes chevaux. »

Jouri, resté seul, s'approcha de la fenêtre d'où la vue s'étendait sur le jardin, ou
plutôt, — comme on disait alors, — sur le potager. Une cinquantaine d'épais tilleuls,
deux ou trois espaliers d'arbres fruitiers, un grand étang, de nombreux groseilliers
et framboisiers et quelques carrés de légumes remplaçaient alors les jolies allées, les
pavillons, les cascades et les surprises des jardins de notre époque. Jouri entendit
quelqu'un marcher le long de la haie entre les buissons. Il n'y aurait prêté aucune
attention si l'homme n'avait eu l'allure d'un voleur: il marchait dans la neige, car le
sentier frayé dans le jardin était trop à découvert, et il regardait constamment avec
inquiétude autour de lui. Jouri ne put distinguer son visage, mais il remarqua sa
haute taille et sa large carrure. Désirant se reposer, il se coucha peu après tout
habillé sur un des lits. Malgré la fatigue, il resta longtemps éveillé : une tristesse
inexplicable lui étreignait le cœur. Les rêves dorés, les espoirs joyeux avaient fait
place aux plus sombres pressentiments. Les paroles du boyard Kroutchyna, et surtout la nouvelle de la prise de Smolensk, lui montraient qu'avec le choix de Vladislas,
les malheurs de la Russie n'étaient pas terminés. La guerre intérieure, les succès
des ennemis, et enfin l'asservissement de la patrie dans toute son affreuse vérité se
présentèrent à son esprit. Il songea longtemps encore, mais la fatigue prit le dessus
et ses yeux se fermèrent.

VIII

Pendant que Jouri s'entretenait avec le boyard Chalonski, Kircha de son côté égayait les invités de la noce du fils de l'intendant. Il s'était hardiment mêlé au cortège au moment où Koudimovitch en prenait la tête pour le conduire à la maison. La foule augmentait à chaque instant. Les vieillards, les femmes sortaient en courant des chaumières; sur tous les visages se peignait une attente anxieuse; des enfants à demi-vêtus et nu-pieds, tremblant de frayeur et de froid, couraient en avant et regardaient timidement le sorcier. Celui-ci, à mesure qu'il approchait de la maison des mariés, donnait les signes de la plus vive inquiétude.

A quelques pas de la porte cochère de l'isba, il s'arrêta soudain; il tremblait de tous ses membres et, se retournant vers le cortège, il cria d'une voix farouche :

« Halte-là, braves gens! Que personne ne bouge! »

Un sourd murmure s'éleva parmi la foule; les invités qui se trouvaient au premier rang reculèrent, arrêtant ceux qui les suivaient. Chacun se serra contre son voisin, seul Kircha se détacha du groupe.

Koudimovitch faisait des efforts extraordinaires pour s'approcher de la porte; il semblait tiré en arrière par une force invisible, et chaque fois qu'il levait le pied pour franchir le seuil, il était repoussé à quelques pas; des gouttes de sueur coulaient sur son front. Enfin, vaincu par la fatigue, il tomba sans respiration sur le sol et murmura d'une voix faible :

« Oh! je suis incommodé! Cela ne va pas, bonnes gens!... Ne me touchez pas. Que personne ne bouge! Oh! petits pères, il y aura un malheur. »

Ces paroles effrayantes firent frissonner les assistants. La jeune mariée tomba presque sans connaissance dans les bras de son père, tremblant comme s'il eût grelotté de la fièvre.

« Que devons-nous faire? demanda le secrétaire en bégayant de terreur.

— Attends. Laisse-moi essayer encore une fois, » répondit Koudimovitch.

Il se releva péniblement, murmura quelques mots incompréhensibles, souffla dans la direction des quatre points cardinaux, et tout à coup, prenant son élan, franchit d'un seul bond le seuil de la porte.

« Maintenant, n'ayez plus crainte! s'écria-t-il. Nous avons le dessus. Venez tous! »

Il fut obligé de répéter plusieurs fois son invitation, avant de pouvoir décider les jeunes mariés, les parents et les invités à le suivre. Enfin l'exemple de Kircha, qui, dès le premier appel, avait pénétré dans la cour, influença tous les assistants. Koudimovitch s'approcha de la porte de l'isba et s'arrêta de nouveau.

« J'entrerai le dernier, dit-il à ceux qui l'entouraient; passez devant et regardez comment je vais arranger en votre présence cette vieille sorcière. »

A ce moment la comédie recommença : l'intendant invita le secrétaire à entrer le premier, mais le secrétaire lui céda cet honneur.

« De grâce, petit père, dit enfin l'intendant, je suis ici le maître, et toi, l'invité : sois le bienvenu.

— Non, non, Thomas Kondratievitch, repartit le secrétaire. Tu es le premier serviteur du boyard : il ne me sied pas, à moi humble sujet, de ne pas te rendre les honneurs qui te sont dus.

— Eh bien, s'il en est ainsi, j'entrerai, » dit l'intendant, chez lequel l'amour-propre satisfait vainquit pour un instant la frayeur.

Il fit le signe de la croix, passa le seuil et recula effrayé en criant :

« Ne me touche pas! Ne me touche pas! Quelqu'un murmure là-bas... Entre qui voudra, mais moi je n'irai pas pour rien au monde...

— Laissez-moi entrer, dit Kircha. Je ne suis pas poltron et je n'ai pas peur d'un sorcier.

— Va, mon brave! Va! s'écrièrent plusieurs invités.

— Qu'il entre! murmura l'intendant. C'est sur lui que le malheur retombera : c'est un inconnu. Le mal ne sera pas bien grand. »

Kircha entra le premier, suivi de tous les gens de la noce. Les regards des assistants se tournèrent vers une vieille qui, assise sur les soupentes, se dandinait de côté et d'autre et murmurait des mots barbares. Kircha remarqua une boîte de paille placée comme par hasard sur le plancher, près des soupentes, et devina aussitôt le mystère de cette comédie.

« Maintenant, asseyez-vous, cria du vestibule Koudimovitch, et tenez-vous immobiles. »

A peine cet ordre était-il exécuté que, d'un seul bond, le sorcier sautait au milieu de l'isba; en même temps la vieille, avec un cri sauvage, se laissait tomber la tête la première sur la paille. Tous les assistants, sauf Kircha, poussèrent des exclamations d'étonnement et de frayeur.

« Comment, Grégorievna? Tu veux lutter avec moi? dit solennellement Koudimovitch.

— Je suis fautive! fautive! piailla la vieille.

— Ah! tu te soumets, vieille sorcière.

— Je suis fautive, mon père! Je suis fautive.

— Tu fais bien de le reconnaître. A chacun sa place.

— Je suis fautive...

— Bien! On ne coupe pas la tête au pécheur repentant. Je ne suis pas méchant et j'ai l'oubli facile. Lève-toi, Grégorievna. Que la paix soit avec nous. Donne-lui donc un verre de vin, fais-la asseoir à table et régale-la bien, continuait Koudimovitch à mi-voix en s'adressant à l'intendant. Il ne faut pas se mettre mal avec elle. On ne sait ce qui peut arriver... Je puis manquer, et, d'ailleurs, pourquoi le cacher? C'est à peine si j'ai eu le dessus : elle est forte, la maudite.

— Sois la bienvenue, petite mère Pélagis Grégorievna, dit le maître de la maison avec affabilité. Assieds-toi donc ici, à côté de Koudimovitch. Explique-moi ce manque de bienveillance. Il me semble cependant que nous avions toujours vécu en bons termes.

— Non, petit père, répondit la vieille, je n'ai rien contre toi; mais, pour dire la vérité, je voulais lutter avec Koudimovitch.

— Mais tu vois bien que tu n'es pas de taille, interrompit en souriant le sorcier. Quand on ne connaît pas le gué, on ne se jette pas à l'eau. Mais pourquoi parler de ces histoires? Celui qui rappelle les vieilles rancunes aura l'œil arraché. Maintenant, oublions tout cela : il est temps de se mettre à table. »

En un clin d'œil, les plats furent servis. Au début, les convives mangeaient sans mot dire ; mais les garçons d'honneur versaient le vin et les diverses boissons en si grande abondance que les langues se délièrent et la conversation devint, d'instant en instant, plus bruyante. Seul, Kircha se taisait. Sa conduite paraissait bizarre à beaucoup de convives, ainsi qu'au maître de la maison. En effet, le cosaque, sans être invité à la noce, avait accaparé la meilleure place; il mangeait pour deux et ne disait mot. Mais son calme, son allure belliqueuse, et surtout la hardiesse dont il avait fait preuve, inspiraient involontairement le respect; tous le regardaient avec curiosité, mais personne n'osait l'interroger.

Parmi les invités se trouvait une femme de chambre du château, qui, ayant parlé à voix basse au maître de la maison, interpella Koudimovitch et lui demanda s'il pouvait porter remède à son chagrin.

« Tous les chagrins ne se ressemblent pas, Tatiana Ivanovna, répondit le sorcier, mis en gaieté par plusieurs verres de vin. Si tu me demandes de te rajeunir, tu auras beau insister, je serai impuissant.

— Qu'inventes-tu encore? dit avec dépit la femme de chambre. Suis-je donc si vieille? Il n'est pas question de cela, Koudimovitch. On a volé chez le boyard.

— Aurait-on pris un cheval?

— Non, des pièces de toile ont disparu. Hier, je les ai vues moi-même : elles séchaient dans le jardin; aujourd'hui, elles n'y sont plus. Nous ne savons qui soupçonner.

— On dirait qu'aucune affaire importante ne peut être élucidée sans moi.

— Justement, Koudimovitch. Sors-moi d'embarras : je suis responsable.

— Soit, je suis prêt. Ou bien, non. Que tout l'honneur soit à Grégorievna. Eh bien, ma chérie, montre ta sagesse.

— Je n'ose pas devant toi, Koudimovitch, répondit humblement Grégorievna.

— Assez de façons, ma chère. J'ai déjà travaillé : à ton tour maintenant.

— Eh bien, si tu l'ordonnes, je ne puis résister. Donnez-moi un seau d'eau. »

Les convives étaient devenus attentifs : ceux qui parlaient se turent; ceux qui mangeaient s'arrêtèrent; les garçons d'honneur cessèrent de verser des boissons; seul, Kircha continua à manger et à boire comme auparavant, sans prêter attention au sorcier et à la sorcière.

« Grâce ! » hurla Koudimovitch.

Après avoir murmuré quelques paroles inintelligibles, Grégorievna observa fixement la surface de l'eau.

« Ah! chers petits pères! dit-elle en balançant la tête. Qui aurait pu croire? Un paysan riche, avec de la famille, commettre un pareil méfait!

— Que vois-tu? demanda avec impatience l'intendant. Parle.

— Non, petit père : je ne puis. Regarde donc toi-même.

— Je ne vois rien, dit l'intendant, après avoir jeté un coup d'œil sur l'eau.

— Vois-tu où sont les pièces de toile? demanda la femme de chambre.

— Je les vois, répondit Grégorievna : elles sont dans le hangar de Fiedka Khomiak.

— Alors, c'est lui, s'écria l'intendant. Tant mieux. Je le cherche depuis longtemps. Je ne peux pas sentir ce révolté : c'est un vrai brigand ; il ne salue pas mon clerc. Allez, mes braves. Allez vite au hangar de Fiedka Khomiak. »

Un des garçons d'honneur sortit aussitôt de l'isba.

« Eh! Grégorievna, je ne m'attendais pas de ta part à tant de perspicacité, dit Koudimovitch. C'est comme si j'avais opéré. C'est vrai, c'est vrai, ajouta-t-il en regardant l'eau qui remplissait le seau. Fiedka Khomiak a volé les toiles, qui sont encore cachées chez lui dans son hangar.

— Vous mentez tous deux ! » s'écria Kircha d'une voix éclatante.

Koudimovitch tressaillit, Grégorievna pâlit et tous les regards se tournèrent vers le cosaque.

« Je vais vous apprendre à faire de la sorcellerie, vauriens! continua Kircha. Vous dites que les toiles sont dans le hangar de Fiedka Khomiak?

— Mais oui! répondit Koudimovitch, reprenant son assurance. Est-ce que tu en connais plus que moi?

— Probablement davantage. Elles ne sont pas à cet endroit.

— Comment? Pas à cet endroit? s'écria Grégorievna.

— Oui, ma chère! répondit froidement Kircha. Tu as entrepris un métier qui n'est pas pour toi, et puis l'apprentissage ne t'a pas coûté assez cher. Non, tante, un seul flacon d'eau-de-vie et un gâteau ne suffisent pas. »

A ces mots inattendus, Koudimovitch et Grégorievna eurent de la peine à rester assis sur le banc; leur frayeur redoubla lorsque le garçon d'honneur, revenu de son exploration, annonça qu'il n'avait pas trouvé les toiles à l'endroit indiqué.

« Alors où sont-elles? demanda vivement la femme de chambre.

— N'aie crainte : elles se retrouveront! dit Kircha. Envoyez quelqu'un creuser la neige derrière la chapelle. »

Plusieurs invités, sans attendre l'ordre, sortirent en courant de l'isba.

« Écoute, monsieur l'intendant, continua Kircha, n'accuse pas Fiedka Khomiak : il n'a rien à se reprocher. N'est-ce pas, Koudimovitch? Eh bien, pourquoi gardes-tu le silence? Tu sais bien que ce n'est pas lui qui a volé les toiles. »

L'infortuné sorcier restait assis, immobile, comme pétrifié; regardant de temps à autre avec terreur Kircha, il ne pouvait prononcer un mot.

« Eh bien, frère, tu t'imagines alors pouvoir garder le silence! s'écria le cosaque. Attends donc, mon cher. Je vais te délier la langue. Donnez-moi un tamis et un chou. Avec moi, le voleur en personne se mettra à parler. »

Koudimovitch se mit à trembler de tous ses membres.

« Grâce! murmura-t-il d'une voix hésitante. Tu as le dessus : je me soumets.

— Quoi, frère! tu penses...

— Ne me perds pas. Je suis maudit.

— Et toi, n'as-tu pas voulu perdre Fiedka Khomiak? Non! non! Donnez-moi un tamis.

— Laisse mon âme se repentir, continuait Koudimovitch en se jetant aux pieds du Zaporog. Ne me coupe pas sans couteau. Mais supplie donc, toi aussi, imbécile, murmura-t-il en s'adressant à Grégorievna, qui se mit également à genoux devant Kircha.

— Je ne veux rien entendre! répondit le Zaporog. Pas de grâce pour les vauriens. Et puisque vous hésitez, donnez donc le chou.

— Grâce! hurla Koudimovitch; je te promets, mon cher, de ne plus jamais faire le sorcier de ma vie.

— Est-ce bien vrai?

— Dieu en est témoin.

— Soit, alors. Que personne ne se chagrine à la nôce. Dieu te pardonnera; mais, à l'avenir, ne t'occupe pas d'affaires qui ne sont pas de ta compétence. Si j'apprends jamais que tu recommences ta sorcellerie, tu perdras aussitôt ta langue. »

Durant cette scène étrange, l'étonnement des assistants avait atteint un degré extraordinaire : tous avaient vu la terreur de Koudimovitch, mais personne n'en comprenait la véritable raison.

« Que signifie tout cela? dit l'intendant.

— Comment! Ne vois-tu pas qu'un malin a vaincu un malin?

— Ah! voilà, Thomas Kondratievitch, cet étranger est bien fort. Regarde donc. Voici qu'on apporte les toiles. »

La femme de chambre saisit avec joie les pièces qu'on déposait dans l'isba.

« Dieu merci! dit-elle après les avoir inspectées. Rien ne manque. Je vais courir chez Vlassievna et la réjouir, car nous ne savions comment annoncer la nouvelle au boyard.

— Qu'attendez-vous? demanda Kircha à Koudimovitch et à Grégorievna. Je vous ai pardonné. Sortez d'ici et qu'on ne vous voie plus. »

Le sorcier confus, sans répondre un mot, quitta l'isba; mais Grégorievna, se penchant vers Kircha, lui dit à demi-voix :

« Ne te fâche pas, petit père. Je vois que Koudimovitch est un mauvais sorcier. Veux-tu me prendre en apprentissage?

— Tais-toi, vieille imbécile! s'écria Kircha. Va-t'en d'ici. Autrement je te ferai tomber de la soupente, mais je donnerai l'ordre d'enlever la paille. »

Grégorievna, n'osant plus continuer la conversation avec le sévère inconnu, salua toute la société et suivit Koudimovitch.

« Permets-moi de te demander ton prénom et ton nom de famille, dit l'intendant au Zaporog. D'où daignes-tu venir et où vas-tu?

— De loin, brave homme, et je vais où Dieu m'emmènera.

— On voit bien que tu as beaucoup voyagé.

— Oui, je me suis tellement promené qu'il serait temps de me reposer.

— Eh quoi! cher monsieur, c'est au moins au delà des mers que tu as acquis une telle sagesse.

— Je suis allé au delà des mers; j'ai été prisonnier des mécréants.

— Où... où donc? Ce doit être bien loin d'ici?

— Assez loin... derrière la mer des gogos.

— Est-ce derrière Kazan?

— Non, plus loin. Derrière Astrakhan.

— Eh bien, cher monsieur, comment la terre est-elle faite là-bas? Est-il possible que le Seigneur Dieu envoie aussi son bonheur à ce peuple infidèle comme à nous autres orthodoxes?

— Il faut croire que oui. Un beau pays! Il y a de tout en quantité : de l'argent, de l'or, des pierres précieuses et toutes sortes de provisions. Mais au sujet de l'hiver Dieu les a déshérités.

— Comment cela? Est-il possible qu'ils n'aient pas d'hiver?

— Ils ne connaissent pas la neige et leur eau ne gèle jamais.

— Ah! mes chers petits pères, s'écria l'intendant en tapant des mains, quel miracle! Pas d'hiver! En effet, c'est une punition de Dieu. Ils l'ont bien méritée, les mécréants!

— Eh! Thomas Kondratievitch, murmura le secrétaire à l'intendant, ne vois-tu pas qu'il plaisante?

— Raconte-nous donc, brave homme, dit un des invités, ce qu'il y a encore d'extraordinaire.

— Soit! Mais si on me donnait un verre d'eau-de-vie, il me serait plus agréable de vous faire mon récit.

— Comment ne pas donner satisfaction à un hôte comme toi? Allons, Marpha, prends donc là-bas, sur l'étagère d'en haut, une bouteille d'eau-de-vie. Fais attention, ajouta-t-il à voix basse, sers celle de droite : elle est déjà entamée. »

On servit l'eau-de-vie; les invités s'approchèrent du Zaporog, qui but à la santé des jeunes mariés et commença à leur raconter différentes histoires sur la religion des mécréants, sur les Persans, le mont Ararat, les steppes infranchissables, les sables d'or, les rivières de miel, les éléphants, les chameaux; mélangeant la vérité à la fiction, il intéressa tellement le maître et les invités que personne ne vit un domestique du château qui venait d'entrer et qui, après avoir parlementé avec Marpha, s'approcha du cosaque, le salua courtoisement et lui demanda d'aller chez le boyard.

IX

La tourelle du château était réservée à la fille du boyard Chalonski. Les appartements d'Anastassia Timopheievna se composaient de deux vastes pièces. Dans la première, en entrant, les servantes étaient assises, occupées à filer. Le silence qui régnait
dans la salle était parfois interrompu par le chuchotement de deux voisines ou par
le bruit d'un fuseau tombant à terre. La deuxième pièce était entièrement tendue
d'étoffe rouge. D'immenses coffres à ferrures, renfermant le trousseau et les toilettes
de la fille du boyard, occupaient le côté gauche; entre les deux fenêtres, se trouvaient
une grande glace dans un cadre sculpté et un essuie-mains brodé d'or et de soie.
Droit, en face de la porte, s'élevait un grand lit avec des rideaux de soie; tout autour
étaient assises, sur des tabourets, Vlassievna et plusieurs femmes de chambre favo-
rites. Les unes enfilaient de riches colliers de grosses perles, d'autres s'occupaient à
des travaux de broderie. Sur leur visage fleurissaient la jeunesse, la beauté et la
santé; mais la gaieté n'avivait pas leurs yeux clairs. Essuyant leurs larmes en
cachette, elles regardaient de temps à autre leur jeune maîtresse, qui, accoudée sur
l'oreiller, paraissait plongée dans une grave méditation. La rose, luxueux ornement
des jardins, reste, même quand elle est fanée, plus belle que les fraîches fleurs des
champs; de même, malgré l'épuisante maladie, la fille du boyard éclipsait les suivantes qui l'entouraient. On voyait rarement s'épanouir sur ses lèvres un triste
sourire. Les perles de ses bracelets et la couverture de son lit ne dépassaient pas en
blancheur son pâle visage sur lequel se reflétaient les traces des tourments. Les yeux
éteints de la jeune fille se ressentaient des nuits passées sans sommeil.

« Pourquoi gardes-tu le silence, Terentitch? dit Vlassievna se tournant vers un
vieillard aveugle qui se tenait près de la porte. La demoiselle est rêveuse; commence
un autre conte,... et fais attention qu'il soit plus gai.

— Bien, petite mère Vlassievna, répondit le vieillard en s'inclinant très bas. Mais
il me semble que le dernier...

— Comment, petit père, qu'avait-il d'intéressant? Une tsarine devenue amoureuse

5

d'un brave jeune homme... De méchantes gens qui les séparent... Et puis le serpent Gorynytch qui emporte le jeune homme au loin dans le trentième... et elle, la pauvrette, qui reste seule, orpheline, sans son bien-aimé, sans ses parents, et dépérit de chagrin... Vraiment, je te demande ce qu'il y a de gai là-dedans?

— D'un conte on ne peut retrancher une syllabe, petite mère Vlassievna.

— C'est juste, aussi passe à un autre.

— Vous plairait-il d'entendre le conte du glorieux prince Vladimir, soleil de Kiev, fils de Sviatoslavitch, et du fort et puissant héros Dobrynia Nikititch?

— Soit, soit! Commence : nous écouterons. »

Le conteur aveugle peigna sa barbe, frisa ses moustaches et commença.

« Ce ne sont ni les tourbillons ni les vents soufflant à travers la campagne qui soulèvent la poussière, mais le fort et puissant héros Dobrynia Nikititch qui part sur son coursier de bataille avec son domestique Torop. Sa cotte de mailles de combat brille comme un petit soleil. Un lourd glaive pend à son côté; dans sa main droite il tient une lance d'acier; les harnais de son cheval sont en or rouge. Il s'approche de la ville sainte de Kiev. Il regarde; dans les champs réservés aux princes sont dressées les tentes des mécréants; une armée innombrable entoure les murs de la ville. Ayant vu la force maudite, le puissant Dobrynia crie de sa voix formidable, siffle de son souffle de géant. Est-ce par suite de ce sifflement que la forêt de chênes se penche et que les feuilles tombent des arbres? Lui, frappe son cheval sur la hanche; le coursier s'emporte et avec ses sabots fait jaillir des étincelles; il galope dans les champs, la terre tremble, de sa bouche sort une flamme et de ses naseaux un nuage de fumée. Le héros chasse les forces maudites. Partout où il passe avec son coursier en brandissant sa lance, il trace une rue, et partout où il donne un coup de glaive, il fait une ruelle. Des milliers d'hommes mordent la poussière.

— Assez, Terentitch, interrompit la belle Anastassia d'une voix lasse. Tu es déjà fatigué. Petite nourrice, fais-lui donner un verre d'eau-de-vie.

— Écoute jusqu'à la fin, ma chérie! dit Vlassievna. Peut-être qu'il t'égaiera.

— Non, petite nourrice, rien ne m'égaiera.

— Soit, mademoiselle. Va-t'en, Terentitch. Et vous, mes belles, conduisez-le en bas, car il pourrait se faire mal. Eh bien, ma chère Anastassia, continua-t-elle, je ne sais plus vraiment qu'inventer ni que faire pour toi. Faut-il appeler le fou Aphonka?

— Ah non! Il ne faut pas.

— Nous l'appellerons, ma chère, et nous ferons aussi venir la folle Matrone; ils causeront tous deux et, pour t'amuser, se battront même, ma chérie.

— Pourquoi m'as-tu parée aujourd'hui, petite nourrice? dit avec un soupir Anastassia. Même sans ces toilettes, la vie m'est assez dure et assez triste.

— Il faut être élégante aujourd'hui. Nous descendrons peut-être. Il y a ce soir un festin chez ton père; un grand pan est arrivé.

— Quel pan? D'où vient-il? s'écria la jeune fille.

— Pourquoi t'effrayer, ma chérie?... Oui, c'est cela. Tu as peur d'un pan?... Voilà où est le mal... Rassure-toi... Ce n'est pas lui.

— Merci.

— Oh! les demoiselles, vous êtes toutes les mêmes. Ce n'est pas lui, merci! Et si c'était lui, vous n'auriez pas assez de toilettes. Non, chéri. Un certain pan Tichkevitch est arrivé aujourd'hui, et puis aussi un courrier de ton fiancé, le pan Gonsievski. Pourquoi ne vient-il pas lui-même ? Il serait temps de faire un beau festin et de commencer la noce. Mais qu'as-tu, ma chérie? qu'as-tu? Ta figure se décompose.

— Rien, petite nourrice, cela passera. Tout passera! murmura Anastassia. Seulement ne me parle pas du pan Gonsievski.

— Ne pas parler de ton fiancé? Oh! enfant, ce n'est pas bien. Je remarque depuis longtemps que tu n'y tiens pas. Est-ce possible, en effet? Mais non. A-t-on jamais vu une fille résister à la volonté de son père? Et puis, faut-il jamais repousser les fiancés? Non, ma chérie, chez nous, ce n'est pas comme au delà des mers : les fiancées ne choisissent pas elles-mêmes leurs fiancés. Elles se marient suivant la volonté de leurs parents. Une fois mariée, tu l'aimeras

— Non, ce n'est pas l'élu de mon cœur.

— Qu'as-tu, ma chérie? Pourquoi ne pas l'aimer? Ne t'a-t-il pas envoyé assez de perles et d'étoffes précieuses? Et moi, la vieille, m'a-t-il oublié aussi? Il m'a fait cadeau, le chéri, de cinquante pièces d'or et de trois mantelets en soie d'outre-mer. Et un pareil promis ne conviendrait pas à ton cœur? Eh! chère Anastassia, que peut-on lui reprocher à ce fiancé? Il est si beau de sa personne, si fort et si imposant! Vraiment, de toute ma vie, je n'ai vu mieux; si peut-être... et encore, ce jeune boyard qui, à l'église du Sauveur, venait à la messe; te le rappelles-tu? Il arrivait toujours avant nous et se plaçait à gauche, près du chœur. Allons, mademoiselle, te voilà plus gaie. Eh bien, tu seras heureuse quand tout le monde admirera ton petit mari. Bon! te voici encore en peine. Oh! ma chérie, un méchant homme t'a jeté un sort. Mais nous verrons ce qui se passera aujourd'hui.

— Aniouta, dit Anastassia s'adressant à une belle jeune fille assise auprès d'elle, chante cette chanson... tu sais, celle que j'aime. »

Aniouta, sans interrompre son travail de broderie, se mit à chanter d'une douce et agréable voix :

« Ami, ne t'attarde pas le soir;
Ne brûle plus de flambeau de cire vierge;
Ne m'attends plus jusqu'à minuit.
Ah! ils sont passés, passés,
Nos beaux jours,
Nos joies!
L'ouragan les a emportés.
Mon propre père
Et ma propre mère
M'ordonnent de me marier,
Mais pas avec toi.
Dans les cieux ne brillent pas
Deux soleils.
Il n'aimera pas deux fois,
Le brave jeune homme.

J'écouterai mon père, ma mère ;
Je ne me marierai pas
Avec toi, mon âme !
— Moi, me marier
Avec une autre femme,
Moi, avec une autre femme ?
Plutôt la mort ! »
Ce n'est pas une source qui gazouille,
Ce n'est pas un ruisseau qui murmure,
Mais les pleurs de la jeune fille coulent.
Au milieu des larmes, elle dit :
« O toi, mon chéri !
Toi, le chéri de mon cœur !
Je ne suis plus de ce monde.
La tourterelle n'a pas
Deux pigeons.
La belle n'a pas
Deux chers amis. »

. . . .
Elle n'attend plus, pensive, le soir ;
Mais le flambeau de cire vierge brûle ;
Sur la table est un cercueil de bois,
Dans le cercueil est couchée la belle !...

« Cesse de chanter, Aniouta, dit Vlassievna. Tu rendrais morose une personne bien portante. On dirait que tu chantes une messe des morts. »

A ce moment, une servante entra dans la salle et dit quelques mots à l'oreille de la vieille nourrice.

« Bon ! répondit Vlassievna. Dis-lui d'attendre. Anastassia, continua-t-elle, nous avons dans notre village un étranger au sujet duquel on raconte des choses extraordinaires. Notre Koudimovitch est un sage ; mais il a dû se mordre la langue devant cet inconnu. Permets-lui de venir te causer. Allons, ma chérie, fais-le entrer.

— Pourquoi, petite nourrice ? Pourquoi ?

— Mais parce que, ma joie, s'il est vraiment habile, il guérira peut-être ta maladie.

— Non, petite nourrice... la mort seule me délivrera.

— Assez, mademoiselle, tu te prépares de bonne heure à mourir. Eh bien, ma chérie, faut-il l'appeler ?

— Il ne faut pas.

— Écoute, Anastassia, ton père en a donné l'ordre. Je n'ose pas désobéir.

— Dans ce cas, fais-le venir. »

La porte s'ouvrit, et Kircha entra dans la salle. Après avoir salué les icônes, il s'arrêta.

« Soyez le bienvenu ! dit Vlassievna. Soyez le bienvenu ! Voici notre malade.

— Je vois, grand'mère, répondit Kircha en jetant un regard rapide sur Anastassia. Je vois. Ah ! ah !

— Eh bien, que dis-tu, mon père ?

— Ce que je dis ? Ah ! ah !

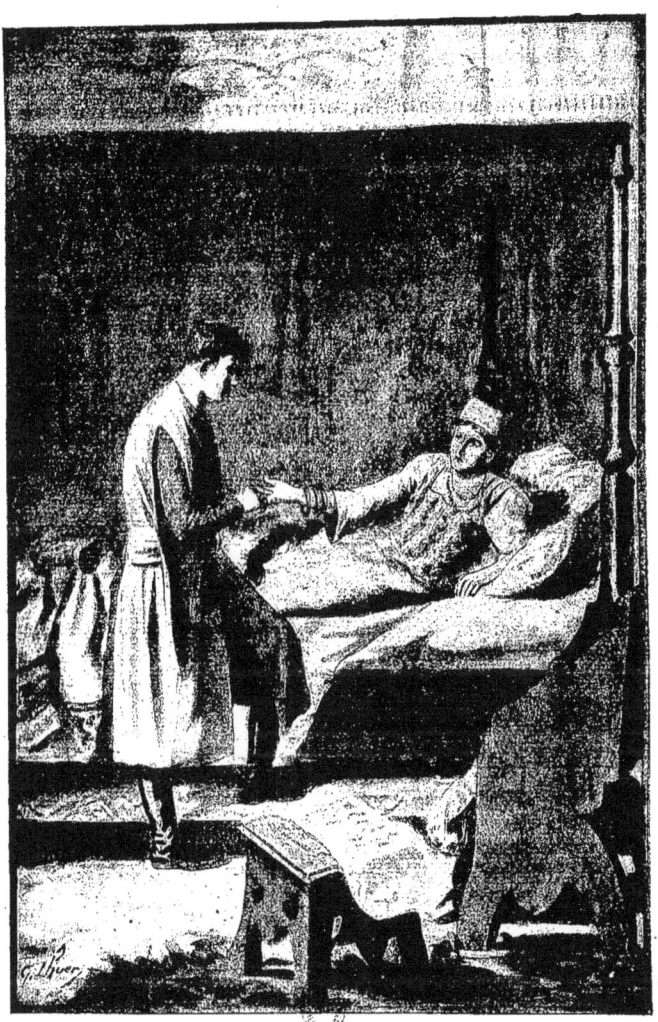

« Anastassia Timophéïevna, on t'a ensorcelée. »

— Qu'as-tu, petit père, à mugir ainsi? Est-ce bon signe?

— Nous verrons. J'ai besoin de causer avec votre demoiselle, mais personne ne doit nous entendre.

— Comment? Personne?

— Oui, oui. Le sorcier a besoin de mystère. Éloignez-vous toutes.

— Mais moi, je puis rester?

— Non, grand'mère, personne.

— Eh bien, soit! Levez-vous, mes filles. Éloignons-nous vers la porte. »

Kircha s'approcha d'Anastassia et la pria de lui montrer sa main droite. Avec une répugnance marquée, elle satisfit ce désir. Kircha, ayant observé la paume, dit tout bas :

« Anastassia Timopheievna, je dois t'annoncer la vérité : on t'a ensorcelée. »

La malade regarda dédaigneusement le Zaporog et se détourna.

« Oui, oui! répéta d'un air important Kircha. En effet, tu as été ensorcelée par les yeux bleus d'un brave aux cheveux châtains. C'est le cœur qui est malade. »

Les joues pâles de la jeune fille s'avivèrent; elle voulut parler, mais les mots se perdirent sur ses lèvres.

« Cet hiver, continua le Zaporog, tu l'as rencontré pour la première fois à Moscou. »

Anastassia, toute tremblante, regarda timidement Kircha, qui, après une pause, ajouta :

« Tu le voyais presque tous les jours à l'église du Sauveur. »

La malade retira vivement sa main et jeta un cri de terreur.

« Qu'as-tu, Anastassia? demanda Vlassievna accourant vers le lit. Qu'as-tu?

— Rien, répondit Anastassia. Éloigne-toi, petite nourrice, éloigne-toi.

— Vieille, si tu approches, ne fût-ce qu'une fois encore, tu feras tout manquer! dit Kircha d'un ton sévère. Reste là-bas et regarde à distance. Donnez-moi de nouveau votre petite main, mademoiselle, continua-t-il lorsque Vlassievna se fut éloignée. Voici... Ah! ah!... Anastassia Timopheievna, tu n'as pas à te plaindre, s'il t'a ensorcelée, tu l'as aussi ensorcelé : tu languis pour lui et il se consume pour toi.

— Regardez donc, regardez! murmura Vlassievna. Qu'est-ce qui se passe chez la demoiselle? Son visage devient pourpre comme le feu.

— Attends donc, continua le cosaque après un léger arrêt. Tu as un autre chagrin qui, comme un brouillard d'automne, pèse sur ton cœur. Je vois qu'on veut te marier avec un pan polonais. Ne t'inquiète pas, Anastassia Timopheievna. Ce mariage ne se fera pas. J'en parlerai à ton père; il ne t'emmènera pas à Moscou, et ton fiancé ne viendra pas ici : il aura bientôt autre chose à faire.

— Regardez donc, dit Aniouta. Anastassia pleure, et son visage est plein de gaieté. Quel miracle!

— Tais-toi, Aniouta, ne les gêne pas! murmura Vlassievna, s'efforçant d'écouter la conversation qui, d'instant en instant, paraissait devenir plus intéressante.

— Cependant, continua Kircha, tu ne guériras complètement qu'après avoir revu celui qui t'a ensorcelée et t'être mariée avec lui.

— Avec lui! répéta Anastassia d'une voix tremblante.

— Oui, oui, avec lui! Et, ajouta Kircha, cela se fera tôt ou tard. »

La malade ne pouvait prononcer une seule parole, tellement elle était suffoquée par l'émotion. Mais, tout à coup, la tristesse se peignit sur son visage, ses yeux se ternirent et la pâleur revint sur ses joues fanées.

« Non! dit-elle en repoussant la main du Zaporog. Je ne puis croire aux sorciers.

— Oh! si ce n'est que cela, dit Kircha. Je ne suis pas sorcier et tu peux avoir confiance en moi.

— Tu n'es pas sorcier? Qui es-tu alors?

— Pour les autres, je resterai sorcier; sans cela, je n'aurais pu te causer; mais, Dieu me damne! je veux être chassé comme un lâche du village cosaque de Nesamanov, ou être enterré vivant comme un criminel, si je ne suis pas orthodoxe comme toi.

— Mais comment as-tu deviné ce que je suis seule à savoir?

— Ce serait trop long à raconter. Aie confiance : vraiment, je ne suis pas sorcier. Cependant je sais que Jouri Miloslavski t'aime; il est possible que vous vous voyiez peut-être bientôt. Et, quant à ton mariage avec le pan Gonsievski, ne t'en inquiète pas, foi de Kircha le Zaporog! Son Excellence et tous les hérétiques de Moscou seront bientôt en aussi mauvaise posture qu'un chef de cosaques indigne, pourchassé par ses camarades. Le pan Gonsievski n'a plus le loisir de songer au mariage. Il sera bientôt obligé de penser à sa tête. Eh bien, te sens-tu mieux maintenant?

— Ah! oui! répondit Anastassia en mettant la main sur son cœur.

— Vous pouvez toutes approcher, dit Kircha se tournant vers les suivantes.

— Eh bien, mon enfant? demanda vivement Vlassievna.

— Ah! petite nourrice, petite nourrice! répondit Anastassia en sanglotant. Je me sens si heureuse, si gaie. Félicite-moi, ma chérie, continua-t-elle en se jetant dans ses bras. Aniouta, vous toutes, approchez : laissez-moi vous embrasser. Mon Dieu! n'est-ce pas un rêve! Non, non! Je respire librement. »

Des larmes coulaient en abondance sur ses joues.

« Allez, allez, reprit-elle : je veux rester seule. J'ai besoin... Je dois... Allez, mes chères, laissez-moi seule. »

Tous passèrent dans l'autre salle.

« Eh bien, petit père, à toi l'honneur et la gloire, dit Vlassievna au Zaporog. Jamais de ma vie je n'ai vu pareil miracle. Tu as enlevé le mal d'un seul coup, comme avec la main. Demande hardiment au boyard ce que tu veux.

— Je ne suis pas exigeant, répondit Kircha, et si le boyard voulait me donner un bon cheval...

— Il ne regrettera pas trois chevaux. Auras-tu besoin encore de causer à notre demoiselle?

— Non, ce n'est plus nécessaire. Il me suffira de dire quelques mots au boyard. Mais attends. Tiens, voici!

— Qu'est-ce, petit père? Un biscuit.

— Oui, un biscuit. Fais atttention : pendant sept jours, donnes-en à la demoiselle toutes les fois qu'elle demandera à boire soit de l'eau, du kwas, de l'hydromel ou n'importe quoi.

— Bien, petit père.

— Remplis la cruche jusqu'au bord et verse de la main gauche.

— Bien, petit père.

— Durant toute la semaine, ne bois toi-même que de l'eau ; il faut éviter de prendre de la liqueur.

— Comment, mon père ? Et avant le dîner ?

Le boyard, étonné, toisa Kircha.

— Ni avant, ni après. Entends-tu ? pas une goutte.

— J'entends, petit père. J'entends, je ne suis pas sourde. Six jours à boire de l'eau !

— Pas six jours, mais juste sept, grand'mère.

— Une semaine entière ! Il faut se soumettre. Ces diables de sorciers, ajouta Vlassievna en grommelant, ont des manies bien désagréables. Sept jours, c'est quelque chose. »

A ce moment, deux valets ouvrirent la porte à deux battants, et le boyard Kroutchyna fit son entrée dans la chambre.

Les personnes présentes se redressèrent mues comme par un ressort et s'inclinèrent en silence. Seule Vlassievna, oubliant le respect dû au maître, s'écria :

« Soyez le bienvenu, Timophéi Théodorovitch ! Soyez le bienvenu ! Que donnerez-vous pour la bonne nouvelle?

— Qu'as-tu, vieille? Perds-tu la raison? fit le boyard.

— Folle! petit père. Je suis folle. La demoiselle est complètement guérie.

— Est-ce possible?

— Oui, petit père. Daignez vous-même le constater. »

Le boyard entra chez sa fille et, après s'être entretenu quelques instants avec elle, il revint. La joie et l'étonnement mêlés à la défiance se lisaient sur sa physionomie : il fixa son œil perçant sur Kircha, qui se montrait indifférent.

« Comment t'appelles-tu? demanda enfin Kroutchyna.

— Kircha! répondit le Zaporog.

— Y a-t-il longtemps que tu es ici?

— Depuis ce matin.

— Où vas-tu?

— Dans mon pays, à Tsaritsine.

— Quand tu as traversé la cour, tu as rencontré le domestique du boyard Miloslavski et tu lui as parlé. Le connais-tu donc?

— Nous avons passé ensemble la nuit dernière à l'auberge.

— Il a dit que tu es Zaporog.

— Oui, je suis un cosaque du Zaporog, mais j'ai mon père et ma mère à Tsaritsine.

— Ne veux-tu pas rester ici et me servir?

— Non, Timophéi Théodorovitch, je veux retourner chez moi. »

Le front du boyard s'obscurcit; il jeta sur le Zaporog un regard sévère et, après quelques instants de silence, continua :

« Tu as soulagé ma fille. Comment puis-je te récompenser?

— J'ai perdu mon cheval, boyard, et je ne suis pas habitué à marcher à pied.

— Prends dans mon écurie le cheval qui te conviendra. Je ne te demande pas comment tu as fait pour soulager Anastassia, puisque tu es sorcier et menteur; cela m'est égal, mais qui me garantit que sa maladie ne reviendra pas? Tu dois rester ici jusqu'à ce que je sois convaincu de sa guérison.

— Je ne peux pas, boyard, j'ai hâte de rentrer à la maison.

— Ce sont des bêtises. Tu resteras.

— Non, Timophéi Théodorovitch, je ne resterai pas. »

Le boyard, étonné, toisa Kircha. Habitué à une obéissance passive de la part de son entourage, il ne pouvait comprendre cette audace de la part d'un simple cosaque.

« Nous verrons, dit-il avec un sourire méprisant, si un vagabond peut contredire le boyard Chalonski.

— Fais ce que tu voudras, Timophéi Théodorovitch ! continua tranquillement le cosaque. Tu es libre de me garder ici de force, mais prends garde, tu pourrais le regretter. »

Les yeux du boyard Kroutchyna brillèrent comme ceux d'un tigre.

« Tais-toi, valet! hurla-t-il d'une voix éclatante. Tu oses me menacer. Mais ne sais-tu pas, vagabond, que je peux faire pendre n'importe quel sorcier comme un chien enragé, sur le premier sapin venu?

— Seras-tu plus avancé, répondit froidement Kircha, de voir ta fille unique mourir avant d'être mariée au pan Gonsievski? »

Le boyard devint pâle comme un cadavre : il dévorait des yeux le Zaporog. Un profond silence, pareil à celui qui précède un fort coup de tonnerre, régna dans la pièce. Enfin la crainte de perdre sa fille unique, et avec elle toutes les espérances d'un avenir brillant, lui enleva l'envie de punir l'audacieux inconnu.

« Celui, pensait-il, qui d'une façon miraculeuse avait en quelques instants guéri sa fille, était sans doute capable de réaliser facilement le contraire. »

Kircha était sauvé. Le visage convulsé du boyard reprit son aspect habituel sombre et paisible. Il jeta un coup d'œil sur les personnes présentes, comme pour leur rappeler que l'audace de Kircha ne devait pas leur servir d'exemple ; puis, s'adressant d'un air assez affable au Zaporog, il dit :

« Eh bien, mon cher, tu n'es pas timide. Bien! bien! Si tu ne veux pas rester, va-t-en. Je n'ai pas l'intention de te retenir.

— Cela vaut mieux ainsi, dit Kircha. On n'obtient rien de moi par force, et, pour reconnaître ta bienveillance, je te dirai ce que tu n'aurais jamais pu savoir par la violence. Anastassia Timophéievna a été ensorcelée à Moscou, et si elle revient là-bas avant six mois et six jours, elle retombera malade, et alors, je te prie de ne pas te fâcher, personne au monde ne pourra la sauver.

— Six mois! s'écria le boyard; mais nous devons aller le mois prochain à Moscou.

— N'y va pas, Timophéi Théodorovitch.

— J'ai donné ma parole au pan Gonsievski.

— Reprends-la.

— Non, je n'ai jamais manqué à ma parole.

— Eh bien, agis à ta guise. Je t'ai prévenu : maintenant, arrange-toi.

— Tu ne connais pas un expédient quelconque?

— Aucun, boyard. Si tu emmènes ta fille à Moscou avant six mois et six jours, tu l'enterreras la semaine suivante.

— Tu mens, vaurien!

— A quoi bon mentir, boyard? Quel avantage puis-je avoir à te courroucer? Il m'est indifférent de te voir aller ou non à Moscou. »

Le boyard devint songeur, et Kircha continua :

« J'ai fini ma besogne, Timophéi Théodorovitch. Permets-moi de me retirer.

— André, dit Kroutchyna à un de ses serviteurs, reconduis-le au village chez l'intendant; dis à ce dernier de le garder jusqu'à demain et de lui donner le cheval qu'il aura choisi dans mon écurie avec trois pièces d'or. Et surtout recommande-lui bien, ajouta le boyard à demi-voix, de ne pas le laisser sortir de sa maison ni causer en secret avec les voyageurs. Je ne sais pourquoi ce sorcier-là me paraît suspect. »

Kircha partit avec le domestique. Au même instant, cinq Polonais richement vêtus entrèrent à cheval dans la cour du boyard; derrière eux s'avançaient un même nombre de hussards en armes.

« Voici le pan Tichkevitch avec ses camarades, dit le boyard Kroutchyna qui s'était mis à la fenêtre. Mais quel est celui qui marche à sa gauche? Si je ne me trompe, je n'ai jamais vu cette trogne rouge. »

Chalonski s'empressa d'aller à la rencontre de ses visiteurs, et Vlassievna, suivie des femmes de chambre, courut rejoindre la fille du boyard.

X

Le majordome et plusieurs valets attendaient les visiteurs sur le perron. Le gros Polonais qui marchait à côté du pan Tichkevitch sauta maladroitement, ou, pour mieux dire, tomba de cheval avant d'arriver au perron et eut le temps d'aider le colonel à mettre pied à terre. Si, à cet instant, le serviable Polonais ressemblait au fameux palefrenier Sancho Pança, le pan Tichkevitch ne rappelait nullement Don Quichotte. De taille moyenne, le pan avait de larges épaules, et se tenait à cheval comme un paladin. Le pan Tichkevitch avait passé la plus grande partie de son existence dans les camps, au milieu des soldats. Son aspect était très sympathique. Les trois autres Polonais se distinguaient par leurs énormes moustaches, et leur allure altière formait contraste avec la bonhomie de leur chef.

Le boyard Kroutchyna rencontra ses hôtes dans la salle à manger. En voyant le portrait de leur roi, les Polonais, flattés, se regardèrent en souriant. Le pan Tichkevitch sourit aussi, mais quand son regard rencontra celui du maître de la maison, une pointe de mépris perça dans ses yeux. Il avait peine à réprimer ce sentiment, et il mit peu d'empressement à serrer la main du boyard Kroutchyna.

Après les premiers compliments de bienvenue, Tichkevitch présenta au boyard d'abord ses officiers, et puis le gros Polonais qui venait, avec tant de zèle, de remplir auprès de lui les fonctions de palefrenier.

« Ce gai compagnon aux joues rouges, dit-il, c'est le pan Kopytsinski, qui vient de Moscou pour t'annoncer la mort du deuxième imposteur.

— Comment, s'écria Kroutchyna, le voleur de Touchine?

— Oui. On l'a tué à Kalouga, où il se cachait comme un ours dans sa tanière.

— Enfin! les habitants de Kalouga ont repris leur bon sens.

— Ce ne sont pas les habitants de Kalouga qui ont fait le coup, dit d'un ton suffisant Kopytsinski. L'imposteur a été tué par le Tartare chrétien Pierre Ouroussov, tandis que les habitants de Kalouga, pour le venger, ont taillé en pièces tous les Tartares.

— Insensés! s'écria le boyard. Le pan Gonsievski domptera sans difficulté ces rebelles... Mais soyez les bienvenus. Voulez-vous prendre quelque nourriture ? »

Le boyard fit entrer ses hôtes dans une autre salle où, sur une grande table ronde, étaient servis des mets froids et différentes eaux-de-vie. Quand les hôtes eurent un peu calmé leur faim, la conversation reprit son cours.

« Boyard, dit le pan Tichkevitch, en essuyant sa moustache, nous avons, ce matin, chassé dans tes domaines.

— A votre aise! répondit le boyard. Amusez-vous tant qu'il vous plaira.

— Nous avons failli prendre une belle bête.

— Vous n'avez donc pas réussi?

— C'est ennuyeux. On ne rencontre pas souvent pareille aubaine.

— Qu'à cela ne tienne, pan. Si tu veux, nous chasserons demain ensemble, et je te garantis...

— Ne garantis rien, boyard : à l'heure actuelle la bête est loin. Nous poursuivions un gaillard qui se rend à Nijni-Novgorod avec de l'argent.

— A Nijni! s'écria Chalonski.

— Oui, à Nijni, répéta Tichkevitch. D'ailleurs le pan Kopytsinski te racontera mieux l'histoire, il avait tout d'abord capturé l'individu.

— Oui! confirma Kopytsinski en vidant un verre d'eau-de-vie. Il m'a glissé entre les doigts. Je l'ai rencontré à l'auberge avec deux compagnons à dix verstes d'ici. Au premier coup d'œil, il me parut suspect. Je lui fis subir un interrogatoire en règle : il commença par balbutier, perdit le fil et conta de telles sottises que je le saisis au collet. Mon bonhomme fit d'abord le brave, mais je ne me laissai pas prendre au piège. Je le serrai contre le mur, je lui mis le pistolet contre la figure et je criai... Le poltron s'effraya et m'avoua tout.

— Comment l'as-tu laissé échapper? demanda le boyard.

— Voici : j'avais donné l'ordre de l'enfermer dans une pièce isolée, j'avais placé une sentinelle et je m'étais couché; mes cosaques s'endormirent, et le lendemain mon prisonnier et ses camarades s'étaient enfuis dans la forêt... Qu'as-tu à hocher la tête? continua Kopytsinski sans s'intimider le moins du monde. Tu es incrédule? Demande plutôt au pan colonel.

— Ne me prends pas pour garant, dit Tichkevitch; je n'en sais pas plus à ce sujet que le boyard, aussi ne puis-je servir de témoin. Il me souvient seulement que tu avais dit avoir enfermé tes gaillards non dans l'isba, mais dans le vestibule.

— Eh bien, n'est-ce pas la même chose? interrompit Kopytsinski. Ils se sont enfuis, voilà l'essentiel; que ce soit du vestibule ou de l'isba, cela ne nous avance pas. Quand tu es arrivé avec ton régiment, ils ne pouvaient encore être bien loin : ce n'est pas ma faute si tes hommes ne les ont pas rattrapés.

— L'un des fugitifs a eu son cheval tué, dit Tichkevitch; mais aussi mon meilleur soldat est en ce moment sur le flanc, l'épaule traversée par une balle.

— Ils ont passé par là fenêtre... avec leurs armes, murmura Kopytsinski.

— Tu as leur signalement?

— Un de ces compères est un homme de fort embonpoint.

— Lui aussi est passé par la fenêtre ?

— La frayeur donne des ailes, boyard : on passe par une fente quand la mort vous attend. L'autre a l'air d'un cosaque ; et le chef est un jeune homme aux cheveux roux, de haute taille, avec un visage pâle, du moins il m'a paru tel, car il avait bien peur et il est devenu livide quand j'ai braqué mon pistolet sur lui. Il est proprement vêtu d'un caftan rouge.

— En un mot, interrompit le boyard, il ressemble à l'homme qui est derrière toi ? »

Kopytsinski se retourna et, ayant fait un saut en arrière, s'écria avec frayeur :

« Le voilà !... tenez-le !... Il a un pistolet dans sa poche.

— Ce n'est pas vrai, dit Jouri en souriant. Je n'ai pas en ce moment de pistolet sur moi. Je ne me suis jamais régalé avec ce qui ne m'appartenait pas.

— Que signifie ce langage ? demanda le pan Tichkevitch. Expliquez-moi un peu...

— Avant tout, dit Chalonski, permettez-moi de vous le présenter ; c'est Jouri Dimitritch Miloslavski ; il m'est envoyé de Moscou par le pan Gonsievski avec une mission secrète. »

Les Polonais répondirent courtoisement au salut de Jouri, et le pan Tichkevitch, s'adressant à Kopytsinski, lui demanda d'un ton sévère pourquoi il avait osé inventer de telles histoires. Kopytsinski ne répondait mot, fixait ses yeux ternes sur Jouri, et paraissait comme pétrifié.

« Je vois qu'on ne peut rien en tirer, continua Tichkevitch. Dis-nous, pan Miloslavski, comment les choses se sont passées. »

Jouri leur raconta tous les détails de sa rencontre avec Kopytsinski ; l'histoire de l'oie ne fut pas oubliée. Le pan Tichkevitch riait de bon cœur, mais les autres Polonais ne paraissaient pas satisfaits de ce récit. L'un d'eux surtout tournait sans cesse ses moustaches et regardait en dessous Jouri d'un air peu affable.

« Que le diable l'emporte ! s'écria-t-il enfin. Je ne crois pas un Polonais, quel qu'il soit, capable de se laisser insulter de la sorte.

— Eh bien, pan capitaine, dit Tichkevitch, tous les Polonais ne se ressemblent pas.

— Si j'avais été à la place de ce vaurien, continua le capitaine furieux en jetant un regard méprisant sur Kopytsinski, je jure par mes moustaches...

— Que tu te serais plutôt laissé fracasser le crâne que de manger l'oie ! interrompit le colonel. J'en suis convaincu, comme je sais aussi que tout Polonais loyal sera toujours heureux de voir un brave Moscovite punir un vantard et un poltron, quel qu'il soit. Donne-moi ta main, pan Miloslavski. Soyons amis. Tu n'es pas adversaire des Polonais, mais le serais-tu, je te parlerais de même : nous aimons les braves. Et toi, pan Kopytsinski... Ah ! mais il s'est éclipsé !... Tant mieux ! J'espère bien, boyard, que tu ne nous obligeras pas à nous asseoir à la même table que ce vaurien. Je le crois d'ailleurs rassasié ; mais si, par malheur, il avait encore faim, donne des ordres pour qu'on le fasse manger à l'office. Oui, accorde-nous cette satisfaction, Timophéi Théodorovitch ; fais-lui servir une oie... A propos, ajouta-t-il en s'adressant à Jouri, nous avons, il me semble, échangé nos chevaux. Seulement, on n'irait pas loin avec le

tien qui gît maintenant sur la grand'route dans la forêt... Non, non, continua-t-il
sans laisser à Jouri le temps de répondre. L'affaire est réglée; je suis mauvais
maquignon. Voilà tout. Garde, je t'en prie, mon cheval. Ce n'est pas ta faute si j'ai
cru ce vantard de Kopytsinski. Celui-là mériterait d'être pendu entre ciel et terre;
il n'aurait pas évité l'aventure si mes soldats, au lieu de tuer ton cheval, t'avaient
tué.

— Permets-moi de te demander, pan colonel, dit Jouri, ce qu'est devenu un de
mes compagnons resté démonté dans la forêt?

— Il doit, je crois, s'y promener encore.

— Il est sain et sauf?

— Oui, il est sauf. Le vaurien a crevé l'œil à mon domestique, emmené mon
cheval et blessé mon meilleur soldat, mais je ne lui en veux pas. S'il n'avait pu remplacer ton cheval tué, je doute que j'eusse eu le plaisir de faire ta connaissance. »

Le nombre des invités s'était accru par suite de l'arrivée des voisins de Chalonski.
Il y en avait cinq de petite noblesse et deux autres seulement de vieille souche :
c'étaient Lessouta-Khrapounov et Zamiatnia-Opalev. Le premier avait autrefois
occupé, à la cour du tsar Théodore Ivanovitch, l'importante charge d'officier de la
garde-robe. Il était de petite taille, maigre, et malgré sa longue barbe et sa démarche
majestueuse, ne ressemblait en rien à un courtisan. Il parlait sans cesse du feu tsar
Théodore, afin de répéter, le plus souvent possible, que son premier officier de la
garde-robe était Lessouta-Khrapounov.

Le second des invités de marque se nommait Zamiatnia-Opalev, ancien membre
du conseil des boyards sous le même tsar. Il avait, au premier abord, beaucoup plus
de prestance que l'ancien courtisan : il était remarquable par sa haute taille et sa
longue barbe épaisse qui lui couvrait l'abdomen et descendait jusqu'à la ceinture;
ses mouvements étaient pondérés, il parlait lentement et faisait des pauses. De son
séjour auprès du plus pieux des tsars russes, Zamiatnia-Opalev avait conservé l'habitude de citer à tout propos des sentences puisées dans les Livres saints, dont la connaissance textuelle était alors le signe d'une bonne éducation et souvent même remplaçait l'intelligence et les qualités naturelles indispensables à un homme d'État.

Le tsar Boris Théodorovitch Godounov, qui savait apprécier les hommes suivant
leurs mérites, avait, bientôt après son avènement, renvoyé ces deux fonctionnaires.
A partir de ce moment, ils étaient devenus les plus grands ennemis du gouverne-
ment et ils critiquaient sans trêve ce qui se faisait à la cour. Le succès de l'imposteur Dimitri, l'interrègne, l'invasion des ennemis au cœur même de la Russie, en
un mot tous les malheurs de la patrie étaient, d'après eux, la conséquence de l'in-
justice dont ils avaient été victimes.

« Si le tsar Théodore Ivanovitch, de glorieuse mémoire, eût été de ce monde et
si Lessouta-Khrapounov eût occupé encore son emploi, disait l'ex-officier de la garde-
robe, Grichka Otrepiev n'aurait jamais songé à se révolter.

— Si le gentilhomme Opalev eût fait toujours partie du conseil du tsar, répétait
sans cesse Zamiatnia, les Polonais ne seraient pas à Moscou. »

Puis il ajoutait avec un sourire amer :

« Bienheureux l'homme qui ne va pas au conseil de l'Empire ! »

Pendant le règne de l'imposteur Dimitri et ensuite de Chouïski, les deux fonctionnaires remerciés essayèrent de rentrer à la cour; mais leurs efforts demeurèrent
sans succès, et tous deux décidèrent de s'attacher au parti de Chalonski, qui encou-
rageait Lessouta et lui faisait entrevoir la perspective d'être nommé maréchal du
palais de Sa Majesté le roi de Pologne. A Zamiatnia-Opalev Chalonski promettait un
siège au sénat polonais.

Lorsque le maître de la maison eut présenté aux Polonais les deux fonctionnaires

« En un mot, interrompit le boyard, il ressemble à l'homme qui est derrière toi? »

en retraite, Zamiatnia, après quelques compliments débités avec la dignité qui conve-
nait à un futur sénateur, demanda au pan Tichkevitch s'il n'arrivait pas de Moscou.

« Oui, de Moscou ! répondit d'un ton bref le Polonais auquel la grosse bedaine
d'Opalev déplaisait.

— Il paraît, dit à son tour Lessouta-Khrapounov, qu'on a prêté serment de fidélité non pas au sérénissime roi Sigismond, mais à son jeune fils Vladislas.

— C'est vrai.

— Les têtes qui gouvernent là-bas sont folles ! s'écria Zamiatnia : « Malheur à
« toi, ton roi est jeune ! » dit le très sage Salomon; que peut-on d'ailleurs attendre
de boyards ayant été en fonctions sous le mauvais Godounov?

— Pourquoi ne vas-tu donc pas à Moscou? dit d'un ton moqueur le pan Tichke-vitch. Tu les aurais ramenés dans le bon chemin.

— Dieu me préserve de me mêler à ces imbéciles. Sirakh dit : « Si tu touches le « goudron, tu te noirciras ; si tu fréquentes les insensés, tu deviendras comme eux. »

— Très juste ! approuva Lessouta. Sous le tsar Théodore Ivanovitch, de glorieuse mémoire, on avait des têtes, mais maintenant... A quoi bon en parler?... Quand je servais sous sa pieuse et haute personne, dans la charge de premier officier de la garde-robe, un jour Sa Majesté impériale, en allant à la messe, daigna me dire...

— Tu raconteras cela à table, interrompit le maître de maison. Venez, chers hôtes. Je vous reçois à la bonne fortune. »

Tous se rendirent dans la salle à manger, où la table, couverte d'une nappe de couleur, supportait de nombreux mets. Les plats, les assiettes et les tasses étaient en plomb ; mais en face de la table, dans un buffet ouvert, on apercevait, artistique-ment disposés, des louches, de grandes coupes, des gobelets, de petits verres et des bratinas en argent. Devant chaque couvert se trouvaient placés deux récipients en argent, dont l'un pour le sel et l'autre pour le poivre, puis un flacon de verre con-tenant du vinaigre. Un paon rôti constituait le plat de résistance et le plus luxueux. On commença par lui ; puis on servit de la poule aux nouilles, du tchi, différentes soupes, un gâteau de mouton, un pâté de poulet avec des œufs, des beignets au fromage blanc ou aux œufs et différents rôtis. La quantité de plats composait à cette époque toute la magnificence des repas. D'ailleurs les anciens Russes n'étaient pas difficiles à table, ils aimaient à manger tout leur content et à boire jusqu'à ne plus tenir sur leurs jambes. Le dîner se terminait ordinairement par des desserts entre lesquels prenaient la première place les massepains, les gingembres glacés, les pêches ou abricots séchés et les bonbons de sucre candi. Les pains d'épice se ser-vaient après le repas, comme cela se fait encore maintenant chez les gens du peuple et de la petite noblesse.

Lorsque tous les convives eurent apaisé leur faim, ils se mirent à boire. Jouri, assis à côté du pan Tichkevitch, aurait eu beau regimber, il eût été obligé de boire comme les autres si, par bonheur, il n'avait pu invoquer l'exemple du colonel, qui avait formellement refusé de vider les grands hanaps. Le maître de maison était sur le point de se fâcher, mais il les laissa tous deux tranquilles par considération pour le colonel et se rattrapa sur les autres. Il obligea un gentilhomme de sa maison, déjà d'un certain âge, qui n'avait pas vidé entièrement son hanap, à verser sur sa tête le restant de l'hydromel. Il fit ingurgiter un grand verre d'eau-de-vie à un jeune boyard qui avait refusé de vider une cruche de sirop, et il se mit à rire aux éclats lorsque le malheureux invité, à moitié étouffé, et presque sans connaissance, roula à terre.

Cependant, malgré sa sobriété, le pan Tichkevitch devint plus loquace :

« Boyard ! dit-il, si ta femme vivait encore, elle n'aurait pas certainement refusé de nous offrir elle-même un verre de vin. Ne pourrais-tu permettre à ta fille de nous honorer de sa présence? Chez vous, les jeunes filles ne se montrent pas, mais toi, boyard, tu es presque des nôtres. Permets-nous d'admirer la fiancée du pan Gonsievski.

— Et de boire dans sa pantoufle, ajouta le capitaine aux grandes moustaches, à la santé du célèbre fiancé et à la prospérité de leur union.

— Ma fille n'est pas bien portante, répondit Kroutchyna.

— Nous te le demandons tous! s'écrièrent les Polonais.

— Soit! dit Chalonski, en appelant un serviteur qui reçut l'ordre de son maître et sortit en courant.

— Le mariage se fera-t-il bientôt? demanda le colonel.

— Je voulais aller à Moscou le mois prochain...

— Je ne te le conseille pas. La machine est détraquée là-bas; il faut s'attendre à voir bientôt recommencer la danse.

— Comment? s'écria Lessouta-Khrapounov. N'êtes-vous donc pas les maîtres à Moscou?

— Oui, provisoirement! répondit Tichkevitch. Nous y sommes entrés, mais c'est tout.

— « Le sage entre dans la ville forte, » interrompit Opalev, « et démolit les « bases sur lesquelles comptaient les impies. »

— C'est justement ce qu'il y a de mauvais. On n'a rien détruit, continua Tichkevitch. Mais à quoi bon parler de cela? Notre devoir est d'obéir : le reste regarde les chefs.

— Sans doute, dit Lessouta. Quand j'étais officier de la garde-robe, le tsar Théodore Ivanovitch, de glorieuse mémoire, daigna me dire un jour : « Lessouta, tu es « un brave homme; tu connais la garde-robe et tu ne te mêles pas des affaires qui ne « te concernent pas. » Un autre jour, qu'il daignait assister aux « petites heures » et que je commençais à lui rendre compte d'un accident survenu à son bonnet favori...

— Il n'est pas question de bonnet en ce moment, interrompit le maître de maison : fais-moi le plaisir de vider ton hanap. Et toi aussi, cher voisin, continua-t-il s'adressant à Zamiatnia : je te prie de ne pas te mettre en retard sur les autres. Bois donc!... A la bonne heure. J'aime tes manières. Maintenant je te prierai de prendre ceci...

— Non, non, boyard, fit Zamiatnia, car l'Écriture dit : « Ne t'enivre pas avec « du vin. »

— Mais ce n'est pas du vin; c'est de l'eau-de-vie de fruit.

— Oh! dans ce cas, l'Écriture ne défend pas d'en boire.

— Certes non! dit Lessouta. Feu le tsar Théodore Ivanovitch, ayant assisté au salut du soir, daigna vider un gobelet d'eau-de-vie de cerise, et comme je lui en servais un jour sur un plateau en or, je dis...

— Bien que la mienne ne soit pas servie sur un plateau en or, interrompit le maître de maison, je vous prie de la goûter... Eh bien, est-elle bonne?

— « La louange n'est pas bien placée dans la bouche d'un pécheur, » dit le très sage Sirakh, observa Zamiatnia en vidant sa coupe; mais il faut avouer que cette eau-de-vie est, parole d'honneur, très bonne. »

Lorsque, vers la fin du dîner, tous les hôtes furent en gaieté, le boyard Kroutchyna donna l'ordre de remplir les gobelets d'argent et dit à haute voix :

« Que celui qui aime Kroutchyna-Chalonski crie avec moi : « Vive le vainqueur
« de Smolensk! »

— Vivat! s'écrièrent les Polonais.

— Vivent tous les soldats sans peur! » dit Tichkevitch en levant son gobelet.
Tous les invités, sauf Jouri, vidèrent leurs gobelets.

« Bois, Jouri Dimitritch! s'écria le boyard.

— Je bois à la perte des ennemis... Les habitants de Smolensk sont des Russes
et nos frères, répondit tranquillement Jouri.

— Les tiens et non les miens, répliqua Kroutchyna en jetant un regard de
mépris sur Jouri. Les révoltés et les rebelles ne seront jamais les frères de Chalonski.

— C'est dommage, brave! dit Tichkevitch en serrant la main à Jouri, que tu ne
sois pas Polonais. »

Le front du boyard Kroutchyna s'assombrissait de plus en plus; un silence général régna pendant plusieurs minutes. Les convives regardaient avec étonnement le
jeune homme audacieux qui osait si nettement contredire l'altier maître de maison
et lui désobéir.

« Nous verrons si tu ne boiras pas maintenant! » murmura entre ses dents le
boyard. Il demanda le hanap doré et, y ayant versé une demi-bouteille de Malvoisie,
il se leva de son siège; tous suivirent son exemple.

« Eh bien, chers hôtes, dit-il, ce hanap va passer à la ronde. Celui qui boira,
ajouta-t-il en fixant son œil sévère sur Jouri, est notre ami; celui qui ne boira pas
est notre ennemi et adversaire. — A la santé du très illustre Sigismond, roi régnant
de Pologne et tsar russe. A sa santé!

— Vivat! s'écrièrent les Polonais.

— A sa santé! répétèrent tous les Russes à l'exception de Jouri.

— Et que ses ennemis disparaissent! hurla d'une voix de basse Zamiatnia-Opalev.
Que leurs entrailles soient dispersées comme les nuages et les ténèbres fondent aux
rayons du soleil!

— Amen! » dit Chalonski en posant sur sa tête le hanap vide renversé.

Jouri pouvait à peine contenir sa colère : le sang lui bouillait dans les veines. Il
changeait sans cesse de physionomie; sa main droite cherchait involontairement la
poignée de son sabre, et sa main gauche, fortement appuyée contre la poitrine, com-
primait son cœur. Lorsque son tour arriva, les yeux du noble jeune homme brillèrent
d'un éclat extraordinaire : il promena un coup d'œil rapide sur tous les invités et
dit d'un ton ferme :

« Boyard, tu nous proposes de boire à la santé du tsar russe; eh bien, je bois alors
à la santé du tsar russe légal, et périssent tous les traîtres et les ennemis de la patrie!

— Halte, Miloslavski! s'écria l'amphitryon. Tu boiras comme tout le monde, ou
bien fais passer le hanap.

— Donne-le à d'autres, dit Jouri, en rendant le hanap à un domestique.

— Écoute, Jouri Dimitritch! continua le boyard avec une colère grandissante :
ton entêtement commence à m'ennuyer. On ne vient pas imposer ses volontés chez
les autres. Bois comme tout le monde.

« Versez-lui le hanap dans la gorge! » hurla l'amphitryon.

— Je suis ton hôte et non ton esclave, répondit Jouri. Donne des ordres à celui qui ne peut te désobéir.

— Tu vas boire, audacieux gamin! siffla comme un serpent Kroutchyna d'une voix tremblante de fureur. Je jure sur l'honneur que tu boiras, ou bien que tu t'étoufferas. Servez le hanap!... Hé, Tomila, arrive ici! »

Deux gigantesques valets, à l'aspect de bêtes fauves, s'approchèrent de Jouri.

« Boyard! dit Miloslavski en regardant d'un air de mépris les domestiques qui paraissaient obéir avec répugnance à leur maître, je suis sans armes dans ta maison, et si tu veux passer pour un brigand, libre à toi de m'offenser; mais n'oublie pas ce conseil : si tu offenses Miloslavski, garde-toi de le laisser vivant.

— Je te demande pour la dernière fois, continua Chalonski d'une voix sourde, si tu veux boire de bon gré comme nous à la santé de Sigismond?

— Non.

— Bois, te dis-je! répéta Kroutchyna fixant sur Jouri ses yeux brillants comme des escarboucles.

— Les Miloslavski n'ont jamais trahi leur serment ni leur parole. Je ne bois pas.

— Alors, versez-lui le hanap dans la gorge! hurla l'amphitryon.

— Arrêtez! s'écria le pan Tichkevitch. Tu n'as pas honte, boyard? Ton hôte est un gentilhomme. Je ne le laisserai pas insulter. Allez-vous-en, vauriens, ajouta-t-il en saisissant son sabre. Ou bien, je le jure sur mon honneur de soldat polonais, vos têtes imbéciles voleront immédiatement par la fenêtre. »

Les valets intimidés reculèrent et le boyard, étouffant de colère, ne put parler pendant plusieurs minutes. Enfin, se tournant vers le Polonais, il lui dit d'une voix entrecoupée :

« Ne te fâche pas, pan Tichkevitch. Je te rappellerai que tu n'es pas ici à ton régiment, mais dans ma maison. Je suis le maître.

— Ne m'en veux pas, boyard. Je suis habitué à commander partout où le vrai maître ne sait pas ce qu'il fait. Nous autres, Polonais, nous pouvons et devons désirer que notre roi soit tsar russe, car nous avons prêté serment à Sigismond; mais Miloslavski a prêté serment à Vladislas. Dieu sait ce qui adviendra, mais à l'heure actuelle Jouri fait ce que j'aurais fait à sa place. »

Le boyard, un peu calmé, avait conscience d'être allé trop loin. Après quelques instants de silence, Kroutchyna dit tranquillement à Tichkevitch :

« Je m'étonne de te voir défendre avec tant de feu l'ennemi de ton maître.

— Oui, boyard, je couvrirai de ma poitrine un ami et un brave ennemi qui accepte hardiment une lutte inégale; mais je ne prendrai jamais le parti d'un poltron comme le pan Kopytsinski, fût-il même mon propre frère.

— Je n'avais pas l'intention d'offenser mon hôte. Bah! je voulais seulement l'effrayer. Il me suffit qu'il boive à la santé du khan tartare; ses paroles ne feront tort à personne. Servez-lui le hanap. »

Jouri prit le hanap et, se tournant vers l'amphitryon, répéta de nouveau :

« Vive le tsar russe légal, et que tous ses ennemis et les traîtres du pays périssent! »

Soudain la porte menant aux appartements intérieurs s'ouvrit et un cri strident
se fit entendre. Le boyard tressaillit et courut, effrayé, dans l'autre pièce ; les domestiques s'empressaient de tous côtés et les convives quittèrent leurs places. Jouri était
assis en face de la porte : il avait aperçu une demoiselle luxueusement parée, couverte de la tête aux pieds d'un voile, tomber sans connaissance dans les bras d'une
vieille qui marchait derrière elle. Le cri de la fille du boyard lui était allé au cœur.
Il n'osait pas espérer, mais il évoquait involontairement le Kremlin, l'église du
Sauveur et la belle inconnue.

Le boyard resta absent plus d'une demi-heure. Lorsqu'il revint dans la salle à
manger, bien qu'il eût fermé très rapidement la porte, Jouri eut le temps d'apercevoir un serviteur de haute taille se hâtant de sortir. Il parut à Miloslavski que ce
valet ressemblait à l'homme aperçu le matin dans le jardin du boyard.

« Ma fille, dit Chalonski au pan Tichkevitch, regrette beaucoup de ne pouvoir
venir : elle n'est pas encore complètement rétablie, mais j'espère que bientôt...

— Elle s'épanouira comme une fleur de pavot, interrompit Lessouta-Khrapounov.
Il n'y a pas à dire : tous porteront envie au pan Gonsievski, quand Anastassia Timophéievna sera sa femme.

— « La femme doit égayer son mari, ajouta Zamiatnia, et son existence s'écoulera
« paisible. »

— Oui, il en sera comme tu dis, voisin, observa en souriant Kroutchyna. — Jouri
Dimitritch, continua-t-il en s'approchant de Miloslavski, tu parais pensif ? Faisons
la paix. Je reconnais m'être emporté mal à propos. Tu as prêté serment au fils ; moi,
je suis disposé à prêter serment au père : tous deux nous désirons le bien de notre
pays. Il est donc superflu de nous quereller. Ce qui doit arriver, arrivera. »

Jouri en signe de réconciliation, lui tendit la main.

« Chers hôtes, continua le boyard, soyez les bienvenus. Nous allons nous égayer.
Holà ! remplissez les coupes. Servez le punch et faites venir les chanteurs. »

Une nuée de valets, vêtus pour la plupart de costumes de chasseurs polonais,
entra dans la salle. L'orchestre était composé d'un violon, d'un luth, d'une trompe
et de cymbales. Il y avait aussi un chœur qui, au signal donné par l'amphitryon,
attaqua une chanson hardie des bords de la Volga, et quelques instants après la salle
à manger était transformée en un véritable bivouac de tziganes. Toutes les conve-
nances étaient oubliées. Les maîtres, ivres, étreignaient dans leurs bras les domestiques, ivres aussi ; certains convives hurlaient en désaccord avec les chanteurs ; les
autres, qui pouvaient encore tenir sur leurs jambes, dansaient et faisaient des
gamineries. L'important Zamiatnia-Opalev lui-même s'était levé plusieurs fois pour
danser ; mais, voyant que ses efforts étaient vains, il murmurait : « Mon cœur s'est
troublé et mes forces m'ont abandonné. »

Le pan Tichkevitch se tenait à l'écart de ces amusements repoussants ; mais il ne
semblait pas s'ennuyer et riait de bon cœur en regardant les gambades insensées
des convives. Au contraire, Jouri, habitué dès sa jeunesse à d'autres usages, attendait
le moment propice pour se retirer dans sa chambre. Il le désirait d'autant plus que
le jour touchait à sa fin et qu'il devait partir le lendemain dès l'aube.

Des voix éclatantes annoncèrent l'arrivée des danseurs et des danseuses. L'impudence et la débauche dans toute leur nudité se présentèrent alors aux regards étonnés de Jouri. Tous les invités ressemblaient à des possédés : leur gaieté bruyante, leurs cris, leurs visages allumés par le vin, se mettaient à l'unisson avec les accents des choristes et des musiciens à moitié ivres.

Il sembla au boyard qu'un des sauteurs s'acquittait de son rôle plus mal qu'à l'ordinaire.

« Holà, André ! s'écria-t-il. On dirait que tu commences à faire le malin. Attends, petit pigeon. Tu vas y mettre un peu plus de vie. Hé, Tomila, donne-lui le fouet. »

L'ordre fut exécuté sur-le-champ.

« Eh bien, mon bon, dit Kroutchyna riant aux éclats, on dirait que tu danses mieux maintenant. Fouettez-le encore. »

Jouri voulut apitoyer le boyard ; mais il ne l'écouta pas, et Zamiatnia-Opalev s'écria :

« Ne te mêle pas, mon brave, de ce qui ne te regarde pas. Il est écrit dans les saints Livres : « Casse les côtes à l'esclave désobéissant ! » et Sirakh dit : « La nourriture, le bâton et la charge à l'âne ; le châtiment et le travail aux serfs. »

— Mais le même très sage Sirakh, ajouta Lessouta, heureux de pouvoir montrer son érudition, dit encore : « N'abuse pas des différents corps ; ne fais rien sans jugement. » C'est ce que daignait me dire souvent le tsar Théodore Ivanovitch d'heureuse mémoire. Je me rappelle comme si c'était aujourd'hui qu'un jour, ayant assisté au service de nuit à l'église, Sa Majesté impériale...

— C'est juste : va te coucher ! interrompit Tichkevitch. Je crois qu'il en est temps pour nous aussi. Bonne nuit, boyard ! Que les camarades s'amusent toute la nuit s'ils le veulent, mais moi, je suis habitué à me lever de bonne heure : je vais me coucher. »

Chalonski ne retint pas le colonel ni Jouri, qui lui fit ses adieux.

La chambre dans laquelle s'était reposé Jouri avant le dîner avait été mise à la disposition des Polonais, et on lui donna une autre pièce dans un petit bâtiment séparé, à l'extrémité de la cour. Il y trouva son domestique, qui, d'après toutes les apparences, n'avait pas été plus mal traité que son maître ; il pouvait à peine se tenir sur ses jambes. Miloslavski se déshabilla sans l'aide d'Alexis et se coucha sur un matelas. Mais le sommeil fuyait ses yeux. L'impression produite sur Jouri par l'apparition de la fille du boyard ne s'était pas complètement effacée ; l'idée qu'il avait peut-être passé toute la journée sous le même toit que la belle inconnue remplissait son âme d'un sentiment triste et inexplicable. Mais bientôt un simple raisonnement détruisit toutes ces suppositions. Il avait vu souvent son inconnue, mais jamais il n'avait entendu sa voix. Par conséquent, quand bien même elle eût été la fille du boyard Kroutchyna, il ne pouvait la reconnaître au son de sa voix. Au reste, il lui aurait été désagréable d'apprendre que son inconnue était réellement la fille du boyard Kroutchyna et la fiancée du pan Gonsievski.

Insensiblement son sang se calma, son imagination se refroidit et Jouri s'endormit enfin d'un sommeil paisible.

XI

Kircha, ayant maintenu avec honneur son prestige de sorcier, était revenu chez l'intendant. Il voulait savoir si Jouri resterait longtemps chez le boyard Chalonski et quelle route il comptait prendre à son départ. Kircha était un hardi compagnon, aimant se quereller, boire et faire du bruit; mais, au milieu même d'une bataille, ménageant l'ennemi désarmé. Il ne s'amusait pas comme les camarades à torturer les prisonniers; il ne leur coupait ni le nez ni les oreilles, mais avait coutume de les débarrasser de tout ce qu'ils possédaient et leur donnait ensuite la latitude d'aller où bon leur semblait. A cause de cette mansuétude, ses camarades l'accablaient de quolibets : ils l'appelaient « père Kircha » et prétendaient qu'il n'était pas cosaque zaporog. Kircha observait sans faillir la règle de venger toujours une offense et de ne jamais oublier un bienfait. Aussi était-il prêt à exposer sa vie pour rendre service à Jouri qui l'avait sauvé de la mort.

En quittant la maison du boyard, le cosaque demanda au domestique qui l'accompagnait s'il savait combien de temps devait rester Miloslavski.

« Je l'ignore, répondit brièvement le domestique.

— Eh bien, mon brave, demande-le à tes collègues.

— Non.

— Non? Alors je vais leur causer moi-même.

— Je ne puis le permettre.

— Et si je ne t'écoute pas?

— Je te saisirai par le col.

— Par le col. Et si je te donnais un coup de poing?

— J'appellerais à l'aide et nous te casserions les reins.

— C'est bref et net. Alors, impossible de le voir?

— Non.

— Dis-moi, je t'en prie : tous les domestiques du boyard sont-ils des ours comme toi?

— Si tu leur tombes entre les pattes, tu le sauras par expérience.

— Merci de ton amabilité.

— Il n'y a pas de quoi. »

En devisant de la sorte, ils arrivèrent à l'isba de l'intendant; le domestique, ayant remis Kircha, s'en retourna. Les convives du repas de noces accueillirent le cosaque avec des ovations. Tous connaissaient déjà le succès de la séance de sorcellerie chez le boyard. La vieille femme de chambre, présente à la scène de guérison miraculeuse, courait comme une folle d'une maison à l'autre; la bonne nouvelle avec tous les détails et embellissements s'était répandue, semblable à un torrent impétueux, dans tout le village.

« Sois le bienvenu, petit père! Sois le bienvenu! dit l'intendant en le faisant asseoir à la place d'honneur. Raconte-nous comment tu as guéri la demoiselle. Elle avait, paraît-il, reçu un mauvais sort.

— Oui, maître, un mauvais sort.

— Est-il vrai, demanda à son tour le secrétaire, que dès ton entrée dans l'appartement Anastassia Timopheievna s'est mise à aboyer comme un chien?

— Mais non, Memnone Philippovitch, interrompit un des invités; Tatiana nous a dit que la demoiselle avait chanté comme un coq.

— Pardon, Thomas Kondratiévitch! ajouta une des demoiselles d'honneur, Tatiana a dit en ma présence que la demoiselle avait poussé toutes sortes de cris.

— Tatiana ment! dit Kircha. En ma présence, la malade la plus possédée se mord la langue. Et puis, sied-il à une fille de boyard d'aboyer comme un chien ou de chanter comme un coq! Elle n'est pas fille de valets comme vous.

— A quoi bon parler des boyards? interrompit l'intendant. Écoute, brave homme! Timophéi Théodorovitch a donné l'ordre de te donner trois pièces d'or et le cheval que tu choisiras dans son écurie.

— Je le sais, maître.

— Eh bien, ne choisis pas le cheval noir marqué d'une tache blanche sur le front.

— Et pourquoi pas?

— Un cheval de quatre ans, de race persane : on ne l'appelle pas pour rien « Tourbillon »; il attraperait un lièvre gris à la course.

— Où est le mal à cela?

— Fort bien! mais le puissant paladin Erouslane Lazarevitch lui-même ne pourrait rester en selle. Dieu te préserve de ce mutin! Chacun peut le monter, mais personne jusqu'à présent n'a pu en descendre convenablement. Au début, tout va bien; mais subitement il se cabre, puis il commence à manœuvrer ses pieds de devant et de derrière, de telle façon que, petits pères, on voit n'importe quel cavalier tirer la langue. »

Tandis que l'intendant parlait ainsi, les yeux du Zaporog brillaient de joie :

« Amène-le ici! s'écria-t-il. C'est justement celui-là qu'il me faut. Toutes ces bêtes d'écurie sont des haridelles. A moi, il me faut du sauvage... un bel animal.

— C'est trop fort! fit l'intendant étonné. Frère, ton cœur est solide. Quel plaisir as-tu?...

— Quel plaisir? Eh, maître, tu n'as pas chassé au lazzo sur un vif coursier? Tu ne l'as pas dompté dans le steppe? Tu ne l'as pas ramené au village comme un petit mouton? Aussi tu ne peux comprendre les plaisirs des hardis cosaques. Il ne leur faut pas un cheval qu'une femme peut monter.

— Oui, oui! murmura le secrétaire à l'intendant. La tâche lui est facile; le diable l'aide. »

Les jeunes mariés s'étaient éclipsés; les invités se retirèrent les uns après les autres. Bientôt il ne resta plus dans l'isba que le maître de la maison, un garçon d'honneur et Kircha. L'intendant, se conformant à la coutume russe de l'époque, proposa à Kircha de se reposer et, au bout de quelques instants, le calme se fit dans l'isba.

Kircha se réveilla le premier. Ayant passé plusieurs heures consécutives dans un espace privé d'air, il voulut sortir pour respirer librement. Quand il arriva sur le perron, il remarqua un grand changement dans l'atmosphère: le ciel était couvert de nuages de pluie; la brise du matin était tiède; en un mot, tout indiquait l'arrivée de la température printanière et la fin du froid qui, cette année-là, avait duré plus que de coutume. Pendant qu'il observait ce changement de temps, il lui sembla entendre parler à voix basse dans la cour voisine. Sachant par expérience combien il était parfois avantageux d'écouter en cachette, il s'approcha doucement de la haie et entendit les paroles suivantes prononcées par une voix connue :

« C'est dommage, frère Omliach, que tu te sois absenté. Nous avons fait un beau travail : un riche marchand, avec quantité de marchandises dans sa voiture, nous est tombé dans les bras. Et puis on a trouvé aussi beaucoup d'argent. On m'a dit que tu te préparais à repartir?

— Oui, le diable m'emporte! répondit une voix enrouée. On ne me laisse même plus le temps de dormir. Je croyais être libre pour deux semaines, mais non. Le boyard m'envoie sur la route de Nijni-Novgorod à quarante verstes d'ici.

— Pourquoi?

— Ah! voilà! »

Les mots qui suivirent furent prononcés d'un ton si bas que Kircha ne put rien distinguer, puis la voix enrouée continua :

« Tout d'abord, il m'a donné l'ordre de le surveiller simplement; mais, après le dîner, il a changé d'idée. Tu dois savoir qu'à environ dix verstes de Nijni, il y a un ravin dans la forêt?

— Je le connais.

— Il a déjà envoyé quatre émissaires à cet endroit, et moi, je suis chargé de leur conduire le cher ami; comprends-tu?

— Parfaitement. Un coup et les cadavres dans l'eau. Les habitants de Nijni-Novgorod seront seuls responsables. C'est leur affaire. Voilà tout.

— Tu te trompes, mon cher. Nous n'épargnerons pas le domestique; mais, quant au maître, nous avons ordre de le ramener vivant.

— Qui est donc ce Miloslavski?

— Un fils de boyard. Il est, dit-on, envoyé de Moscou par le pan Gonsievski;

mais, je ne sais pourquoi, il ne plie pas. Un gaillard courageux. Il a failli se battre avec le boyard pendant le dîner.

— Avec le boyard? Eh bien, frère, c'est sûrement un brise-tout.

— Il faut croire. Pour dire la vérité, s'il ne se rend pas vivant...

— Alors, quoi? Ta main tremblera?

— Non, elle ne tremblera pas; mais il serait temps, Prokofitch, de revenir à une existence honorable.

Un paysan, armé d'un gourdin, lui barra le chemin.

— Assez, frère Omliach; va conter cela à d'autres. Ce n'est pas le premier et ce ne sera pas le dernier.

— Qu'en penses-tu? A vrai dire, un de plus ou un de moins... Allons-y. Lorsque je ferai mes pâques, je me confesserai d'un seul jet et peut-être...

— Tu te feras moine... quoi!

— Quant à me faire moine, non; mais je ferai brûler un cierge de quarante livres. Il ne faut pas tout le temps pécher, Prokofitch, on a besoin de son âme. »

A ce moment, les voix se turent. Kircha remarqua dans la haie une petite ouverture par laquelle on pouvait observer ce qui se faisait dans la cour voisine; il s'empressa de profiter de ce trou et vit deux hommes entrer dans l'isba. L'un d'eux lui parut être de taille gigantesque, mais il n'eut pas le temps de voir son visage; il reconnut le second pour l'agent de police rencontré, la nuit précédente, à l'auberge.

Ayant appris de cette façon inattendue que Jouri devait partir par la route de Nijni-Novgorod, et désireux de le prévenir du danger, Kircha résolut d'aller sur-le-champ trouver Alexis. Mais au moment où il sortait de l'enclos un paysan armé d'un gros gourdin lui barra le chemin :

« Laisse-moi passer, camarade! dit Kircha en s'avançant.

— Il m'est défendu de te laisser passer! dit le paysan.

— Défendu! Comment cela?

— Comment cela? Défendu, voilà tout.

— Si c'est défendu, ne me laisse pas passer! fit Kircha en revenant dans la cour.

— Tu ne passeras pas davantage par la porte de derrière, lui cria le paysan. On y a mis aussi un gardien.

— Alors, je suis tombé dans un guet-apens. Que le diable m'emporte! Écoute donc, petit oncle, je voudrais seulement me promener dans la rue.

— Je te le dis sérieusement, entends-tu? c'est défendu.

— Et qui l'a défendu?

— L'intendant.

— Pourquoi?

— Le diable le sait. Damande-le-lui donc.

— Eh! cher hôte, où vas-tu? cria l'intendant sur le seuil de l'isba. Tu t'es réveillé de bien bonne heure.

— Monsieur l'intendant, dit Kircha d'un ton imposant, pourquoi as-tu imaginé de me faire garder à vue chez toi? Suis-je donc un filou?

— Ne te fâche pas. J'avais posé des sentinelles pendant mon sommeil, mais à présent je vais les renvoyer. Holà, Terechka, rentre chez toi.

— Je suis ici en visite et non en prison, et je veux être libre d'aller où bon me semble.

— Précisément non, mon cher. Le boyard a sévèrement défendu de te laisser en liberté.

— Il veut me garder chez lui de force?

— J'ai reçu l'ordre de te régaler aujourd'hui et demain; après demain, dès l'aube, tu pourras, si tu le veux, prendre l'argent et le cheval et partir où bon te semblera.

— C'était bien la peine de me faire garder. Moi-même, je tenais à me reposer une bonne petite journée. Pourquoi diable me presser? On ne vous nourrit pas partout pour rien comme ici.

— Timophéi Théodorovitch ne veut pas que tu voies ses hôtes.

— Ah bien! Il a peur que je raconte à l'un de ces Polonais que la fiancée du pan Gonsievski était possédée.

— Peut-être.

— Allons donc! Vais-je parler de cela? On ne me ferait pas sortir un mot de la bouche même à coups de bâton. Mais entends donc, maître ! On chante dans la maison du boyard. J'aurais bien aimé voir comment les boyards s'amusent.

— Que dis-tu, frère ? Et si Timophéi Théodorovitch t'apercevait ? Il y aurait un malheur.

— Alors, qu'ils continuent à s'amuser, et nous, maître, faisons la fête chez toi. D'ailleurs, voici les invités qui reviennent.

— Comment donc, mon cher ! Aujourd'hui et demain tout le monde fera fête chez moi. »

La cohorte des parents avec le secrétaire du canton en tête s'approcha de l'intendant ; les jeunes mariés sortirent à leur rencontre sur le perron, et quelques instants après l'isba fut pleine de visiteurs et la table garnie de mets et de boissons.

Il faut avoir été témoin des gigantesques ripailles qui ont lieu à la campagne pour savoir la quantité invraisemblable de liquide et de comestibles que l'estomac d'un paysan russe peut absorber quand cela ne coûte rien. Mais, par un étrange phénomène, ce même paysan qui mange en un jour autant qu'un Italien en une semaine peut, au besoin, se contenter sans sourciller d'un morceau de pain noir ou bien d'un petit biscuit arrosé d'eau. Les jours de fête, le clergé de la paroisse visite ordinairement toutes les maisons. Ne pas entrer dans une isba serait offenser le maître de céans, entrer et ne pas manger serait offenser la maîtresse ; et, pour n'offenser ni l'un ni l'autre, il arrive à certains ecclésiastiques de dîner à la file une vingtaine de fois. Cela paraît impossible et pourtant c'est vrai.

Les invités de l'intendant, qui ne se ressentaient nullement de la bombance de la veille, passèrent cette seconde journée à table. Mais Kircha ne s'amusait pas. Le Zaporog était soucieux et commençait à perdre l'espoir de sauver Jouri. Il s'efforçait vainement de paraître gai : ses réponses distraites, son impatience, son air songeur, dénotaient une extrême inquiétude. Le maître de la maison et les invités auraient fini par s'en apercevoir si une heureuse idée n'eût ranimé les espérances du cosaque. Dès lors, Kircha reprit sa gaieté, et s'adressant à l'intendant :

« Écoute, maître. Si je ne peux aller dans la maison du boyard, est-il du moins possible de voir l'écurie ?

— Impossible, mon cher. Je ne dois pas te quitter d'une semelle et tu vois que j'ai des convives. Mais pourquoi cette question ?

— Voici. Tu m'as parlé d'un fameux cheval persan. Une idée me tracasse : j'aime bien les chevaux difficiles, mais si cet animal était indomptable ?

— Oui, frère, il est trop fougueux.

— Précisément. Je ne voudrais pas me tromper. Puisque je ne peux aller moi-même à l'écurie, on devrait du moins amener ici la bête. »

L'intendant réfléchit :

« Oui, on peut l'amener, dit-il enfin. Mais un bon accord vaut mieux que de l'argent : tu pourras admirer l'animal autant que tu voudras, mais pas le monter.

— Alors comment saurai-je s'il me convient ou non ? Tu me permettras bien de faire sur son dos un petit tour dans la rue ?

— Non, mon cher hôte : impossible.

— Soit! Mais au moins fais-le venir.

— André, commanda l'intendant, s'adressant au jeune homme qui servait à table, cours aux écuries et dis aux palefreniers d'amener ici l'étalon persan. »

Kircha, ayant encore causé quelques instants avec le maître de la maison et les convives, se leva doucement de table et sortit dans la cour; il constata encore près de la porte de l'enclos la présence d'un paysan aux larges épaules, à côté duquel il était impossible de passer inaperçu. Le Zaporog chercha son sabre, l'accrocha à sa ceinture, mit son fouet en bandoulière, cacha sur sa poitrine son poignard et revint s'asseoir à table comme auparavant entre l'intendant et le secrétaire; puis il demanda au premier s'il serait heureux de devenir grand-père.

« Comment donc! J'y pense même pendant mon sommeil. C'est mon tour; je viens d'atteindre mes soixante ans.

— Préférerais-tu pour la première joie, continua le Zaporog, un petit-fils ou une petite-fille?

— Sans nul doute, un petit-fils. Les filles sont une marchandise pour vendre; à peine ont-elles fini de grandir qu'il faut s'en débarrasser.

— Et moi, dit le secrétaire, je te prie de ne pas te fâcher. Je préfère une petite-fille.

— Pourquoi? demanda le maître de la maison.

— Parce que!... Aura-t-on bientôt des enfants d'un petit-fils? Il est beau d'être grand-père, mais c'est encore plus gai d'être arrière-grand-père.

— Tu sors à peine de marier ta fille et tu penses déjà aux arrière-petits-enfants?

— Que Dieu nous envoie une petite-fille.

— Ah! non.

— Écoutez, braves gens, interrompit Kircha, si je vous contentais tous les deux?

— Comment? demandèrent à la fois le secrétaire et l'intendant.

— Voici : la jeune mariée, si je le veux, mettra au monde deux jumeaux, un garçon et une fille.

— Oh! très bien, s'écria l'intendant. Je gâterai le petit-fils.

— Et moi, je soignerai la petite-fille, dit le secrétaire. Mais ne te moque pas de nous.

— En vérité, non. Écoute, maître, continua Kircha à mi-voix : prépare-moi, pour demain, de la farine de gruau de froment et du miel; je ferai un petit gâteau, et lorsque les jeunes mariés l'auront mangé, au bout de neuf mois, toi tu auras un petit-fils et lui une petite-fille.

— Est-ce possible? s'écria l'intendant.

— Je te l'affirme : prépare deux berceaux et cherche les noms pour les nouveau-nés.

— J'appellerai le petit-fils Timophéi en l'honneur du boyard, dit l'intendant.

— Moi, j'appellerai la petite-fille Anastassia en l'honneur de la demoiselle, ajouta le secrétaire.

— Alors, à la santé de Timophéi et d'Anastassia! annonça majestueusement Kircha en vidant une énorme coupe pleine de boisson. Longue vie!

— Longue vie! répétèrent les convives.

— Ah! mon cher, dit l'intendant en étreignant dans ses bras le Zaporog, comment pourrai-je t'être agréable ? Écoute, si j'ajoutais deux pièces d'or à celle du boyard? Eh bien, soit!

— Non, maître, ceci est un cas spécial : je ne puis accepter de payement; mais, si tu veux me faire plaisir, ne ménage pas l'eau-de-vie au déjeuner.

Le Zaporog se pencha sur l'encolure, poussa un cri et partit comme une balle.

— Oui, de l'eau-de-vie de vin et de cerise et du vin étranger, et tout ce que tu voudras.

— Est-ce bien sûr? Alors, maître, c'est entendu.

— C'est conclu, mon cher. Attends donc : voici « Tourbillon ». Quel beau cheval! »

Kircha et les invités se levèrent de table et suivirent l'amphitryon dans la rue. Deux palefreniers retenaient avec peine par la bride un étalon noir. Il était de taille moyenne, mais très beau. Sa crinière ondulée, luisante comme de l'agate polie, descendait le long de son coup de cygne : il hennissait, creusait la terre du sabot, et ses yeux, injectés de sang, brillaient comme des escarboucles. Au premier coup d'œil jeté sur l'agile coursier, Kircha poussa un cri de surprise et sentit son cœur battre plus fort dans sa poitrine; il oublia pour quelques instants tous ses desseins et s'abîma dans une extase muette presque servile. Tourbillon, comme s'il devinait la présence d'un connaisseur, faisait le beau, dansait et esquissait des bonds comme s'il voulait s'enlever de terre.

« Eh bien? demanda l'intendant, t'ai-je dit la vérité? C'est plaisir d'admirer un beau coursier; mais c'est inutile.

— Qui sait, maître? J'ai dompté des bêtes autrement sauvages que celle-là, et si tu me permettais de faire une dizaine de fois le parcours de la rue, peut-être alors...

— Non, mon cher, souviens-toi de nos conventions.

— Que crains-tu?

— Qui peut connaître tes intentions? Si l'idée te prenait de fuir, comment m'arrangerais-je ensuite avec le boyard?

— Peuh! A quoi bon te tromper? Après demain, je serai libre d'aller où je voudrai?

— Après-demain, je t'aiderai moi-même à te mettre en selle; mais à présent impossible.

— Eh bien, maître, tu ne veux pas me procurer ce plaisir, aussi ne te fâche pas si j'imite ton exemple.

— Ah! mon cher, je serais bien content, mais juge toi-même. Qu'en penses-tu, beau-père? continua l'intendant s'adressant au secrétaire. Faut-il lui laisser monter Tourbillon?

— Comme tu voudras, Thomas Kondratiévitch; mais, à mon avis, il faut le garder comme la prunelle de tes yeux, afin de ne pas encourir la colère et la disgrâce du boyard.

— Entends-tu l'avis des gens sensés? Impossible, mon cher.

— Monsieur le secrétaire, dit Kircha, tu as donc changé d'idée et tu ne veux plus être arrière-grand-père; c'est vraiment dommage, tu aurais eu cependant une petite-fille.

— Je ne dis rien, répondit le secrétaire, rien du tout. Fais comme tu voudras, beau-père.

— Imbécile que je suis, pourquoi prendre la peine de vous prier? Après-demain, j'aurai quand même le cheval, et vous n'aurez pas de petits-enfants.

— Grâce! s'écrièrent l'intendant et le secrétaire.

— C'est comme ça. Vous connaissez le proverbe : « Comme on fait son nid, on se couche. » Rentrons dans l'isba.

— Laissez-le essayer, dit un des palefreniers. En voilà un vantard! Bien d'autres avant lui ont essayé de monter Tourbillon, mais ils ont volé les pieds en l'air. Qu'il se mette en selle. Je vous garantis qu'il ne galopera pas hors du village.

— Oui, oui! fit l'autre palefrenier. Nous en avons vus de plus forts que lui. Ils n'avaient pas le temps de cligner de l'œil qu'ils étaient déjà à terre.

— Eh bien, mon cher, dit l'intendant à Kircha, si tu veux absolument...

— Courez, les gars! murmura le secrétaire à deux jeunes paysans : toi à ce bout de la rue et toi à l'autre; montez bien la garde et fermez la barrière.

— Oh! beau-père, j'éprouve un fâcheux pressentiment. Enfin, continua-t-il d'une voix énergique en saisissant Kircha par le bras, fâche-toi, si tu veux, mais je ne te permettrai pas de monter. Si tu partais!

— Vraiment! Et les pièces d'or du boyard? Vous les laisserai-je, imbéciles que vous êtes?

— A quoi penses-tu? continua l'intendant, convaincu par ce dernier argument. En effet, le diable lui ferait-il abandonner les pièces d'or? Eh bien, soit! sellez le cheval. »

En deux minutes, le cheval fut prêt. La foule des curieux s'écarta; Kircha se prépara, serra sa ceinture, enfonça son bonnet et, sans se presser, approcha du cheval. Il commença d'abord par le caresser, lui tapota le cou avec tendresse, puis passa du côté gauche et subitement, comme un oiseau, s'élança en selle.

« Éloignez-vous, camarades, éloignez-vous! s'écrièrent les palefreniers. Regardez la comédie qui va commencer! »

La foule recula comme une vague et le cavalier resta seul au milieu de la rue. Ne laissant pas à Tourbillon le temps de revenir à lui, Kircha le frappa de son fouet. Comme un lion déchaîné, le cheval secoua sa crinière et fit un bond terrible; les assistants poussèrent des cris de frayeur, l'intendant pâlit et cria aux palefreniers:

« Tenez-le! Tenez-le! Ah! il va se faire tuer. Tenez-le, vous dit-on!

— Oui! Le diable seul le retiendra maintenant. Quand il tombera à terre, nous le relèverons.

— Ah! petits pères, continuait l'intendant, tenez-le. Entendez-vous? Le boyard m'a donné l'ordre de le régaler demain et voilà qu'il va se faire casser le cou aujourd'hui. Seigneur, quelle frayeur! Eh bien, ma pauvre tête est perdue! »

Pendant ce temps, les coups de fouet pleuvaient comme grêle sur Tourbillon; le cheval furieux battait l'air des pieds de devant et de derrière, se jetait à droite et à gauche en hennissant, courbait la tête afin de mordre son cavalier et se dressait presque verticalement sur les pieds de derrière; mais Kircha, comme collé à la selle, continuait sans se lasser à le travailler avec le fouet. Les spectateurs retenaient leur haleine: tous les cœurs battaient.

Cette lutte de l'art et de l'adresse contre la force dura plus d'une demi-heure; enfin Tourbillon à demi épuisé, ennuyé de se démener sur place, s'élança comme une flèche dans la rue. Après avoir galopé l'espace d'une verste, le cheval tourna court pour revenir sur ses pas. Kircha vacilla, mais se maintint en selle. Il semblait que le cheval fatigué avait eu recours à cette défense comme à un dernier effort après lequel il se sentait obligé de se soumettre; il se calma subitement et, obéissant à son habile cavalier; il marcha au pas, puis au trot et, après avoir exécuté plusieurs voltes dans la rue, il se mit tout à coup au triple galop et s'arrêta enfin devant l'isba de l'intendant.

« Es-tu vivant? demanda le maître de maison.

— Eh bien, tu es un gaillard! dit un des palefreniers en regardant avec stupéfaction le cheval couvert d'écume blanche. Tu es digne de posséder ce cheval.

— Cela ne m'étonne pas, continua le secrétaire s'adressant à l'intendant. Je te le disais bien; les démons le tiennent en selle.

— Descends vivement, mon cher, continua l'intendant. Tant que tu ne seras pas rentré dans l'isba, mon cœur ne sera pas tranquille.

— Ne te presse pas, maître, dit Kircha. Laisse-moi caracoler. N'approchez pas, mes braves! cria-t-il aux palefreniers. Ne l'effrayez pas!... Allons, maintenant nous ne sommes plus suffoqué, ajouta le Zaporog qui avait donné au cheval le temps de reprendre haleine. Merci, maître, de ton bon accueil. Garde mes pièces d'or et ne dis pas de mal de moi.

— Comment? Quoi? » s'écria l'intendant.

Au lieu de répondre, le Zaporog rendit les rênes, se pencha sur l'encolure, poussa un cri et partit comme une balle.

« Arrêtez-le! Arrêtez! » hurlait l'intendant, dont la voix fut bientôt étouffée par les exclamations des assistants.

Mais Kircha ne craignait rien; le gardien posté à l'extrémité de la rue, croyant que Satan lui-même s'avançait sous les traits du Zaporog, dit une prière et tomba la face contre terre. Kircha sauta au grand galop la barrière, et quelques minutes plus tard il aperçut en se retournant la tourelle du château s'estomper comme un point noir à peine visible sur l'horizon couvert de nuages.

XII

A l'aube, un calme complet régnait dans la maison du boyard. Beaucoup d'invités étaient couchés dans la salle à manger, les uns sur les bancs, les autres à terre; seuls le maître de la maison et Jouri avec son domestique avaient devancé le soleil. Alexis, comme au lendemain d'une fête, regardait son maître d'un air hébété. Le boyard Kroutchyna fit froidement ses adieux à son hôte.

« Je te souhaite, Jouri Dimitritch, d'arriver sans encombre à Nijni, dit-il, mais je crains de te voir expérimenter ce que sont les habitants de Nijni. Au revoir.

— Tu voulais, Timophéi Théodorovitch, me donner une lettre pour le boyard Istoma-Tourénine.

— Oui, oui! mais j'ai changé d'avis. C'est inutile... Ou bien non!... continua le boyard, sentant qu'il parlait trop. Comme ma lettre est écrite, prends-la. Bon voyage! Je compte te revoir à ton retour, » ajouta-t-il avec un sourire moqueur.

Jamais Jouri n'avait quitté quelqu'un avec autant de plaisir; il aurait plutôt accepté de passer la nuit à la belle étoile que de coucher encore sous le toit du boyard, où l'air même lui paraissait imprégné de trahison et d'infidélité. Après avoir salué Chalonski, il sauta rapidement en selle et, sans se retourner, galopa hors du village.

Les Russes sont habitués aux changements subits de température, et la transition rapide du froid de l'hiver à la tiédeur du printemps ne les étonne pas. Mais celui qui connaît les pays du Nord seulement par ouï-dire, croira avec peine que Jouri, surpris la veille par la tempête et qui avait failli être gelé avec son domestique, fut obligé, ce jour-là, de se débarrasser de son manteau. Une pluie torrentielle était tombée, et lorsqu'il arriva sur la grand'route, un spectacle nouveau se présenta à ses regards : des milliers de filets d'eau ruisselaient sur les pentes des collines; dans les ravins mugissaient des torrents fangeux, et les plaines basses semblaient au loin transformées en vastes lacs. Lorsque Jouri et Alexis eurent perdu de vue le domaine du boyard Chalonski, Alexis ôta son bonnet et fit le signe de la croix.

« Mon cœur est maintenant soulagé, dit-il. Nous voilà sortis de l'enfer. Si tu savais, boyard, ce que j'ai vu et entendu !...

— Moi aussi, j'en ai vu et entendu suffisamment, Alexis.

— Mais toi, Jouri Dimitritch, tu faisais la fête avec le maître ; tu aurais dû jeter un coup d'œil à l'office et tu aurais vu ce que c'est qu'un bagne. Quelqu'un renverse un verre de miel, on le frappe. Un autre s'est trompé et a servi de l'eau-de-vie de grain au lieu d'eau-de-vie de cerise, on le fouette. Si tu éternues ou tousses un peu trop fort, on te frappe encore. Ah ! c'est un véritable enfer ! Voilà tout. Il est vrai qu'on y fait bombance, il n'y a pas à dire. Lorsque les valets eurent bu et que leurs langues commencèrent à se délier, mes cheveux se dressèrent. Sais-tu, Jouri Dimitritch ? C'est un pillage quotidien ; le boyard lui-même arrête les convois ; et si un marchand, en traversant ses terres, ne vient pas le saluer et payer la dîme, il est certain de ne sortir du village qu'en chemise. Te rappelles-tu le marchand qui était venu avec nous hier à l'auberge ? Il voulait passer en cachette à côté du village par les derrières ; il lui est justement arrivé malheur. On l'a étrillé de belle façon : sur quatre chevaux on lui en a pris deux en lui disant : « Maintenant tu n'as plus de marchandises ; tu peux arriver avec deux chevaux.

— Est-ce possible ? Et on ne peut pas obtenir justice ?

— Mais, Jouri Dimitritch, nous sommes à une époque où on ne trouve justice nulle part.

— Cependant, Alexis, tu ne t'es pas ennuyé hier soir ; c'est à peine si tu tenais sur tes jambes.

— Excuse, boyard. Dans cette maudite maison, une seule chose est bonne : le vin. Comment ne pas boire un verre de plus ? Il n'y a pas à dire : quel vin et quel miel !... Après deux verres, n'importe qui a la tête à l'envers.

— As-tu appris des nouvelles de Kircha ?

— Comment donc ? Je l'ai rencontré hier dans la cour, mais je n'ai pas eu le temps de lui parler : on le conduisait chez le boyard.

— Pourquoi ?

— Je ne sais ; un domestique ivre m'a dit que le boyard lui avait fait cadeau d'un cheval et avait donné l'ordre de l'héberger.

— Je n'y comprends rien.

— Qui sait ? Ne serait-il pas resté au service du boyard ! Tous ses camarades sont des cerveaux brûlés et des brigands. Il trouverait au château large vie ; peut-être le boyard le nommera-t-il capitaine de son détachement de brigands.

— Non, Alexis, Kircha est bon ; ce n'est pas un brigand, et après ce qu'il a fait pour nous...

— Qu'a-t-il donc fait de particulier ? Il avait contracté une dette : il l'a payée. Les brigands eux-mêmes ont, à certaines heures, de la conscience, boyard. Mais, pour être un brave homme, je ne le crois pas. Non, Jouri Dimitritch, on a beau soigner le loup, il regarde toujours du côté de la forêt. »

Jouri ne répondit mot; absorbé dans une profonde méditation, il s'efforçait d'oublier le présent et de chercher une consolation dans l'avenir. Miloslavski avait été témoin de la gloire troublée de sa patrie. Lui-même avec les fidèles de son fief, sous le commandement du jeune et glorieux Skopine, il avait frappé les ennemis de la Russie; il ne connaissait pas encore les souffrances d'un amour sans espoir. Gai et insouciant, jeune homme, il n'aimait que son père et sa patrie et ne détestait que les ennemis de son pays.

Les voyageurs avaient dépassé Balakhna et se trouvaient à vingt verstes du domaine du boyard Kroutchyna. Ennuyé de ne pas recevoir de réponse à ses questions, Alexis suivant son habitude sifflotait ses airs favoris et poussait son griset qui déjà ralentissait l'allure. Après deux heures de cette occupation, il perdit patience et essaya d'entamer la conversation avec son maître.

« Il serait temps de faire manger nos chevaux, dit-il. Tu n'as pas voulu t'arrêter à Balakhna, boyard; nous avons parcouru depuis quinze verstes et toujours pas d'habitations.

— En voilà une là-bas, près de la forêt... Tu vois bien, Alexis, n'est-ce pas une isba?

— Non, Jouri Dimitritch. C'est une simple hutte ou une meule de foin, mais sûrement ce n'est pas une isba.

— Il me semble qu'un homme se tient debout à côté de cette hutte.... Vois-tu?

— Oui, boyard : le cheval est attaché à un arbre. En effet, c'est une meule de foin. Voilà un voyageur qui veut nourrir gratis son cheval. On dirait qu'il nous a vus. Il monte en selle. Que diable a-t-il à rester sur place? Il ne bouge pas. Il nous attend. Non, le voici qui galope sur nous. Attention, boyard. Miséricorde ! Il était cependant resté chez le boyard Chalonski. Ah! petits pères!... c'est Kircha.

— Cela va bien, Jouri Dimitritch? s'écria le Zaporog en arrivant au galop près des voyageurs.

— Holà ! le diable te porte donc? dit Alexis. Tombes-tu du ciel?

— Non, camarade, je ne tombe pas du ciel, mais je viens de quitter l'enfer ! répondit le Zaporog en retournant son cheval.

— Nous croyions que tu étais resté chez le boyard Chalonski, dit Jouri.

— Il voulait me retenir, mais Kircha sait ce qu'il fait. J'aime mieux être simple cosaque libre que chef sous le bâton de n'importe quel boyard. Eh bien, Jouri Dimitritch, il est temps de laisser souffler vos chevaux.

— Nous irons jusqu'au premier village.

— Il y en a un tout près, derrière cette forêt. J'avais peur de vous manquer, aussi je suis resté sur la grand'route.

— Tu n'as pas dépensé beaucoup pour la nourriture de ton cheval. Regarde comme tu as arrangé la meule de foin. Je doute que le propriétaire te remercie.

— Pourquoi met-il des meules près de la grand'route? répondit tranquillement le Zaporog.

— Dis-moi, Kircha, demanda Jouri, comment as-tu obtenu les bonnes grâces du boyard Kroutchyna?

— Parce que je me suis chargé d'une affaire qui n'était pas la mienne.

— Comment cela?

— Voici, Jouri Dimitritch ! dans ma jeunesse, j'étais pêcheur; je travaillais sans trêve jour et nuit. J'ai fait cinq fois naufrage, la tempête m'a emporté plus d'une fois chez les mécréants; en un mot, j'ai enduré bien des épreuves et je n'ai pas amassé un sou vaillant. Je suis allé chez les cosaques de l'Ukraine; j'ai servi fidèlement l'hetman. Je me suis battu contre les Polonais et les Tartares; j'ai supporté le froid et la faim et je ne pouvais rien envoyer à mes vieux parents pour se vêtir. Je me suis engagé chez les Zaporogs; j'ai fait mourir de chagrin une belle avec laquelle j'étais fiancé. J'ai encouru les quolibets de mes frères, les cosaques, parce que je faisais grâce aux femmes et aux enfants, que je n'estropiais pas les désarmés et que je ne brûlais pas les maisons pour m'amuser, quand elles ne renfermaient pas d'ennemis embusqués. C'est tout juste si on ne m'a pas enterré vivant avec un cosaque effronté que j'avais maladroitement frappé de mon fouet sur la tête pour le punir de ses taquineries. Puis, j'ai traîné deux ans dans l'armée polonaise; j'ai versé le sang chrétien et sauvé la vie au pan Lissovski et, malgré tout, je ne me suis pas enrichi. Mais, un beau jour, j'ai eu l'idée de me faire passer pour sorcier. On m'a donné en payement trois pièces d'or et ce beau cheval de course qui, crois-le si tu veux, Jouri Dimitritch, n'a pas de prix. »

Et Kircha caressa son cher Tourbillon, le couvant d'un œil plein de tendresse.

« Quelle bêtise! dit Jouri. Comment t'es-tu fais passer pour sorcier?

— Eh! boyard, il y en a qui se font passer pour bien des choses en ce bas monde et qui ne réussissent pas comme moi. Je suis devenu sorcier pour de bon et, si tu veux, je te dirai sur-le-champ le sujet de tes chagrins.

— Tu serais bien malin si tu le devinais.

— Eh bien, tu vas voir, fit Kircha. C'est une belle aux yeux noirs qui te chagrine, n'est-ce pas? »

Jouri, étonné, regarda le Zaporog.

« Pourquoi écouter ce bavard? dit Alexis. Il répète ce que je lui ai raconté.

— Que donnerais-tu, boyard, continua le Zaporog sans écouter Alexis, si je te disais à quelle famille appartient et où habite maintenant ta demoiselle aux yeux noirs?

— Trêve de plaisanteries, Kircha.

— Je ne plaisante pas, Jouri Dimitritch : tu l'as vue à Moscou, à l'église du Sauveur.

— Ah! c'est trop fort! s'écria Alexis. Je ne lui ai pas dit cela.

— Je sais bien d'autres choses encore. Ainsi toi, Jouri Dimitritch, tu ignores qu'elle t'aime.

— Est-ce possible? s'écria Miloslavski arrêtant son cheval.

— Oui, boyard; elle se dessèche à cause de toi et plus que toi.

— Elle n'est pas encore mariée?

— Non.

— Mais qui est-ce? Où habite-t-elle? Comment as-tu pu le savoir? Parle, parle plus vite...

— Ton cœur ne t'a donc pas averti que tu avais passé la nuit sous le même toit qu'elle?... C'est la fille du boyard Kroutchyna-Chalonski.

— La fiancée du pan Gonsievski! s'écria Alexis.

— La fiancée, mais non la femme.

— La fille du boyard Kroutchyna! murmura Jouri en pâlissant comme un condamné à mort. Du boyard Kroutchyna!... répéta-t-il avec désespoir. Ainsi tout est fini!

— Non pas, Jouri Dimitritch. Il peut se passer bien des choses. Tu dois te marier avec elle...

— Avec elle!... Jamais! jamais! interrompit Miloslavski. Mais tu fais erreur; oui, tu t'es trompé, Kircha!... Cette douce créature, cet ange de beauté!... La fille du boyard Chalonski?... Impossible!...

— Pourquoi nous sommes-nous arrêtés, boyard? On ne nourrit pas les chevaux avec des bavardages. Allons, en avant! au petit pas; il y a environ trois verstes jusqu'au petit village, j'aurai le temps de tout raconter et tu verras que je ne te trompe pas. »

Jouri écoutait avec attention le récit du Zaporog, et plus il devenait certain que la belle inconnue était la fille du boyard Chalonski, plus son front s'assombrissait. Il ne pensait pas aux obstacles matériels : les circonstances et le temps pouvaient les détruire; le fait même qu'Anastassia était la fiancée du pan Gonsievski ne l'effrayait pas non plus; mais la perspective d'avoir pour beau-père un homme détesté, un traître à la patrie!... Cette idée seule anéantissait ses espérances. Si tout favorisait son amour, sa propre volonté constituait un obstacle infranchissable. Le mari de la fille du boyard Kroutchyna pouvait-il, sans rougir, parler de trahison et d'infidélité? Pouvait-il crier vengeance contre les traîtres qui exposaient leur patrie à la perte et à la honte éternelle?

Il était décidé à renoncer à ses rêves d'amour. Mais, lorsque Kircha se mit à raconter sa conversation avec Anastassia, Jouri apprit combien il était aimé. Son énergie vacilla :

« Assez! dit-il d'une voix entrecoupée. Assez! je ne veux plus rien savoir.

— Comme tu voudras, boyard, répondit Kircha en jetant un regard étonné sur Miloslavski.

— Malheureux! pouvais-je supposer que l'heure la plus joyeuse de mon existence serait pour moi un châtiment? Ne dis rien, ne dis plus rien.

— Je me tais, boyard.

— Ah! Kircha, pourquoi m'as-tu dit?... Quel est l'ange des ténèbres qui t'a inspiré cette idée?

— Pardon, Jouri Dimitritch. Je croyais te réjouir : Anastassia Timopheievna...

— Tais-toi!... Ne prononce plus jamais ce nom.

— Bien, boyard.

— Ne me rappelle jamais... Ou, non, conte-moi tout. Que t'a-t-elle dit? Sait-elle que je languis à son sujet, que le monde me fatigue?

— Comment donc! Elle est revenue à la vie lorsque je lui ai appris que tu l'aimais. Il fallait voir ses larmes couler à flots...

— Malheureux! Malheureux!

— Elle se mit à pleurer, à prier...

— Cesse, Kircha, cesse.

— Mais, de grâce, boyard, dit le Zaporog ne comprenant pas le motif de cette désolation, pourquoi te chagriner de la sorte? Premièrement, tu devrais être content d'avoir retrouvé ton inconnue; deuxièmement, pourquoi n'obtiendrais-tu pas sa main? Tu appartiens à une famille célèbre, riche; tu es brave : elle est fiancée, il est vrai, au pan Gonsievski, mais cette noce n'aura pas lieu. Rappelle-toi mes paroles : bientôt aucune paroisse ne restera plus au pouvoir de l'hetman, et lui-même, avec tout son camp polonais, n'osera plus montrer son nez au Kremlin. Les orthodoxes n'attendent que l'arrivée des troupes du Sud pour commencer la lutte. Mais à quoi bon insister?... Si tous les Russes s'unissent, les Polonais pourront-ils résister? Sont-ils nombreux? Nous les ferons fuir à la seule vue de nos bonnets.

— Tu oublies, Kircha, que j'ai prêté serment de fidélité à Vladislas.

— Eh! boyard, si vous avez choisi pour régner le prince royal polonais, pourquoi donc reste-t-il chez lui à Cracovie? Qu'on nous le montre en personne! Qu'il se fasse orthodoxe et nous gouverne! Mais ils ont envoyé une armée, un hetman, comme si nous avions prêté serment aux Polonais. Non, Jouri Dimitritch, après tout le roi de Pologne veut nous jouer le tour. »

Jamais encore cette idée n'était venue à Jouri, et bien qu'elle fût exprimée sous une forme un peu vulgaire, il en fut très frappé.

« Ah! Kircha, s'écria-t-il tout joyeux, j'oublierais mon chagrin si je pouvais me convaincre de la vérité de tes paroles. Mais, malheureusement, elles ne sont basées que sur des suppositions et j'ai juré d'être fidèle à Vladislas. »

Pendant cet entretien, les voyageurs étaient arrivés au village où ils voulaient faire halte. La première isba qui bordait la route leur sembla plus vaste que les autres, et bien que le propriétaire leur annonçât qu'il n'avait rien à vendre et parût les laisser entrer dans sa cour de mauvais gré, Jouri décida de s'arrêter chez lui. Kircha se chargea des chevaux, et Alexis alla dans les autres isbas chercher du fourrage pour les chevaux et, pour son maître, un pot de lait que le propriétaire de l'isba avait refusé aux voyageurs.

Kircha avait eu, tout d'abord, l'intention de prévenir Jouri et Alexis du danger qui les menaçait; mais, en route, il avait changé d'idée. L'heureux hasard qui lui avait fait découvrir le secret de Miloslavski et de la belle Anastassia lui avait inspiré le désir intense d'unir, coûte que coûte, les deux amoureux. Il considérait presque comme un devoir sacré de se venger de toute offense reçue, et, par conséquent, il ne doutait pas que Jouri, s'il apprenait l'odieux complot du boyard Kroutchyna, ne devînt pour toujours l'ennemi irréconciliable de ce dernier et ne s'efforçât de l'envoyer dans l'autre monde à la première occasion. Bien que Kircha fût cosaque zaporog, il comprenait que Jouri ne pouvait à la fois se venger de Chalonski et devenir en même temps le mari de sa fille. C'est pour cette raison qu'il résolut de se taire provisoirement sans cependant perdre de vue son but principal, c'est-à-dire sauver Jouri du danger qui le menaçait.

Jouri, en entrant dans l'isba, demanda au propriétaire à qui appartenait le cheval gris qu'il avait remarqué dans la cour.

« A un passant, petit père, répondit le propriétaire : il va de Kazan à Nijni.

— Mais où est-il ?

— Il est sorti chercher à manger. Je n'ai plus de pain pour moi ; il y a environ cinq jours, j'ai été dévalisé par une bande de révoltés. J'ai pu, à grand'peine, sauver ma tête.

— Ces brigands sont-ils encore ici ?

— Ils ont disparu depuis peu. A les entendre, ils sont seuls à défendre la religion orthodoxe, mais si tu leur tombais entre les mains... Ce sont des mécréants. — Polonais ou Russes, — c'est la même chose, ils ne te laisseraient pas une chemise.

— Ils rendent donc la route dangereuse ?

— Non, petit père. Ces braves, ayant appris qu'à trente verstes d'ici il y avait des troupes polonaises, se sont enfuis. Ils sont retournés vers la Volga au-dessous de Nijni, et maintenant sur la grand'route tu ne rencontreras personne.

— Voici du lait, boyard. Bois à ta santé ! dit Alexis en entrant dans l'isba. En voilà, un village ! Comme après un incendie, il ne reste plus rien. C'est à peine si j'ai pu trouver, avec beaucoup de difficulté, deux pots de lait chez une vieille. J'ai encore eu la chance de les prendre, car un voyageur voulait me les enlever tous deux. Allons, maître, ajouta-t-il s'adressant au propriétaire, donne-moi un peu de pain. Et puis, n'as-tu pas un petit verre de boisson ? Sois gentil, mon cher. »

Lorsque Kircha pénétra dans l'isba, le propriétaire mit sur la table un récipient en bois plein de kvass et un morceau de pain. Les voyageurs avaient été si bien traités la veille qu'ils auraient pu à la rigueur se passer complètement de nourriture. Jouri refusa de rien prendre. Au début, Alexis le pria de manger ; mais, comme il persistait dans son refus, le domestique, voyant que son maître ne voulait pas toucher au lait, poussa un long soupir et, hochant la tête, il attaqua si résolument le pot avec l'aide de Kircha, qu'en un instant il ne resta plus une goutte de lait.

Alexis sortit ensuite de l'isba et, après une absence de cinq minutes, il revint comme un fou. Jamais encore Miloslavski n'avait vu son domestique en un pareil état ; il était presque convaincu que cet homme paisible ne se fâchait jamais, aussi lui demanda-t-il avec une certaine inquiétude ce qui lui arrivait.

« Ce qui m'arrive ? répondit Alexis étouffant de colère. Que le diable l'emporte ! La vieille sorcière !... Sorcière de Kiev !... A-t-on jamais vu ? Voleuse, maudite !...

— Pourquoi cette colère ?

— Eh bien, elle me demande cinq altynes !... Mais vaut-elle ce prix, même avec ses neveux, sa vache et son bétail ? Ah ! la vieille mégère !... Vois, je te prie, cinq altynes !

— Me diras-tu enfin ?...

— Si j'avais su, j'aurais préféré m'étouffer avec un crouton que d'avaler ne fût-ce qu'une cuiller de son lait. Qu'en penses-tu, boyard ? Cette petite vieille demande pour son pot de lait cinq altynes. Cinq altynes quand on peut acheter pour deux kopecks une cruche entière de crème!

— Tu es en faute, Alexis : pourquoi n'as-tu pas marchandé?

— Mais qui aurait pu songer? Juive édentée!

— Pourquoi crier? Paye-lui ce qu'elle demande et l'affaire sera terminée.

— Non, boyard, tu me tuerais sur place que...

— Alexis, je n'aime pas répéter plusieurs fois la même chose.

— Eh bien, fais comme tu voudras, boyard! répondit Alexis en baissant la voix. L'argent t'appartient, fais comme tu voudras; mais quant à moi, pour rien au monde je ne lui aurais donné plus d'un kopeck. Je t'obéis, Jouri Dimitritch! continua-t-il voyant l'impatience de son maître. Je payerai sur-le-champ.

— Permets-moi, boyard, dit Kircha, de le payer avec ton argent.

— Soit!

— Donne-moi donc cinq altynes, Alexis. D'ailleurs voici... »

La vieille entrait en effet dans l'isba. Elle fit le signe de la croix et, saluant très bas, dit à Alexis :

« Eh bien, petit père nourricier, ne me retarde pas : paye-moi.

— C'est moi qui vais régler tes comptes, tante, dit le Zaporog, lui n'y entend rien. Viens donc ici. Tu demandes cinq altynes pour ton lait?

— Oui, petit père, cinq altynes. Je te prie de ne pas te fâcher : je suis libre de disposer de mon bien.

— Je le sais, ma chérie, je le sais. Voilà cinq altynes, tiens. »

La vieille prit l'argent avec avidité et se mit à le compter.

« C'est-il le compte? demanda le Zaporog.

— Oui, petit père.

— Es-tu complètement payée?

— Complètement, mon père.

— Tu entends, maître? Sois témoin! Eh bien, tante, tu es une bête.

— Et pourquoi, petit père nourricier?

— Ah! vieille imbécile! sommes-nous à une époque où l'on vend le pot de lait cinq altynes? Nulle part nous n'avons payé moins d'un rouble.

— Comment cela, petit père?

— C'est comme ça. Tu t'es laissée fourrer dedans, petit pigeon, voilà tout.

— Pas moins d'un rouble! répéta la vieille en battant des mains. Ah! sotte que je suis! Tout le monde nous trompe, nous autres les malheureux!...

— Eh! tante, le brochet est dans l'eau pour que le petit poisson ne sommeille pas.

— C'est péché à vous autres d'offenser une vieille.

— Mais comment t'offensons-nous? Nous t'avons donné ce que tu nous as demandé.

— Dieu vous jugera, honnêtes messieurs, pour tromper une orpheline.

— Comment orpheline? s'écria Alexis. Ton isba est pleine de petits enfants.

— Oui, petit père, et tous l'un plus petit que l'autre.

— Pourquoi mentir? Le cadet est plus grand que moi d'une tête. Va-t'en, vieux barbon!

— Je m'en irai, petit père, je m'en irai. Pourquoi me chasser? Je demande excuse. Que le Seigneur vous récompense ici-bas et dans l'autre monde. Je vous souhaite de marcher et de ne jamais arriver à...

— Eh bien, fiche le camp! interrompit Alexis en poussant la vieille vers la porte.

« Pas moins d'un rouble! » répéta la vieille.

Quelle idée t'est venue de dire à cette sorcière, continua-t-il en s'adressant à Kircha, que nous payons partout un rouble le pot de lait.

— Comment, quelle idée? répondit le Zaporog : durant deux semaines, elle ne va pouvoir ni manger ni dormir de chagrin; de plus, le premier voyageur auquel elle demandera un rouble pour un pot de lait la battra sûrement. C'est-il bien trouvé? »

A ce moment un voyageur, que la vieille avait rencontré près de la porte de l'isba, lui ayant dit quelques mots, commençait à la traîner par les cheveux en criant :

« Le voilà, ton rouble! Le voilà! »

Puis lui ayant jeté quelques kopecks, il entrait dans la cour.

Kircha observait avec grande attention cet individu dont l'extérieur aurait attiré les regards de l'homme le moins curieux. Il était de taille gigantesque et, par ses manières, ressemblait à un ours. On aurait pu croire que sa petite tête, hérissée de cheveux tirant sur le roux, était tombée par erreur sur un corps qui n'avait rien d'humain. Son visage exprimait une étrange placidité; ses petits yeux à demi fermés semblaient endormis, et sa voix rappelait le rugissement sauvage du fauve auquel il ressemblait tant. Ce monstrueux géant, en entrant dans l'isba, s'écria :

« Bonne santé, messieurs les voyageurs! »

Kircha tressaillit et continua à observer l'inconnu avec plus d'attention.

« D'où viens-tu, mon brave? demanda Jouri.

— De Kazan, boyard.

— Tu vas à Nijni-Novgorod?

— Alors tu seras notre compagnon de route?

— Si monsieur me le permet, je ne vous quitterai pas. Bien qu'il n'y ait rien à craindre... Mais quand même, plus on est, meilleur il fait voyager.

— Vois, mon cher, dit à Kircha le propriétaire de l'isba, un de vos chevaux s'est détaché; pourvu qu'il ne sorte pas de la cour! »

Kircha s'empressa d'accourir. En effet, Tourbillon s'était détaché et s'était approché des autres animaux; mais, au lieu de se battre avec eux, il se tenait tranquillement près du cheval gris de l'inconnu, échangeait avec lui des caresses et paraissait même heureux de le retrouver.

« Oh! dit Kircha, vous êtes de la même écurie. Ça y est, je ne me trompe pas : il ne vient pas de loin, ce bonhomme de Kazan. »

Ayant attaché Tourbillon à son ancienne place, le Zaporog revint s'asseoir à côté de l'inconnu, lui offrit à boire et lui demanda s'il y avait longtemps qu'il avait quitté Kazan.

« Près d'une semaine, répondit l'inconnu.

— Une belle ville! continua Kircha. J'y ai passé six mois entiers et j'y ai laissé un excellent ami. Connais-tu Cyrille Stépanov, marchand à la halle de la boucherie? On l'a surnommé... comment donc?... Dieu me donne la mémoire. Un nom si compliqué que je ne puis me le rappeler. »

Là-dessus Kircha commença à se gratter la tête, tapant du pied d'impatience, et, ayant laissé à l'inconnu le temps d'entamer une conversation avec Jouri qui commençait à le questionner sur Kazan, il s'écria tout à coup : « Omliach! »

L'inconnu tressaillit et se tourna vivement vers Kircha.

« Oui, oui! continua le cosaque sans avoir l'air de prendre garde à la frayeur cependant bien visible du passant. Je me suis rappelé. Omliach!... ou bien, non, Bourdach! peut-être. Quelque chose comme cela. Ne connais-tu pas, frère, ce marchand?

— Non, répondit d'un ton bref le voyageur en fixant le Zaporog, qui, tranquille, continua :

— C'est dommage, camarade, que tu ne le connaisses pas. Voilà bientôt un an que je l'ai quitté. Que fait-il, le cher? On dit que ses affaires vont mal.

— Pourquoi le saurais-je? répondit l'inconnu d'une voix rude. Boyard, ajouta-t-il s'adressant à Jouri, si tu veux arriver de jour à Nijni, il ne faut pas perdre de temps : la route doit être mauvaise et nous sommes encore loin de la ville.

— Ne nous attardons pas, dit Alexis. Nous avons mangé, nos chevaux aussi : on peut partir de suite.

— Allez! dit Kircha; sellez les chevaux, et moi, je serai prêt en un clin d'œil. »

L'inconnu et Alexis sortirent.

« Écoute donc, Jouri Dimitritch, dit le Zaporog; ton pistolet est superbe, mais est-il chargé ?

— Pourquoi ?

— Parce que les voyageurs ne doivent pas s'endormir.

— Crains-tu un danger?

— Nous sommes à une époque troublée, Jouri Dimitritch. Sans doute, je ne crains personne; mais c'est pour quelque chose que le proverbe dit : « Dieu préserve celui qui se préserve. »

En sortant, Kircha rencontra le propriétaire de l'isba et lui demanda s'ils étaient loin de Nijni.

« Vingt verstes, répondit le paysan.

— Je crois me souvenir qu'il y a des ravins.

— Un seul. A mi-chemin, vous rencontrerez une chapelle; c'est là que furent assassinés, il y a cinq ans, trois marchands de Nijni-Novgorod. Une verste et demie plus loin se trouve le ravin qui est tout petit.

— Peut-on l'éviter?

— Non, impossible. Il existe une vieille route qui, de la chapelle, mène à la ville, mais depuis longtemps on n'y passe plus.

— Pourquoi donc?

— On y rencontre précipices sur précipices et, au printemps, il n'y a pas moyen de passer. »

Le cosaque alla seller son cheval et, un quart d'heure après, la petite caravane se mettait en route. Alexis ne quittait pas son maître, mais Kircha, se tenant sur la gauche de l'inconnu, marchait à côté de lui, à dix pas derrière les autres.

A plusieurs reprises déjà, l'inconnu avait observé avec étonnement le cheval de Kircha.

« Le diable m'emporte! dit-il enfin. Plus je regarde... Où t'es-tu procuré ce cheval?

— Pourquoi?

— S'il était seulement un peu plus vif, je l'aurais pris pour... Je connais un cheval tout à fait pareil : il a la même tache sur le front. Il est vrai que l'autre n'aurait pas marché comme celui-ci au pas... Mais ils se ressemblent comme deux gouttes d'eau.

— Ah! se dit à lui-même Kircha, tu reconnais le cheval du boyard, monsieur l'habitant de Kazan! — Qu'y a-t-il d'étonnant? fit-il à haute voix. Un homme ressemble très exactement à un autre; à plus forte raison peut-il en être de même pour les chevaux. »

A ce moment, la route, qui, sur l'espace de deux verstes, avait serpenté à travers champs, tournait à gauche et entrait dans la forêt. Kircha, feignant l'indifférence, causait et plaisantait avec le passant; on pouvait croire qu'il était complètement tranquille et ne craignait rien. Cependant le moindre bruit attirait son attention : il arrêtait son cheval sous divers prétextes, fouillait d'un regard perçant les deux côtés de la route et voulait, semblait-il, sonder la profondeur même de la forêt.

Ils marchèrent environ deux heures sans rencontrer personne. Enfin, dans le lointain, près de la route, apparut un point noir ressemblant à une construction; mais, lorsqu'ils se furent approchés, ils aperçurent, au lieu d'une isba, une grande chapelle à moitié en ruines. Kircha ralentit un peu son cheval et, étant resté quelques pas en arrière de l'inconnu, il s'écria tout à coup :

« Holà, camarade! Qu'as-tu donc sur ton bonnet? »

A peine le géant avait-il enlevé sa coiffure qu'il recevait un terrible coup de fouet sur le crâne. Les yeux de l'inconnu étincelèrent; il tira de sa poitrine un long poignard, mais déjà le Zaporog avait répété son coup et, cette fois, le géant vacilla et tomba de cheval.

Avec l'agilité d'un écureuil, Kircha sauta à terre, s'élança sur le passant étendu sur le sol et, avant qu'il eût eu le temps de reprendre ses sens, il lui attacha les mains derrière le dos.

« Qu'as-tu fait, brigand? s'écria Alexis.

— Le brigand est couché! répondit tranquillement Kircha en serrant les liens.

— Qu'est-ce qui te le dit? Qu'en sais-tu? demanda vivement Jouri.

— Je le sais parce que j'ai entendu de mes propres oreilles ce meurtrier s'entendre avec d'autres voleurs ses camarades pour te détrousser. On nous attend à une verste d'ici dans le ravin... Ah! chien, tu reprends tes sens, dit-il à l'inconnu qui s'efforçait de se remettre debout. Mais tu ne t'en iras pas, petit pigeon. Avec des gaillards comme toi, le jugement est vite rendu, ajouta-t-il en tirant son sabre du fourreau.

— Arrête, Kircha! Je ne le tolérerai pas, s'écria Jouri. Si tu te trompais...

— Eh! boyard, si tu ne me crois pas, regarde bien cette tête. Peut-on avoir une telle face sans être brigand?

— Que vous ai-je fait? murmura l'inconnu.

— Ah! frère, tu commences à parler, interrompit le Zaporog. Si tu te repens, nous te ferons grâce; sinon, fais tes adieux à la vie. Dis un peu : as-tu beaucoup de camarades en embuscade?

— De grâce! Quels camarades?

— Écoute, Omliach! s'écria Kircha d'une voix sévère; je te connais, dis la vérité. »

L'inconnu regarda avec effroi le Zaporog et ne répondit mot.

« Il faut croire, frère, qu'il n'y a qu'un moyen d'en finir avec toi, dit Kircha en brandissant son sabre. Je ne veux pas perdre ton âme : prie Dieu.

— Arrête! cria l'inconnu.

— Non, non, nous n'avons pas le temps de parlementer; repens-toi au plus vite de tes péchés ou bien, gare! pour la dernière fois, ajouta Kircha en levant son sabre, dis tout de suite combien tu as de complices.

« Je ne veux pas perdre ton âme... Prie Dieu! »

— Six! murmura le brigand.

— Entends-tu, boyard? dit Kircha. Tu es heureux que je t'aie donné ma parole. Il n'y a plus rien à faire : crève de ta mort, maudit. Aidez-moi à l'attacher à un arbre, et puis n'avez-vous pas de quoi le bâillonner? Autrement à peine serons-nous partis qu'il se mettra à hurler et qu'on l'entendra à une verste. »

Alexis sortit du sac un mouchoir et, tout en aidant Kircha à attacher le brigand, il lui demanda pourquoi il ne les avait pas prévenus au village.

« J'avais peur que vous ne sachiez pas conserver votre sang-froid, répondit le Zaporog. Le brigand aurait compris l'affaire, aurait filé, et nous ne les aurions pas certainement évités.

— Mais nous ne les éviterons pas davantage à présent, dit Jouri.

— Peut-être, boyard! fit Kircha en montant à cheval. Il y a, dit-on, dans ces parages un autre chemin très mauvais, mais au moins nous ne risquerons pas d'être attaqués. »

Kircha se porta en avant. A côté de la chapelle, la route se dédoublait ; celle qui allait à droite était à peine tracée et ressemblait plutôt à un chemin de traverse qu'à une grand'route. Kircha s'y engagea et, passant avec difficulté à travers les buissons, il avançait lentement. Des trous profonds et des ravins abrupts se rencontraient à chaque pas; parfois seulement, dans les endroits où la neige était fondue, les traces de voitures indiquaient la route. Nos voyageurs parcoururent ainsi une demi-verste sans mot dire. Tout à coup, à gauche, on entendit un coup de sifflet éloigné auquel, plus près d'eux, répondit un autre.

Kircha s'arrêta et enleva son bonnet. Il resta plusieurs minutes dans cette attitude, semblable à une statue. On aurait dit qu'il respirait à peine : il semblait que pas un cheveu ne bougeait sur sa tête, pendant qu'il écoutait les sifflets.

« Eh bien, boyard, nous les avons en effet évités. Maintenant, il faut revenir sur la grand'route; autrement nous tomberions dans de tels trous que nous y perdrions tous nos chevaux. »

Les voyageurs commencèrent à incliner vers la gauche et, au prix de grandes difficultés, ils retrouvèrent enfin la première route. Deux heures après, ils sortaient de la forêt et se trouvaient sur la rive basse de la Volga, en face de son confluent avec la rivière Oka. Le courant roulait d'énormes glaçons; la rive opposée était couverte de monde, et, au sommet de la colline rocheuse qui la surplombait, étincelaient les coupoles des cathédrales et apparaissaient dans leur blancheur les tours et les hautes murailles de la fameuse Novgorod.

XIII

Nos voyageurs se trouvaient dans une situation bien embarrassante. Nijni-Novgorod était devant eux; mais ils ne pouvaient traverser la Volga, où les glaçons en mouvement se suivaient si pressés qu'il était impossible de passer sur l'autre rive dans un simple bateau de pêcheur sans risquer une mort inévitable.

Autour d'eux, ils n'apercevaient aucune autre construction que des granges vides et de petites huttes inhabitées. Ils longèrent durant une verste la rive du fleuve, et trouvèrent enfin une isba devant laquelle se tenaient une vingtaine de pêcheurs, qui tous observaient avec une grande attention le bord opposé.

« Regarde donc, boyard, dit Alexis. Là-bas, près du ponton, un homme marche sur le fleuve. Ah! petits pères! Quel démon! Regarde! regarde! Eh bien... Souvenez-vous de lui! »

En effet, un audacieux avait quitté la rive opposée, s'était avancé dans le fleuve au milieu des glaçons et se noyait sous les yeux d'une foule de curieux accourus pour le voir.

« Ah! mon Dieu! s'écria Jouri, pourquoi laisser ce peuple contempler de pareilles scènes?

— Comment l'en empêcher, boyard? Le Russe aime faire parade de sa hardiesse. »

Pendant cet entretien, ils étaient arrivés près du groupe de pêcheurs. L'un de ces derniers, vieillard aux cheveux blancs, démontrait aux autres avec feu que le batelier n'aurait pas dû se noyer s'il avait été plus adroit.

« Oui, mes enfants, disait-il, c'est une affaire d'adresse. Les glaçons peuvent soutenir n'importe qui.

— Allons, Pacôme Kondravitch, dit un jeune pêcheur, comment traverser maintenant? Un fou seul pourrait tenter l'aventure.

— Holà, vous autres blancs-becs! dit le vieillard en hochant la tête, je ne suis plus jeune; sans cela je vous aurais montré comment on traverse sur les glaçons. De mon temps, c'était un jeu; mais, en vérité, maintenant le monde est différent.

— Toi, grand-père, tu t'es vanté, interrompit Kircha. Est-il possible qu'en Russie la race des braves se soit épuisée?

— Non, monsieur le passant, répondit le vieillard. Je ne verrai plus de braves comme autrefois. Ainsi, par exemple, de mon temps, vous auriez aussitôt trouvé un volontaire pour aller de l'autre côté chercher un grand bateau pour vous transporter; maintenant, vous pouvez attendre. Vous verrez si vous ne serez pas obligés de coucher sur cette rive. Qui ira chercher le bateau?

— Moi, répondit un paysan aux larges épaules.

— Ah! le brave! s'écria Kircha. Attends donc, mais n'es-tu pas Fiedka Khomiak, le paysan du boyard Chalonski?

— Et toi, tu es le passant qui m'a questionné sur le boyard?

— Eh! oui. Mais toi, comment diable es-tu ici?

— Le malheur me poursuit. L'intendant ne me laisse pas de répit; il m'en veut parce que je ne me suis pas découvert devant son secrétaire, et pour cela il me cherche la petite bête. Je n'en pouvais plus. J'ai entendu dire qu'on rassemble ici une armée de volontaires pour défendre la patrie. J'ai prié les icônes et je me suis enfui du village.

— Écoute, mon brave, dit Jouri : je ne veux pas te voir affronter pour moi une mort certaine. Comment passer maintenant la Volga?

— Et pourquoi non, boyard? Peut-être traverserai-je.

— Et si tu te noies?

— Ce qui doit arriver arrivera. Donnez-moi une gaffe.

— Prends, mon brave! dit le pêcheur aux cheveux blancs. Mais attention. Es-tu sûr de ton affaire?

— Peut-être.

— Non, je ne souffrirai pas! s'écria Jouri.

— Est-ce bien vrai? Attrape-moi donc, boyard! dit Khomiak en sautant sur le fleuve.

— Penche-toi davantage à droite! cria le vieux pêcheur. Oui, comme cela. Allons, attention, ne monte pas sur ce glaçon : il ne te porterait pas! Ah! le brave... C'est bien, c'est bien!... Pousse plus vivement avec la gaffe, frère, avec la gaffe!... Pas de ce côté, pas de ce côté! Halte!... Le voilà troublé!... Il ne trouvera pas sa route!

— Ah! s'écria Alexis; il a lâché!... Il est tombé dans l'eau!... Il se noie, le cher!...

— Eh bien, mes braves, dit le vieillard, n'ai-je pas dit la vérité? Comment sont les hommes d'aujourd'hui? Ni force ni adresse. Regarde, il coule à fond comme une clef!

— Il surnage! s'écria Kircha. Ne t'effraie pas, cher camarade, ne t'effraie pas!

— A quoi lui sert de surnager? répliqua le pêcheur aux cheveux blancs. Les glaçons vont l'écraser. Quand il n'y a pas d'adresse, le courage ne peut rien.

— Kondratitch! Kondratitch! s'écria un des jeunes pêcheurs, vois donc, il a pris le dessus.

— En effet, il a le dessus. Regarde, je t'en prie.

— Comme il est parti, continua le jeune pêcheur, d'un glaçon sur l'autre! C'est un bon! Qu'en penses-tu? Il arrivera certainement, il arrivera.

— Qui sait? dit le vieillard en hochant la tête. Vois comme il est adroit. Il court comme sur un champ. Vois-le à la nage... Bien, mon brave! Supérieurement! Voilà comme nous faisions. »

Le paysan était déjà au milieu du fleuve. Encouragé par les cris et les ovations qui arrivaient jusqu'à lui de la rive opposée, il redoublait ses efforts, sautant d'un glaçon à l'autre et passant à la nage les endroits où la glace était moins serrée. Enfin, après avoir lutté contre la mort, il atteignit l'embarcadère où l'accueillirent les cris de joie d'une foule énorme.

Il se secoua, et, se retournant, salua les pêcheurs et Jouri, qui l'acclamaient à grands cris en agitant leurs bonnets.

Quelques instants après, un grand bateau quittait la rive, traversait le fleuve et, s'approchant de l'endroit où se trouvaient nos voyageurs, les prit à son bord pour les transporter de l'autre côté non sans de grandes difficultés. Jouri, désireux de récompenser l'intrépide paysan, le chercha quelques instants dans la foule; mais il n'était déjà plus sur l'embarcadère. Après avoir largement payé le passage, Miloslavski demanda où habitait le boyard Istoma-Tourénine et se dirigea vers la demeure de ce dernier, accompagné d'Alexis et de Kircha.

Pour atteindre le sommet de la colline, Jouri devait passer devant le monastère de l'Annonciation, au pied duquel l'Oka se réunit au Volga. Il contempla un instant le magnifique panorama qu'offrait la plaine inondée, puis, ayant continué l'ascension, il entra en ville par la porte Saint-Jean. Le premier passant rencontré lui indiqua, non loin de la place principale, la demeure du boyard Istoma. Son extérieur ne différait en rien des autres maisons, qui, en général, étaient basses et laides. Dans un petit vestibule, Jouri trouva un domestique proprement mis qui, après lui avoir demandé son nom, le pria d'attendre et alla immédiatement l'annoncer au boyard. Au bout de quelques minutes, la porte s'ouvrit et le maître de la maison accourut, les bras ouverts, à la rencontre de son hôte.

« Sois le bienvenu, Jouri Dimitritch! s'écria-t-il en étreignant Miloslavski. Bonne visite. Eh bien, pouvais-je m'attendre à une pareille joie? Le fils de mon ami! Le cher enfant que j'ai porté tant de fois dans mes bras!... Miloslavski est dans ma maison! Ah! mon cher, comme tu as grandi!... Quel gaillard tu es devenu! Hé, Parmen! Nicador! servez la table. Donnez à manger aux domestiques du cher hôte; dites qu'on soigne leurs chevaux. Et apportez ici une bouteille d'hydromel de gingembre!... Assieds-toi, mon clair faucon!... Assieds-toi, mon beau!... Tu ressembles comme deux gouttes d'eau à ton père! Dieu lui donne une paix éternelle! Si tu savais, Jouri Dimitritch, comme nous étions amis tous deux!...

— Ne te fâche pas, André Nikitich, mais je ne me souviens pas!

— Comment pourrais-tu te rappeler; tu étais encore à la mamelle lorsque j'habitais Moscou et que j'étais en relation avec ton père. En voilà un qui était un vrai boyard de race. Il détestait les Polonais. Quand il discutait avec Krivoï-Saltykov qui prenait toujours leur parti, on pouvait sortir les saintes images. On n'en serait pas où nous en sommes s'il eût vécu. Les étrangers ne pourraient pas faire la fête en Russie. Et, quand je pense où nous sommes arrivés, Jouri Dimitritch, dit le boyard en essuyant des larmes qui coulaient de ses yeux, mon cœur saigne. »

Jouri ne pouvait cacher son étonnement. Il croyait trouver en l'ami de Chalonski un vieillard rusé et fidèle de toute son âme aux Polonais; au lieu de cela, il voyait devant lui un homme d'environ cinquante ans d'un extérieur sympathique et plein de bonhomie. Il se disposait à demander s'il n'y avait pas à Nijni un autre Istoma Tourénine; mais le maître de la maison, ne lui donnant pas le temps de poser cette question, continua :

« On voit que tu suis les traces de ton père, Jouri Dimitritch. Tu es venu chez nous certainement dans un but déterminé.

— Oui, André Nikititch, répondit Jouri, je suis venu ici pour affaire : je suis envoyé de Moscou par mon ami le pan Gonsievski.

— Ton ami, le pan Gonsievski, s'écria Istoma en sautant sur son banc.

— J'ai passé la dernière nuit chez le boyard Kroutchyna-Chalonski.

— Chez Timophéi Théodorovitch, toi, Jouri Dimitritch Miloslavski?

— Oui, boyard. Je t'apporte une lettre de Chalonski.

— Plus bas! Au nom de Dieu, plus bas! murmura Istoma, devenu tout à coup méfiant et anxieux. Alors tu es des nôtres? Eh bien, qu'y a-t-il, Jouri Dimitritch? Est-ce qu'une armée de Moscou vient ici? Va-t-on enfin détruire jusqu'au dernier pieu cette petite ville rebelle? Pendra-t-on jusqu'au dernier tous les conspirateurs? Va-t-on enterrer vivant ce brigand de Kosma Soukhorouki? Lorsqu'il faut employer la force, il faut aller jusqu'au bout. Oui, Jouri Dimitritch, de façon que les arrière-petits-fils en tremblent encore. »

Jouri, étonné et terrifié, ne pouvait prononcer une parole. Il était frappé non pas tant de ce que venait de dire le boyard, mais du changement inconcevable qui s'était produit dans sa physionomie. Ses traits exprimaient une telle animosité sauvage, il vouait ses concitoyens à la perte avec une telle satisfaction que Jouri recula de quelques pas. En effet, ce regard qui, une minute auparavant, l'avait captivé par sa douceur, était devenu tout à coup pareil à celui du serpent.

Cependant le maître de la maison continuait, lui adressant question sur question. Puis, perdant patience, il s'écria :

« Mais réponds donc, Jouri Dimitritch! Qu'as-tu à me regarder ainsi?

— Je suis stupéfait, boyard! Après tes premières paroles!...

— Ah! jeunesse, jeunesse! Tu crois que j'allais te dire de but en blanc ma pensée? J'habite Nijni et tu es le fils du boyard Miloslavski. Comment aurais-je pu te parler autrement? Mais, chut! On apporte le miel. Sers-nous, Nicador, continua-t-il s'adressant au domestique. Eh bien, Jouri Dimitritch, buvons à la santé des braves habitants de Nijni et à la perte de nos ennemis, les Polonais. Laisse la cruche ici et va-t'en! dit-il au domestique, en vidant sa coupe. Maintenant, continua-t-il après avoir fermé la porte, tu peux, Jouri Dimitritch, répondre hardiment à mes questions : personne n'entrera.

— Mais c'est une précaution inutile, répondit Jouri. Je n'ai rien à cacher; je ne

suis pas envoyé par le pan Gonsievski pour faire périr les habitants de Nijni. Non,
boyard. Il faudrait couper jusqu'au coude le bras qui se lèvera sur un frère, et tous
les Russes sont frères.

— Comment? Que signifient ces paroles? s'écria Istoma changeant de physionomie.

— Voici la lettre du boyard Kroutchyna. Lis-la. Il doit expliquer la manière dont
je compte agir et pourquoi je suis envoyé. »

Istoma prit la lettre d'une main tremblante, puis, en la lisant, il parut se ranimer
un peu.

« Maintenant, je vois de quoi il s'agit, dit-il. Tu es envoyé par le pan Gonsievski
comme pacificateur. Tu as prêté serment de fidélité au prince Vladislas.

— Oui! répondit brièvement Jouri.

— Alors, c'est bien. Tous les habitants de Nijni honorent la mémoire de leur
ancien chef et de ton feu père; peut-être que ton exemple les influencera. Pour les
punir de leur entêtement, on mettrait bien parfois le feu aux quatre coins de la ville;
mais au fond, quand on réfléchit, ce sont des orthodoxes comme les autres : il faut
avoir pitié d'eux. Eh! Jouri Dimitritch, nous sommes tous ainsi : lorsqu'on n'agit pas
selon nos vues, au premier abord, nous casserions tout; puis, lorsqu'il faut agir, le
cœur manque. Vois, par exemple : tu penses sûrement qu'Istoma-Tourénine est un
méchant homme qui veut pendre ou enterrer vivants ses concitoyens. Eh bien, mon
chéri, si tu m'en donnais le pouvoir, je ne ferais pas même pendre un chien enragé.
C'est certain : voilà, petit père!

— J'en suis très heureux, boyard; tes idées sont les mêmes que les miennes, et
certainement tu ne refuseras pas de me conduire chez les citoyens autorisés de la
ville. Peut-être pourrai-je les décider à la soumission et leur démontrer que, si les
luttes intérieures continuent, la perte de notre patrie est inévitable. Sans tête, le
puissant corps d'un héros...

— Parfaitement! interrompit Istoma. Nous sommes un corps sans vie, la proie
des corbeaux rapaces et des bêtes fauves. Le prince Vladislas est bien un peu jeune
pour gouverner un empire aussi vaste que la Russie; mais aussi son guide est bon :
le très sage roi Sigismond lui donnera des conseils. Il vaudrait mieux, sans doute,
si nous étions sages, obéir à un homme expérimenté, quel que fût son nom, tsar
russe ou roi de Pologne, qu'à un enfant.

— Qui dirige les affaires ici? interrompit Jouri désireux de couper court à cette
conversation désagréable.

— C'est difficile à dire. Nous avons ici de nombreux guerriers et boyards
célèbres, mais ils n'ont pas d'influence, et sais-tu qui la possède? J'ai honte de le
dire, Jouri Dimitritch : tout irait bien si c'était un des nôtres, un boyard de noble
race, mais il en est autrement et c'est un prolétaire, un simple boucher! Oh! la
honte et l'opprobre pour toute la terre russe! Ce va-nu-pieds gouverne notre ville :
ce Kosma Minitch Soukhorouki dit est-sacré. Lorsque tu causeras avec les
dignitaires d'ici, ils le feront appeler; et ce serf, au lieu de céder, comme il conviendrait, le pas aux boyards et aux guerriers, commencera par crier plus fort que
tout le monde. Voilà où nous en sommes!

— Cependant, boyard, tes concitoyens doivent avoir quelque motif pour donner leur confiance à un boucher ?

— Les motifs, on les connait. C'est un solide paysan qui a une voix de tonnerre; or sur la place publique, parmi la foule imbécile, c'est celui qui crie le plus fort qui a raison.

— Quand pourrai-je rencontrer les dignitaires de la ville ?

— Demain, nous nous réunirons tous chez le prince Dimitri Tcherkaski.

— Crois-tu que mes paroles peuvent avoir une influence quelconque ?

— Je l'ignore. Ils commenceront sans doute par demander pourquoi le prince Vladislas ne vient pas à Moscou, pourquoi les Polonais dévastent notre pays, pourquoi le roi Sigismond a pris Smolensk, pourquoi ceci et pourquoi le reste : on ne peut tout écouter. Mais voici l'heure du dîner. Ne m'en veux pas, cher hôte, si mon repas est modeste. Nous sommes heureux d'offrir ce que nous avons; aujourd'hui, je fais maigre. Tu ne fais peut-être pas maigre le lundi, Jouri Dimitritch? D'ailleurs, pourquoi le ferais-tu? Tout le monde n'est pas obligé comme moi de châtier sa chair. Assieds-toi, mon ami, et mange de cette soupe. C'est du sterlet, petit père. J'ai mon vivier privé et non seulement les sterlets, mais même les esturgeons ne font jamais défaut chez moi. »

Après un souper confortable, pendant lequel le maître de la maison ne s'imposa pas trop de privations, Jouri prit congé du boyard et se retira dans la chambre qui lui était destinée. Alexis lui raconta que Kircha avait quitté la maison et n'était pas revenu. Miloslavski était en train de se coucher lorsque tout à coup le Zaporog entra dans sa chambre.

« Je suis venu te faire mes adieux, boyard, dit-il. Tu ne resteras certainement pas à Nijni; mais moi, j'y reste.

— Sois heureux, brave Kircha! Je n'oublierai jamais tes services.

— Moi aussi, boyard, je me rappellerai que, sans toi, je dormirais le dernier sommeil dans la vaste plaine. Si tu ne retournais pas à Moscou, je ne t'aurais quitté pour rien au monde. Eh quoi! Jouri Dimitritch, est-il possible que ton cœur soit plus près des Polonais que des orthodoxes? Allons, boyard, reste ici. »

Jouri soupira et ne répondit mot. Après quelques instants de silence, il demanda à Kircha où il allait demeurer à Nijni.

« J'ai rencontré sur la place, dit le Zaporog, le chef de cosaques Smaga Gigouline que j'ai connu à Batourine : il s'est montré aussi content de me revoir que si j'eusse été son propre frère; il me prend avec lui comme capitaine. Si tu savais, boyard, comme le sang bout dans les veines de tous les volontaires accourus en foule à Nijni. Ils n'ont qu'une pensée : aller dans la belle ville aux murs blancs, égorger tous les Polonais. Une seule chose les arrête; on n'a pas encore choisi de chef, et si on tombe sur un homme hardi, les Polonais seront dans de mauvais draps.

— Penses-tu, Kircha, que ceux qui ont prêté serment de fidélité à Vladislas ne vont pas défendre leur tsar légal?

— Mais ce serment a bien peu de valeur, Jouri Dimitritch. Quelques-uns étaient libres, mais les autres ont agi sous le coup de la menace.

— Quoi qu'il en soit, je n'ai pas encoré perdu tout espoir. Peut-être les habitants de Nijni adhéreront-ils aux propositions pacifiques du pan Gonsievski, et lorsque Vladislas tiendra sa parole de tsar et viendra à Moscou...

— Alors, on n'aura plus aucun motif de se battre. Fort bien. Mais mes frères, que feront-ils? Devront-ils labourer la terre?

— Et pourquoi pas? Seuls les brigands vivent du malheur des paisibles concitoyens. Non, Kircha, il est temps de devenir raisonnables et de finir de perdre le pays au profit des boyards révoltés et des bandits dont les mains sont imprégnées de notre sang. Les pans Sapieg et Lissovski n'existeraient plus depuis longtemps avec leurs bandes de brigands si les Russes s'entendaient entre eux.

— Tu dis peut-être des choses sensées, Jouri Dimitritch, observa Kircha en se grattant la tête, mais la bravoure nous ronge. Comment rester toute la vie les bras croisés? On mourrait d'ennui. Il est vrai que nous autres, — les Zaporogs, — nous avons de quoi nous divertir; les Tartares de Crimée sont nos voisins, et puis, à l'occasion, si l'envie nous en prend, nous pouvons nous mesurer avec les très illustres Polonais. Cependant, boyard, il est temps, je crois, de te reposer. Demain, de bon matin, il y aura une grande réunion sur la place; tu voudras certainement entendre ce que les habitants de Nijni vont discuter? »

Miloslavski fit ses adieux à Kircha, et, malgré sa fatigue, il passa la plus grande partie de la nuit à réfléchir sur sa situation qui ne paraissait pas très enviable. Jouri avait beau s'efforcer de se convaincre qu'en ramenant à la soumission les habitants de Nijni-Novgorod, il ferait son devoir et sauverait la patrie des malheurs d'une guerre civile; mais, malgré tous les raisonnements, il aurait préféré se présenter aux habitants de Nijni, non comme envoyé du pan Gonsievski, mais comme simple volontaire, prêt à mourir pour la liberté et l'indépendance de la Russie.

XIV

Le jour n'avait pas encore commencé à paraître : tout dormait à Nijni-Novgorod. Parfois seulement, on entendait dans les demeures des boyards les gardiens de nuit frapper d'une main endormie sur les plaques de fonte. A cette heure consacrée au repos général, un homme enveloppé des pieds à la tête dans un manteau noir se glissait comme un larron le long des rues, s'efforçant le plus possible de raser les haies de clôture. Le moindre bruit l'effrayait : il s'arrêtait, regardait anxieux autour de lui. Enfin, arrivé près de la porte du boyard Tourénine, il frappa doucement. Après quelques instants d'attente, il répéta le même signal, et quand il entendit quelqu'un s'approcher de la porte, il donna deux coups de sifflet et s'éloigna de quelques pas. Un homme de petite taille, portant une lanterne, sortit alors dans la rue. L'inconnu, de haute taille, ayant ôté respectueusement son bonnet, découvrit une tête entourée d'un mouchoir sur lequel on voyait des taches de sang. Ils causèrent ensemble environ une demi-heure, puis l'homme de petite taille, dans lequel il n'était pas difficile de reconnaître le maître de la maison, rentra dans la cour, tandis que l'inconnu descendait d'un pas rapide la rue qui menait au bas de la colline.

Le ciel bleu sombre devenait d'instant en instant plus pâle; la majestueuse Volga se couvrait de brouillard, l'orient s'enflammait, et le premier rayon du soleil levant, ayant fait scintiller d'étincelles les coupoles dorées des cathédrales, annonça le commencement du jour inoubliable où retentit, comme un éclat de tonnerre à travers le territoire russe, le cri sacré : « Mourons pour la religion orthodoxe et la sainte Russie! »

Le soleil était levé, mais le calme et le silence régnaient encore dans la ville. Tout à coup, le premier coup de cloche sonna au clocher de la cathédrale; un autre suivit, puis un troisième, et, toujours plus répété et plus vibrant, l'appel s'étendit au loin et tout se ranima à Nijni-Novgorod.

« Y aurait-il un incendie? » s'écria Alexis en sautant hors du lit.

Il courut à la fenêtre près de laquelle se tenait déjà son maître.

« Que signifie ce carillon? continua-t-il. Est-ce la messe du matin? Non. Ce n'est pas la sonnerie pour la messe du matin. On dirait plutôt le tocsin. Et voici le peuple qui s'agite. Vois donc, boyard, tous ces gens qui accourent... Comme ils sont nombreux!... Mais si cela continue, on ne pourra plus circuler dans la rue.

— Habille-toi, Jouri Dimitritch! dit Istoma-Tourénine entrant dans la chambre. Allons voir ce que la foule imbécile va décider. »

— En deux minutes, Miloslavski et son domestique furent prêts. Ils sortirent non sans peine de la porte cochère de la maison : la rue conduisant à la place principale de la ville grouillait de monde.

« Plus lentement, mes chers enfants, disait un vieillard aux cheveux blancs, tout essoufflé, que ses deux petits-fils menaient en le tenant par le bras; laissez-moi souffler un peu.

— Eh bien, repose-toi, grand-père! dit un des petits-fils; seulement fais vite, sans cela nous serons en retard et nous ne pourrons arriver jusqu'à la place.

— Nous n'entendrons pas ce que dira Kosma Minine, ajouta l'autre. Eh bien, es-tu reposé, grand-père?

— Ouf! mes enfants. Attendez! Je suis tout à fait anéanti.

— Tu as eu tort de ne pas rester à la maison.

— Que dis-tu? Rester à la maison quand il s'agit de se sacrifier pour la patrie! Mais même si vous n'aviez pas été là, je me serais traîné en rampant jusque là-haut. »

Comme une mer déchaînée, la foule s'agitait sur la place : les boyards, les gens du peuple, les citoyens notables et les volontaires se pressaient les uns contre les autres. Sur les visages se lisait une attente anxieuse. Tout à coup la foule devint encore plus bruyante et des milliers de voix crièrent : « Voici Kosma Minine! » Un homme dans toute la force de l'âge, de mise très simple et de belle prestance, arrivait. Se tournant du côté des cathédrales, il fit trois fois le signe de la croix, s'inclina vers les quatre points cardinaux et fit un geste de la main. Aussitôt tout se calma autour de lui; le silence gagna de proche en proche, les conversations cessèrent et, au bout de quelques instants, un aveugle aurait pu croire cette place, noire de monde, redevenue déserte.

« Citoyens de Nijni-Novgorod, commença l'immortel Minine, quel est celui d'entre vous qui ne connaît pas les malheurs de l'empire russe? Nous voyons tous sa perte, son épuisement, et nous n'espérons plus aucun secours. Il est temps d'en finir, citoyens de Nijni-Novgorod! Supporterons-nous que la ville capitale obéisse à un chef étranger? Livrerons-nous au sacrilège l'image de la Vierge de Vladimir et les reliques des thaumaturges Pierre, Alexis et tous les autres de Moscou? Laisserons-nous la capitale entre les mains de l'étranger?

— Non, non! crièrent comme un tonnerre des milliers de voix. Allons à Moscou! Nous ne livrerons pas la Russie.

— Allons à Moscou!... reprit l'orateur. Mais, pour ne pas sacrifier inutilement nos têtes et sauver la patrie, nous devons choisir un chef de grand mérite. Je reviens de chez le prince Dimitri Pojarski. A peine rétabli de ses graves blessures, ce vaillant et infatigable chef est sur le point de tirer encore le glaive du fourreau et de courir sus à l'ennemi. Citoyens de Nijni-Novgorod, le voulez-vous pour chef? Le prince Pojarski, le célèbre capitaine, vous plaît-il?

— Nous le voulons! Nous le voulons! Il nous plaît! s'écrièrent les assistants de plus en plus surexcités.

Un homme de petite taille, portant une lanterne, sortit dans la rue.

— Citoyens et frères, continua Minine, décidés à mourir pour la religion et la patrie, hésiterons-nous à sacrifier nos biens terrestres? Allons, orthodoxes! Pour l'entretien de nos soldats, nous donnerons tout l'or et l'argent que nous possédons et, s'il n'y en a pas assez, nous vendrons nos biens; nous mettrons même en gage nos femmes et nos enfants. Voici tout ce que je possède, continua-t-il en jetant à ses pieds une grande sacoche pleine de pièces d'argent. Que celui qui veut acheter ma maison sorte des rangs : à partir d'aujourd'hui, cette maison n'est plus à moi;

elle appartient à Nijni-Novgorod, de même que ma personne et nous tous nous verserons notre sang pour la patrie commune, pour la terre russe.

— Nous donnons tous nos biens! Nous mourrons pour la religion orthodoxe et la sainte Russie! répondirent des voix innombrables. Nous te nommons l'élu de notre pays. Garde le trésor de Nijni-Novgorod. »

A cet instant d'émotion générale, les portes de la cathédrale de la Résurrection s'ouvrirent, et l'archimandrite de Petchersk Théodoci, accompagné de nombreux prêtres revêtus de leurs ornements sacerdotaux, avec les saintes images et les étendards sacrés, déboucha sur la place. La foule s'écarta, et la procession se dirigea vers la plate-forme d'où l'orateur venait de prononcer sa harangue. Les cloches sonnaient à toute volée, les prêtres chantaient, et Minine, ainsi que tous les assistants, s'agenouillèrent. Lorsque l'archimandrite bénit les étendards de l'armée, les assistants inclinèrent la tête; tous pleuraient à chaudes larmes.

Les assistants s'empressèrent de rentrer chez eux pour aller chercher ce qu'ils possédaient et l'offrir à la patrie. Une demi-heure ne s'était pas écoulée que gisaient sur la place publique des monceaux de monnaie d'argent, de vases précieux, et les objets les plus disparates : la toile grossière se trouvait à côté des étoffes de prix, les sacs de monnaie de cuivre à côté des bourses remplies d'or. Le citoyen Minine recevait tout avec la même bonté, remerciait les donateurs au nom de Nijni-Novgorod et de la patrie russe, et bien que plusieurs centaines d'hommes transportassent sans interruption les offrandes dans les magasins aménagés à cet effet sur les rives de la Volga, les monceaux ne paraissaient nullement diminuer.

Alexis se trouvait lui aussi parmi la foule des citoyens qui se pressaient avec leurs offrandes sur la place publique. Ayant fouillé dans ses poches et n'y ayant trouvé que des pièces de menue monnaie, il enlevait sa croix en argent pour l'offrir, lorsque subitement quelqu'un lui frappa sur l'épaule et lui dit :

« Non, frère, ne te sépare pas de ce souvenir de famille : je donnerai pour toi.

— Ah! c'est toi, Kircha? dit Alexis. Comment, toi aussi, tu veux donner?

— Oui, camarade. Voici dans ce petit sac toutes mes économies. Je regrette qu'il n'y en ait pas davantage. Eh! mon cher, tu pleures encore. Assez, frère, tu pleurniches comme un petit enfant!

— Et toi, tu pleures aussi, répondit Alexis.

— Comment? moi! Quelle bêtise! s'écria le Zaporog en essuyant ses larmes. Mais, continua-t-il, on dirait qu'en effet... Pourquoi? Qu'y a-t-il donc, frère Alexis? Il m'est arrivé souvent au pays des Zaporogs de faire la fête. Il m'est arrivé de boire une semaine entière sans m'arrêter, de danser et de chanter du matin au soir. Eh bien, maintenant, je me sens joyeux, et cependant je ne pense plus aux chansons : je pleurerais tout le temps... D'ailleurs, tous les gens d'ici sont de même... »

En effet, tous les assistants versaient des larmes de joie et d'émotion.

Mais quel était cet homme qui se tenait à l'écart de la foule, l'œil éteint, le désespoir dans l'âme, pâle, à demi mort comme un criminel marchant à l'exécution, regardant de loin, — comme l'enfant prodigue, — ses frères en fête?... C'était Jouri Miloslavski, qui aurait donné mille fois son existence pour s'écrier avec les autres : « Mourons pour la religion orthodoxe et la patrie ! » Malgré les instances du boyard Tourénine qui fondait en larmes et criait plus haut que tous les autres : « Allons à Moscou ! » Jouri n'avait pas voulu s'approcher du terre-plein sur la place. Il n'apercevait pas Minine, n'entendait pas ses paroles, mais il voyait l'émotion générale de la foule, les larmes de joie de tous les Russes. Il lui semblait que les citoyens de Nijni-Novgorod, en passant devant lui, étaient sur le point de lui crier : « Méprisable serf de Vladislas ! que viens-tu demander aux libres fils de la Russie ? Fuis ! Ne salis pas de ta présence cette solennité ! Tu n'es pas Russe ! Tu n'es pas le fils de Miloslavski ! »

A cet instant, Jouri se rappela les dernières paroles de son père mourant. En le bénissant de sa main presque froide, il lui avait dit : « Jouri, maintiens-toi dans la religion orthodoxe ; ne te lie pas d'amitié avec les ennemis de notre patrie. N'oublie pas que les Miloslavski ont toujours versé leur sang pour la vérité. »

« Oui ! s'écria l'infortuné jeune homme. Ma présence à cette solennité constitue un sacrilège. Je ne puis, je ne dois pas rester plus longtemps ici. »

Il se hâta de quitter la place. A chaque instant, il rencontrait des citoyens portant leurs offrandes ; partout retentissaient des félicitations, tous les visages rayonnaient de joie. Après avoir erré quelque temps, il se trouva dans un faubourg éloigné près de la rive du fleuve, non loin des magasins où l'on transportait les offrandes.

Il s'était assis sur un banc, lorsque tout à coup il entendit une voix derrière lui :

« Bonjour, boyard. Sois le bienvenu. Tu fais bien de venir chez nous à Nijni-Novgorod. »

Miloslavski tressaillit involontairement et, ayant examiné d'un coup d'œil rapide celui qui le saluait, il reconnut le mystérieux inconnu avec lequel il avait passé la nuit à l'auberge.

« Eh bien, n'avais-je pas deviné ? continua l'inconnu : nous nous revoyons.

— Alors, c'est toi ! s'écria Alexis qui avait rejoint son maître. Il m'avait semblé te reconnaître sur la place publique, mais je craignais de me tromper. Kosma Minine, je te souhaite longue vie. Tu parles bien.

— Comment ? dit Jouri : c'est toi ce célèbre citoyen ?

— Eh ! boyard, je suis un simple citoyen de Nijni-Novgorod, et je ne vaux pas mieux que les autres. N'as-tu donc pas vu comme tous, à qui mieux mieux, donnaient leurs biens ? Moi, j'ai gardé encore ce vêtement, mais il y en a qui ont apporté sur la place jusqu'à leur dernier costume. Aussi, est-ce que je puis me vanter ?

— Mais tu as été le premier ?

— Oui, j'ai été le premier. Qu'est-ce que cela veut dire ? La belle affaire ! Tout le monde ne peut pas parler à la fois. Si ce n'avait été moi, c'eût été un autre. Mais dis donc, boyard, ne veux-tu pas te joindre à nous ? Tu as prêté serment de fidélité au prince polonais, mais tu es Russe.

— Tu dis malheureusement la vérité.

— Comment, malheureusement ? Dis-moi, est-ce qu'il t'a été facile de prêter serment au prince polonais ?

— Ah ! Dieu sait que non.

— Pourquoi l'as-tu fait?

— Parce que j'étais convaincu, et je le suis encore... Oui, j'espère encore que, par ce sacrifice, nous sauverons notre patrie de sa perte.

— Tu penses quand même à la patrie. Écoute, je vais te citer un conte boyard. Un jour, un paysan traversait la rivière et se trouvait sur le point de se noyer. Il avait trois fils : le cadet, pensant qu'il ne pourrait tout seul sauver son père, se mit à crier, à s'arracher les cheveux en appelant à l'aide tous les passants. Entre temps, le paysan perdait ses forces et, lorsque son fils aîné se porta à son secours et le sortit de l'eau, ils faillirent se noyer tous deux. Sur la rive se tenait le troisième fils, ou, pour mieux dire, le beau-fils; il n'appelait pas à l'aide et ne songeait pas à se porter lui-même au secours du père en danger, mais il calculait la part d'héritage qui allait lui revenir. Qu'en penses-tu, boyard? Bien qu'il n'y ait pas de motif de féliciter le cadet, il serait cependant plus honorable d'être à sa place qu'à celle du beau-fils. »

Jouri serra silencieusement la main de Minine, qui continua :

« Il est tout naturel que tu aies prêté serment, puisque tout Moscou a fait de même. Le prince Dimitri Tcherkaski m'a informé que les boyards et les anciens de cette ville se réuniront chez lui aujourd'hui pour entendre les propositions d'un envoyé du pan Gonsievski. Or, qui supposes-tu que soit cet homme de confiance de notre plus méchant ennemi?... Le fils de notre ancien voïvode, le boyard Miloslavski?

— Mais c'est mon maître! ne put s'empêcher de crier Alexis.

— Comment alors c'est toi, Jouri Dimitritch? » dit Minine en ôtant respectueusement son bonnet.

Et, ayant fixé sur le jeune homme un regard de compassion, il ajouta :

« Eh bien, j'ai pitié de toi! Pour un autre... mais pour toi, ce doit être dur, boyard!

— Je remplis mon devoir, Kosma Minine, répondit Jouri. Je ne puis combattre celui auquel j'ai juré fidélité, mais jamais mes mains ne se couvriront du sang de mes frères, et si la guerre civile est inévitable, alors!... »

Jouri s'arrêta un instant et ses yeux brillèrent :

« Oui! continua-t-il, j'ai prêté serment de servir fidèlement et sincèrement Vladislas; mais il y a encore un serment devant lequel toutes les promesses et tous les serments de la terre ne tiennent pas... Au revoir, honorable citoyen! Je me hâte de retourner chez le boyard Tourénine, et dans quelques heures je me présenterai avec lui devant les dignitaires de Nijni-Novgorod au nombre desquels j'espère te voir. Je te répète encore une fois : je remplirai mon devoir, mais... je te prie de ne pas me condamner avant l'heure. »

Le citoyen Minine recevait tout avec la même bonté.

XV

Vers six heures du soir, Jouri et le boyard Tourénine se rendirent chez le prince Tcherkaski. En traversant la place publique évacuée par la foule, Tourénine dit à Jouri :

« Les imbéciles se sont calmés. Vraiment, je pensais qu'ils resteraient jusqu'à la nuit. Comme le peuple est bête! Tout d'abord, il est content de tout donner; mais, quand il n'a plus rien à manger, il entonne ensuite une autre chanson. Ne crains rien : ils cesseront bientôt de crier : « Allons à Moscou! »

— Mais il me semble, boyard, que tu criais avec les autres?

— Il faut hurler avec les loups, Jouri Dimitrich. Et puis, est-il possible de s'entendre dans une foule pareille? Maintenant ça va être une autre affaire; on pourra raisonner, discuter. Jouri Dimitrich, parle hardiment. Je sais d'avance que les plus grands adversaires de la paix seront le prince Tcherkaski et Grégoire Obrastsov : le premier ne rêve que plaies et bosses; le second est un véritable citoyen de Nijni-Novgorod, et déteste les Polonais. Les autres ne sont pas irréductibles. Ils ont invité, il est vrai, Kosma Minine, et cet effronté est capable de s'égosiller pis que ce matin.

— Je le crois cependant modeste.

— Qui? Lui? Tu oublies qu'il est l'élu du peuple russe. Aussi, à l'heure actuelle, le diable même n'est pas son frère. Il prendra peut-être la place d'honneur... Mais voici la maison du prince Tcherkaski. »

Ils traversèrent une large cour au fond de laquelle s'élevait le palais du prince et arrivèrent, par un étroit escalier tournant, dans une première salle où ils laissèrent leurs manteaux, puis entrèrent dans une grande pièce où une vingtaine d'hommes étaient assis autour d'une longue table.

Le maître de la maison était facilement reconnaissable à son visage basané, à sa physionomie expressive, à ses grands yeux noirs dans lesquels brillait l'ardeur indomptable des sauvages fils du Caucase. A sa droite étaient assis le chef guerrier tartare Koutoumov, le voïvode Dimitriev, le gentilhomme Obrastsov et plusieurs chefs de cosaques, des gentilshommes des régiments de Moscou; à sa gauche, Pierre Mansourov, officier de table des tsars, Théodore Levachev, le secrétaire Samsonov et, un peu à l'écart des autres, le citoyen Kosma Minine.

Le prince Tcherkaski alla recevoir à la porte le boyard Tourénine et Miloslavski. Après quelques compliments de bienvenue, il les pria de s'asseoir et, sur son ordre, le domestique leur servit, ainsi qu'au maître de la maison, une cruche d'hydromel.

« Jouri Dimitrich, dit le prince Tcherkaski, nous te félicitons de ton heureuse arrivée à Nijni-Novgorod, bien que, pour dire la vérité, il nous serait plus agréable de vider cette coupe à la santé du fils de Dimitri Miloslavski, s'il n'était pas envoyé des Polonais et fidèle sujet du prince Vladislas.

— Prince, dit à voix basse le boyard Mansourov, n'oublie pas nos conventions. Regarde comme ton discours le fait rougir!

— Je n'ai pu me retenir, boyard, » répondit Tcherkaski.

Et, s'adressant à Jouri Dimitrich, il continua :

« Le boyard Tourénine nous a annoncé ton arrivée avec des propositions du Polonais Gonsievski, enfermé dans Moscou, dont s'empara par le mensonge et la flatterie le méchant Geolkievski.

— Oui, oui, le méchant hetman Geolkievski! répéta un des assistants.

— L'hetman Geolkievski n'est pas méchant, dit Jouri. Si tous les conseillers du roi Sigismond étaient aussi nobles et honnêtes que lui, les malheurs de notre patrie auraient cessé depuis longtemps.

— C'est-à-dire Vladislas serait le voïvode de Moscou! interrompit le prince Tcherkaski.

— Et nous tous, les serfs du roi de Pologne! ajouta d'un ton moqueur le gentilhomme Obrastsov.

— Non, répliqua Jouri, pas voïvode, mais tsar russe légal et autocrate. Geolkievski l'a juré et tiendra sa parole : ce n'est pas un hypocrite et un méchant, mais un soldat brave et honnête.

— C'est un mensonge! s'écria Tcherkaski.

— Oui, oui, un mensonge! répéta une voix.

— Allons, prince, murmura Mansourov, n'offense pas ton hôte.

— Le serf de Vladislas et le partisan du Polonais Gonsievski ne sera jamais mon hôte! s'écria avec une vivacité croissante le prince Tcherkaski. Non, il n'est pas mon hôte. Je lui permets de remplir la mission qui lui est confiée par Gonsievski, mais il doit oublier pour toujours que le prince Tcherkaski fut l'ami de son père.

— Oui, oui, qu'il parle et nous écouterons, dit Koutoumov en caressant sa barbe touffue.

— N'oublie pas, Jouri Dimitrich, ajouta le gentilhomme Obrastsov en fixant un regard sévère sur Jouri, que tu es en présence des dignitaires de Nijni-Novgorod, et que par des paroles impertinentes tu offenserais, en leur personne, tout Nijni.

— Je vais dire la vérité, fit Jouri, commençant son discours :

« Boyards et dignitaires de Nijni-Novgorod, je vous suis envoyé par le pan Gonsievski avec des propositions de paix. Vous savez déjà que Moscou a prêté serment de fidélité au prince Vladislas; l'hetman Geolkievski a juré pour le prince que ce dernier demanderait à son père régnant l'autorisation d'embrasser la religion orthodoxe, ne tolérerait dans l'empire russe ni les églises latines ni d'autres temples étrangers, et enfin qu'il gouvernerait notre patrie d'après les vieilles coutumes des pieux empereurs russes. Vous n'ignorez pas non plus que la célèbre cité de Novgorod et bien d'autres villes se trouvent sous le joug du voïvode suédois Pontius, que les bandes du voleur de Touchine et les cosaques zaporogs pillent et dévastent notre pays. Ces désordres, ces dissensions ne cesseront pas jusqu'au jour où nous aurons choisi un chef.

« Boyards et dignitaires de Nijni-Novgorod, suivez l'exemple des citoyens de Moscou, prêtez serment de fidélité au prince Vladislas, ne vous jetez pas les uns contre les autres; soumettez-vous à l'élu de la capitale, à notre tsar légal. Au nom de Vladislas, le pan Gonsievski vous promet la grâce du tsar, toutes sortes de faveurs, une diminution d'impôts et la liberté du commerce. J'ai tout dit, boyards et dignitaires de Nijni-Novgorod. Choisissez ce que vous voudrez.

— Boire à satiété le sang de nos ennemis! s'écria Tcherkaski, le sang des destructeurs de la Russie, le sang de tous les Polonais!

— Oui, oui, de tous les Polonais! répéta Koutoumov les yeux fixés sur Tcherkaski.

— Quant aux Russes qui ont prêté serment de fidélité à Vladislas, qu'ils périssent avec les ennemis de la religion orthodoxe! interrompit le prince.

— C'est donc, répondit Jouri, la soif du sang et non l'amour de la patrie, boyard, qui te force à prendre les armes? »

Tcherkaski lança un regard foudroyant à Miloslavski et, après un instant de réflexion, lui demanda s'il connaissait la place du Commerce.

« Non, répondit Jouri, ne comprenant pas la question.

— C'est dommage! continua Tcherkaski; tu y aurais vu que la potence à laquelle les habitants de Nijni ont pendu le traître Viasemski est toujours en bon état. Prends garde de ne pas leur rappeler par des paroles effrontées que le prince Viasemski n'est pas le seul à mériter cette exécution déshonorante.

— Prince ! s'écria le boyard Mansourov, pareil langage sied-il au maître de la maison? Concitoyens, ajouta-t-il, vous avez entendu la proposition du pan Gonsievski. Chacun d'entre vous va exprimer librement son opinion. Boyard prince Tcherkaski, il t'appartient, en qualité de doyen du conseil de Nijni-Novgorod, de prendre la parole le premier. Quelle réponse comptes-tu faire au pan Gonsievski?

— J'ai déjà répondu, dit Tcherkaski. Que le prince Pojarski, notre chef, nous conduise à Moscou! Là nous répondrons à l'hetman; il saura ce que veulent les citoyens de Nijni-Novgorod quand nous aurons semé de cadavres ennemis tous les champs de Moscou.

— Alors tu proposes?...

— Une haine implacable tant qu'un seul Polonais ou traître respirera l'air russe. Vengeance pour les frères morts! Sang pour sang! »

Koutoumov se leva et, caressant sa barbe, commença :

« Boyards, je pense comme le prince Tcherkaski; je dis comme lui : Haine implacable jusqu'à ce qu'un seul Polonais ou Russe, c'est-à-dire un prévaricateur ou traître...

— Assez, Koutoumov, assieds-toi! » interrompit Tcherkaski.

Koutoumov salua les assistants et reprit sa place.

« Citoyens de Nijni-Novgorod, dit le gentilhomme Obrastsov, célèbre par sa bravoure et sa haine contre les Polonais, le chef de brigands, l'impie qui fait la fête à Moscou sur les tombes de nos frères, veut que les habitants de Nijni mettent bas les armes. Sigismond nous donne son fils et prend Smolensk, l'ancien domaine des tsars orthodoxes. Les Polonais nous proposent la paix et réduisent en cendres les villages et les villes de tout l'empire russe. Non, concitoyens! ce n'est pas la ville capitale qui a prêté serment de fidélité au prince Vladislas, mais Moscou prisonnière; ce ne sont pas des citoyens libres qui ont juré fidélité aux étrangers, mais des habitants désarmés, des serfs alourdis par les chaînes...; et le serment imposé et consenti sous le couteau d'un criminel devrait servir d'exemple aux fils libres de Nijni-Novgorod!... Que notre haine soit implacable, et mort à notre ennemi juré Sigismond! Malédiction et mort à tous les Polonais!

— Malédiction et mort à tous les Polonais! répétèrent Tcherkaski et les chefs cosaques.

— Vaillants citoyens et fidèles enfants de la patrie! dit le boyard Tourénine en se levant, on ne peut voir sans des larmes de joie votre enthousiasme pour la défense de la terre russe. Moi aussi, je brûle d'envie de tremper mes mains dans le sang de nos ennemis; moi aussi, je suis prêt à marcher sur Moscou; mais avant tout, il faut songer à ce qu'exige de nous notre patrie : est-ce une vengeance sanglante ou bien la délivrance d'une perte finale? c'est courir un gros risque de lutter avec une armée peu nombreuse et mal exercée contre un ennemi puissant. Mais admettons que la fortune nous soit favorable : nous vaincrons les Polonais; nous disperserons comme de la poussière terrestre leurs troupes innombrables; nous déblaierons Moscou et, malgré cela, nous resterons comme auparavant sans chefs, et alors un malheur plus grand nous accablera. Chaque boyard et voïvode célèbre voudra être tsar russe; les dissensions recommenceront; de nouveaux imposteurs surgiront; le sang sera versé de plus belle, et notre patrie, épuisée par les luttes intestines, incapable de résister à un ennemi puissant, succombera pour toujours. La ville capitale, de même que Kiev la Sainte, deviendra le domaine du roi de Suède ou de notre ennemi Sigismond, qui, à l'heure actuelle, nous propose son fils comme tsar légal et qui, plus tard, nous enverra comme voïvode un de ses serfs. Réfléchissez, concitoyens! Que deviendrons nous lorsque le nom russe s'effacera de la mémoire des hommes?... J'ai tout dit; jugez mes paroles, boyards et dignitaires de Nijni-Novgorod.

— Boyard Tourénine, dit le secrétaire Samsonov, il y a beaucoup de sagesse dans tes paroles, bien que tu aies inutilement exagéré la force de nos ennemis. L'impuissance des Polonais nous est connue : c'est notre désunion qui fait leur force. Mais tu as touché juste en parlant des guerres intestines, des dissensions qui peuvent éclater entre les boyards et les chefs célèbres; aussi je suis d'avis que les citoyens de Nijni-Novgorod ne doivent ni prêter serment à Vladislas ni aller à Moscou, mais rassembler une armée pour repousser les Polonais dans le cas où ils voudraient nous soumettre par la force. Je suis encore d'avis qu'il faut informer Gonsievski de notre intention de ne point prêter serment de fidélité au prince Vladislas tant que celui-ci ne sera pas venu dans la capitale, n'aura pas embrassé la religion orthodoxe et n'aura pas confirmé, par sa parole souveraine et son serment, le traité conclu entre le Conseil des boyards et l'hetman Geolkievski.

— Je suis du même avis, dit le boyard Mansourov. Une trop grande précipitation peut augmenter les malheurs de notre patrie. Ma réponse au pan Gonsievski est la suivante : « Nous ne ferons pas notre soumission avant d'avoir vu la réalisation des promesses faites au nom de Vladislas. » Quant à nous autres, nous devons attendre la réponse et ne pas marcher sur Moscou avant d'être certains que le roi Sigismond a trahi sa parole.

— Nous sommes complètement d'accord avec le boyard Mansourov, déclara Dimitriev et l'officier de la table des tsars Levachev.

— Et nous aussi! » s'écrièrent tous les nobles des régiments de Moscou.

Le prince Tcherkaski sauta de son siège :

« Comment! s'écria-t-il pâle de colère et de dépit, vous consentez à reconnaître Vladislas tsar russe?

— Oui, s'il tient sa parole! répondit avec calme Mansourov.

— Reconnaître pour maître un Polonais infidèle! interrompit Obrastsov.

— Il abjurera son hérésie! répliqua le secrétaire Samsonov.

— Celui qui ne va pas à Moscou est un traître et un perfide! cria Tcherkaski.

— Un perfide et un traître! répéta Koutoumov.

— Prince et toi, Koutoumov! dit Mansourov, n'oubliez pas que vous n'êtes pas ici sur la place publique, mais au conseil des dignitaires de Nijni. J'aime la Russie autant que vous, mais vous détestez seulement les Polonais, tandis que moi je déteste encore davantage les dissensions intestines et les pertes de sang qui sont fatales à notre patrie. S'il faut se battre, vous verrez que le boyard Mansourov sait manier le glaive et mourir pour la religion orthodoxe.

— Boyard, dit Obrastsov, nous ne sommes pas d'accord : Nijni-Novgorod décidera qui de nous tous aime le mieux sa patrie.

— Vous allez le voir tout de suite, boyards et dignitaires de Nijni-Novgorod! dit Minine, qui prit la parole.

— Oui, Kosma Minine! s'écria Tcherkaski. Parle : dis franchement qui a raison.

— Il n'appartient pas au dernier des citoyens de Nijni, répondit Minine, d'être juge entre les notables boyards et voïvodes; il suffit que vous ayez daigné m'admettre, moi simple citoyen, dans votre conseil et me permettre de parler au milieu de vous. Non, boyards, l'arbitre de votre différend sera celui qui vous est égal par la naissance et son titre : c'est à l'envoyé et l'ami du pan Gonsievski de décider si vous devez aller ou non à Moscou.

— Tu deviens fou, Minine! s'écria Tcherkaski.

— Jouri Dimitrich, continua Minine en s'adressant à Miloslavski, tu as fait ton devoir : tu as parlé au nom de l'hetman polonais; maintenant je demande au fils de Dimitri Miloslavski ce que nous devons faire : aller à Moscou ou nous soumettre à Sigismond? »

Une vive rougeur couvrit le visage de Jouri; il se leva à demi, voulut parler, mais subitement s'arrêta...

« Boyard, continua Minine, si tu n'avais pas prêté serment à Vladislas, si tu étais venu aujourd'hui comme les autres sur la place publique, si tu étais un citoyen de Nijni-Novgorod, que ferais-tu?... Réponds, Jouri Dimitrich. »

— Ce que je ferais? dit Jouri en fixant ses yeux brillants sur Minine. Ce que je ferais? je sacrifierais ma tête pour la Russie!...

— Que dis-tu, Jouri Dimitritch? murmura Tourénine.

— Tais-toi, boyard! s'écria Miloslavski avec une chaleur croissante. Oui, citoyens de Nijni-Novgorod, allez à Moscou. Sauvez vos frères persécutés. Ils vous

Le prince Tcherkaski, ayant sauté par dessus la table, se jeta au cou de Miloslavski.

attendent. Ils sont les serfs et non les sujets de Vladislas. Ne vous fiez pas à Sigismond : c'est notre éternel et indomptable ennemi; ne craignez pas les Polonais, leurs nombreuses troupes n'effraient que les habitants désarmés de Moscou. Hâtez-vous, braves citoyens! Hâtez-vous d'arborer l'étendard du Sauveur sur les murs souillés du Kremlin sacré. Vous êtes libres, vous n'avez pas prêté serment à un étranger, et moi... moi, j'ai librement juré d'être fidèle à Vladislas; je ne puis mourir avec vous. »

Jouri se tut; de grosses larmes coulaient en abondance sur son visage. Surpris par le discours inattendu de Miloslavski, les assistants restaient muets. Le silence dura quelques instants; puis, tout à coup, la table renversée tomba à terre avec fracas et le prince Tcherkaski, ayant sauté par-dessus, se jeta au cou de Miloslavski.

« Pardonne-moi, mon cher! s'écria-t-il en le serrant sur sa poitrine : je t'ai offensé... Que quelqu'un ose dire que tu n'es pas le fils de mon ami Miloslavski!

— Oui, oui, que quelqu'un essaie! répéta Koutoumov.

— Tu es un digne citoyen de Nijni-Novgorod, Jouri Dimitrich! » dit Obrastsov en lui serrant la main.

Minine ne disait mot, mais il considérait Jouri avec la tendresse d'un père et essuyait en cachette ses larmes.

« Allons, continua Tcherkaski, toute discussion est maintenant superflue. Allons-nous à Moscou?

— Partons! s'écrièrent presque tous les assistants.

— A Moscou! Eh bien, soit! à Moscou! dit le boyard Mansourov; mais attendons le prince Pojarski.

— Qui sera le chef de l'empire russe? demanda le secrétaire Samsonov.

— Avant tout, délivrons Moscou : nous réfléchirons ensuite, répondit Mansourov.

— Nous choisirons pour tsar celui que Dieu nous enverra, dit Obrastsov.

— Jurons, ajouta Koutoumov, de vivre d'accord, d'oublier la haine et de ne penser qu'à la patrie.

— Maintenant, dit le boyard Mansourov s'adressant à Jouri, tu peux porter notre réponse à Gonsievski.

— Il vaudrait mieux pour toi rester avec nous, interrompit Tcherkaski, et te battre contre les Polonais.

— Non, boyard, tant que je porterai l'épée, je serai le sujet de Vladislas.

— Jouri Dimitrich, dit Mansourov, nous te permettons de passer encore la journée de demain à Nijni-Novgorod, mais je te conseille de partir immédiatement après : dès demain, toute la ville saura que tu es l'envoyé de Gonsievski et alors, — ne te fâche pas, — mais prends garde d'éprouver le même sort que le prince Viasemski. Le peuple est parfois bête : quand il se met en mouvement, on ne peut plus l'arrêter.

— Adieu, boyard! dit Minine. J'espère te revoir le glaive en main sur le champ de bataille en face de l'ennemi. »

Miloslavski, en s'éloignant, remarqua que le boyard Tourénine avait déjà quitté la salle. A la porte même de la maison, il trouva Alexis inquiet.

« Je t'attends depuis plus d'une heure, Jouri Dimitrich, lui dit le domestique. Notre hôte est un méchant homme.

— Que veux-tu dire?

— Nous sommes tombés d'un enfer dans un autre. Dis ce que tu voudras. Fâche-toi si tu veux, mais, — sans te consulter, — j'ai transporté nos bagages à l'auberge près de l'embarcadère.

— Pourquoi?

— Voici la raison. Sais-tu qui est en ce moment caché dans la maison du boyard Tourénine? Le même brigand qui hier, dans la forêt, tenta de nous piller.

— Pas possible?

— S'il était seul encore, mais il est accompagné de quatre acolytes dont chacun ne ferait de nous qu'une bouchée. Hier soir, en t'attendant, j'ai découvert le pot aux roses : j'étais sorti dans la rue et m'étais assis près de la porte cochère derrière un poteau. Vers la tombée de la nuit, je vis cinq gaillards se faufiler le long de la haie; comme j'étais caché derrière le poteau, j'ai pu tout observer sans être aperçu. L'un d'eux franchit rapidement la porte; je regardais. C'était l'homme que Kircha appelait Omliach. Il dit quelques mots au majordome et fit signe à ses camarades qui entrèrent aussitôt dans la cour. Ils murmurèrent, discutèrent entre eux et grimpèrent tous au grenier à foin. J'ai compris aussitôt que l'affaire était mauvaise. J'ai d'abord emporté nos bagages et les harnais, puis j'ai fait sortir les chevaux comme pour les conduire à l'abreuvoir. J'ai chargé tout notre bien sur l'un d'eux et je suis parti. Heureusement personne ne me surveillait; il faut croire que le majordome était occupé à causer avec ses hôtes; quant aux autres domestiques, ils étaient sortis se promener en ville et les palefreniers étaient tellement ivres qu'ils n'y voyaient que du feu.

— Tu as bien fait, Alexis. Moi-même je n'ai pas confiance en notre maître de maison.

— Oui, c'est un vrai Judas. »

Durant cette conversation, Jouri et Alexis se dirigèrent vers les portes de la ville. Lorsqu'ils débouchèrent dans le faubourg, Jouri s'aperçut que quelqu'un les suivait. Il murmura à l'oreille d'Alexis de se tenir sur ses gardes et il prépara son sabre. Ils entraient précisément dans une ruelle conduisant directement à l'embarcadère. Elle était bordée de haies des deux côtés avec seulement, de loin en loin, quelques isbas inhabitées et servant de magasins pour les blés et les marchandises. Lorsqu'ils arrivèrent à hauteur d'une chapelle à moitié en ruines, l'inconnu qui de loin suivait leurs traces doubla le pas et commença à se rapprocher. Jouri, désireux de savoir ce que leur voulait ce passant importun, se porta avec Alexis directement à sa rencontre. Mais à peine Alexis avait-il eu le temps de crier : « Attention, boyard ! c'est le brigand Omliach ! » l'inconnu sifflait, et aussitôt ses quatre camarades sortaient de la chapelle, et presque au même instant Alexis, frappé de deux coups de couteau, tombait sur le sol sans connaissance.

XVI

Trois mois après ces événements, un voyageur très pauvrement vêtu, et portant sur son dos une petite besace, se traînait péniblement sur la route de Nijni-Novgorod, qui, à cet endroit, côtoyait la rive même de la Volga. Son extérieur épuisé, son visage aux joues hâves, dénotaient un homme guéri depuis peu d'une grave maladie. Mais le mal physique n'était pas la seule cause de cette maigreur extraordinaire : son visage empreint d'une profonde tristesse et les yeux rougis par les larmes indiquaient l'existence de souffrances morales. Arrivé à hauteur d'une épaisse forêt de bouleaux, le voyageur s'arrêta et parut observer avec grande attention une construction à demi brûlée dont les ruines s'apercevaient sur une haute colline.

« Je ne me trompe pas, dit-il enfin ; c'est bien la propriété du boyard Chalonski. Dieu me garde ! Je l'éviterai. »

Après avoir prononcé ces paroles, le voyageur s'assit au pied d'un buisson et, ayant pris un morceau de pain dans sa besace, se mit à déjeuner.

Il n'avait pas eu le temps d'avaler le premier morceau qu'il entendit tout à coup des pas de chevaux, et quelques instants après une vingtaine de cosaques débouchaient de la forêt et s'avançaient vers l'endroit où il était assis. En tête de cette petite troupe, monté sur un cheval noir, marchait le chef. Il portait un uniforme très simple comme les autres cosaques, mais son cheval était superbement harnaché et son sabre damasquiné étincelait au soleil. Lorsque le chef arriva à hauteur du passant, celui-ci qui, depuis quelques instants, ne le quittait pas des yeux, s'écria d'un ton joyeux :

« En effet, c'est lui ! Bonjour, Kircha ! »

— Comment me connais-tu, brave homme? demanda le cavalier en arrêtant sa monture.

— Il faut croire que j'ai bien maigri pour que tu ne me reconnaisses pas. Regarde-moi bien !

— Voilà !... Est-ce possible?... Mais, non... pourquoi serait-il ici?

— C'est vrai, frère Kircha, je ne croyais pas non plus revenir ici et je pensais qu'on m'enterrerait à Nijni-Novgorod.

— Serais-tu donc Alexis Bournach?

— Lui-même.

— Ah ! mon cher, qui t'a changé de la sorte?... Où est ton maître? »

Au lieu de répondre, Alexis se mit à verser des larmes.

« Que lui est-il arrivé? demanda le Zaporog en sautant à terre. Où est-il?

— Il doit être mort! répondit en sanglotant le fidèle serviteur de Miloslavski.

— Holà, les enfants, à terre! s'écria le Zaporog. Nous pouvons déjeuner ici et faire reposer les chevaux. Donnez-moi mon sac. »

Les cosaques mirent pied à terre et lâchèrent leurs chevaux débridés dans un champ près de la forêt; puis, après avoir placé une sentinelle sur une éminence voisine, ils s'installèrent en rond sous les arbres. Kircha tira de son sac une bouteille de vin et un gros gâteau aux choux et s'assit à côté d'Alexis.

« Eh bien, frère, casse la croûte, dit-il. Tu as bien maigri. Raconte-moi comment ton maître est mort. Il était si bien portant.

— On l'a égorgé! répondit Alexis.

— Comment? Qui? Où?

— Écoute! Tu dois, je pense, te rappeler ce qui s'est passé à Nijni sur la place lorsque Minine...

— Je me rappelle, je me rappelle...

— Eh bien, ce même jour, dans la soirée, le boyard alla chez le prince Tcherkaski. A sa sortie, nous nous rendîmes à l'auberge où j'avais porté nos bagages pour ne plus rester dans la maison d'Istoma-Tourénine. Tout à coup, non loin de l'embarcadère, cinq brigands sortirent d'une chapelle en ruines; je n'eus pas le temps de cligner de l'œil, je reçus un coup de couteau dans le flanc et ne vis plus rien. Je restai longtemps sans connaissance; mais, quand je revins à moi, j'étais étendu sur un banc dans une isba, et un vieillard aux cheveux blancs se tenait près de moi : c'était un pêcheur qui, en se rendant le matin à l'embarcadère, avait trébuché sur mon corps et, voyant que je respirais encore, m'avait par pitié transporté dans son isba. Je demeurai quatre semaines entre la vie et la mort avant de pouvoir m'informer du sort de mon maître. Le pêcheur m'assura n'avoir vu aucun cadavre à l'endroit où on m'avait trouvé. Les brigands doivent avoir coupé en morceaux Jouri Dimitritch et l'ont jeté dans la Volga. Je fus soigné par une petite vieille experte. Enfin, dès que je me suis senti rétabli, j'ai décidé de retourner dans notre domaine près de Moscou. Je t'avais demandé, mais on m'avait dit que tous les soldats étaient partis à Iaroslav avec le prince Pojarski. Je me suis mis hier en route. Mais mes jambes m'obéissent mal : c'est à peine si je puis me traîner.

— Quel dommage ! dit Kircha, quand Alexis eut terminé son récit. S'il était destiné à ne pas vivre jusqu'aux cheveux blancs, il aurait au moins dû mourir sur le champ de bataille. J'ai pris de vos nouvelles chez le boyard Tourénine, mais il m'a dit que vous étiez retournés depuis longtemps à Moscou.

— Le traître ! Il sait mieux que personne où est passé Jouri Dimitritch. C'est lui qui a organisé le guet-apens.

— Est-ce possible ?

— Sa maison est un repaire de brigands.

— Je comprends pourquoi il a quitté Nijni-Novgorod. Lorsque le prince Pojarski arriva dans cette ville, on le chercha partout sans pouvoir le trouver. Eh bien, frère Alexis, tu m'as abasourdi ; j'ai peine à en croire mes oreilles.

— Et moi non plus, je ne croyais pas à la mort de mon maître ; mais enfin j'ai bien été obligé de me rendre à l'évidence. Et cependant, si j'en croyais une prophétie...

— Oh ! fit Kircha, toutes les prophéties, frère, ne se réalisent pas. Ainsi un tsigane m'a prédit à Tsaritsine que j'entrerais dans le régiment de Zaporog et que je resterais toute ma vie simple cosaque ; eh bien, qu'est-il arrivé ? Tu vois toi-même, continua Kircha en couvant d'un regard satisfait ses cosaques, j'ai sous mes ordres une centaine environ de ces gaillards, et si je savais et connaissais les criminels qui ont tué Jouri Dimitritch, j'irais avec mes braves les chercher jusqu'au fond de la mer. Ils me paieraient cher la vie de ton maître.

— Tu connais l'un de ces brigands, c'est l'individu que tu appelais Omliach.

— Comment ? s'écria Kircha en laissant tomber de ses mains la bouteille de vin qu'il tenait. Ah ! mon pauvre Alexis ! ton maître est peut-être encore vivant.

— Que dis-tu ?

— Cet Omliach et ses camarades sont les domestiques du boyard Kroutchyna-Chalonski.

— Est-ce possible ?

— J'ai entendu de mes propres oreilles qu'ils avaient l'ordre de s'emparer de Jouri Dimitritch vivant. Eh bien, maintenant, comprends-tu pourquoi on n'a pas trouvé le cadavre de ton maître? Il doit être maintenant entre les mains de ce buveur de sang de Chalonski.

— Qu'en sais-tu?

— C'est certain, et si seulement il vit encore...

— Dieu le veuille!

— A tout prix, Kircha le sortira d'affaires. Vois-tu là-bas au loin le domaine du boyard Chalonski?

— Qu'est devenu le château sur la colline?

— Les cendres seules sont restées. C'est notre travail; c'est dommage que nous n'ayons pas capturé le propriétaire. En traversant le village, nous commençâmes à nous renseigner auprès des paysans où était leur boyard; tous nous répondirent en chœur qu'il était parti, on ne savait où, avec ses bagages, sa valetaille et son entourage. Le boyard Obrastsov était le plus acharné contre lui. Par dépit de voir qu'il nous avait échappé, nous avons brûlé son château : la première brassée de paille y fut jetée par Fiedka Khomiak qui cherchait partout l'intendant, et si ce dernier était tombé entre ses mains, il aurait passé un mauvais quart d'heure. Nous voulions aussi mettre le feu au village, mais nous avons eu pitié des paysans; les pauvres diables ne sont pas responsables si leur boyard est un perfide et un traître.

— Alors quel avantage y a-t-il que Jouri Dimitritch soit vivant, dit tristement Alexis, si nous ignorons où Chalonski l'a caché?

— Qui sait? Peut-être arriverons-nous à obtenir un bon renseignement. C'est dommage que je n'aie pas beaucoup de soldats, sans cela je n'aurais pas laissé sortir âme qui vive du village avant de savoir où se tient le boyard.

— Peut-être s'est-il rendu à Moscou?

— Avec tous ses domestiques? Que dis-tu, frère? A Moscou, les Polonais n'ont rien à se mettre sous la dent; ils ne l'accepteraient pas avec toute sa bande. Non, il est certainement réfugié dans une autre propriété. Mais, attends! nous trouverons une langue qui se déliera et peut-être saurons-nous quelque chose.

— Eh! mon cher, dit Alexis en hochant la tête, je suis incrédule. Au début, tu m'avais rendu la joie, mais ensuite, en y réfléchissant..., c'est impossible. Quand bien même on l'aurait pris vivant, on doit l'avoir fait mourir depuis longtemps.

— Peut-être, frère. La torture n'est pas une plaisanterie et le supplice de la question n'est pas un malheur.

— Comment es-tu tombé ici?

— Le prince Pojarski m'a confié un message pour les habitants de Nijni-Novgorod. J'allais partir seul avec un cosaque, lorsque mon chef Zigouline m'ordonna d'emmener tous mes hommes. Autour de Moscou, les routes ne sont pas sûres en

ce moment; des bandes de brigands y rôdent cònstamment. En principe, ils ne
détroussent et tuent que les Polonais et les traîtres. Mais ils n'aiment pas les
cosaques; leur chef est un ancien pope de village. On m'a raconté à son sujet des
choses extraordinaires. C'est un géant, d'une taille de huit pieds; on le nomme, —
si je m'en souviens, — le père Jérémie. Tous les brigands sont à sa dévotion et

« Comment me connais-tu, brave homme? » demanda le cavalier en arrêtant sa monture.

n'osent même pas mourir privés de sa bénédiction. Sans lui, il n'y aurait pas moyen
de tenir tous ces gaillards russes et orthodoxes.

— Alors, tu reviens maintenant de Nijni?

— Oui, je n'ai pas de raisons pour me presser : nous allons chercher ton maître.
Attends! j'ai une idée. Je connais dans ce village un pàysan qui était en relations
avec les domestiques du château et exerçait la profession de sorcier; il pourra certainement mieux que personne nous renseigner. Hé! mes gaillards, continua Kircha

10

s'adressant à ses hommes, restez ici : je vais m'absenter une petite heure. Cet ami
va vous expliquer ce dont il s'agit. Malych, je te confie le commandement; si je ne
suis pas revenu dans une heure, vous viendrez là-bas, dans l'autre forêt derrière le
village. Le rendez-vous sera près de la chapelle en bois; mais seulement arrivez
sans bruit, en silence, séparément, en tirailleurs : tu comprends?

— J'ai compris, répondit Malych, le sous-officier de cosaques.

— Prends garde que les enfants ne fassent pas de sottises en mon absence; surtout qu'ils ne touchent pas aux passants.

— Vous entendez, camarades, ce que dit le capitaine! cria Malych. Cependant,
capitaine, continua-t-il en s'adressant à Kircha, si des gens de Balakhna passaient
avec du vin ou de la boisson, pourrait-on en prendre un ou deux verres?

— Soit! seulement attention, les enfants, de ne pas défoncer les tonneaux. Ame-
nez-moi mon cheval, et si vous étiez obligés de venir dans la forêt, donnez à cet
ami un des chevaux libres. »

Kircha sauta sur Tourbillon et, après avoir répété encore une fois ses ordres, il
s'élança à travers champs dans la direction de la forêt.

Kircha longeait avec précaution la lisière de la forêt; enfin il arriva, sans rencontrer personne, au hangar de Fiedka Khomiak. Il se dirigea du côté de la chapelle et
prit le sentier qui menait à l'isba du sorcier Koudimovitch. En chemin, il rencontra
une jeune paysanne.

« Bonne santé, la belle! dit-il en ôtant courtoisement son bonnet. D'où viens-tu? »

La fille s'était d'abord effrayée, mais la voix affable et l'apparence joviale du
Zaporog calmèrent ses craintes.

« Je rentre à la maison, honnête monsieur! répondit-elle.

— Tu reviens sûrement de chez le sorcier, te faire dire la bonne aventure.

— Comment le sais-tu? demanda la paysanne étonnée.

— Peu importe : je le sais. Eh bien, Koudimovitch t'a-t-il annoncé une bonne
nouvelle?... La noce est-elle pour bientôt?

— Koudimovitch dit que c'est pour bientôt. Mais comment le sais-tu?

— Va! va, petit cygne! Tu n'es pas allée chez lui les mains vides, je suppose?

— Les mains vides? Je lui ai apporté vingt œufs et deux copeks.

— C'est au moins ton amoureux qui s'est déjà mis en dépense.

— En voilà une affaire!... deux copeks! Mon cher petit Jean ne regarderait pas
pour moi à deux altynes. Mais comment le sais-tu?

— Je sais bien des choses, petit pigeon. Mais l'isba du sorcier est-elle loin d'ici?

— Tout près.

— Adieu, la belle! »

Kirchà continua sa route, tandis que la jeune paysanne, clouée sur place, le suivait des yeux jusqu'à ce qu'elle l'eût perdu de vue.

Arrivée à destination, le Zaporog sauta à terre, attacha son cheval à un arbre et traversa l'enclos. La porte de la petite isba était ouverte et le chien dormait près de sa niche. Kircha entra si doucement que Koudimovitch, occupé à compter les œufs, ne broncha pas.

« Koudimovitch! » dit Kircha d'un ton sévère.

Le sorcier tressaillit, leva la tête, jeta un cri, voulut s'éloigner, mais ses jambes plièrent et il s'assit sur le banc.

« Me reconnais-tu? continua le Zaporog en le regardant dans les yeux.

— Je t'ai reconnu, petit père, reconnu! murmura en bégayant Koudimovitch.

— Alors, voilà comme tu tiens ta promesse, vaurien? Tu m'avais cependant juré de ne plus faire de sorcellerie.

— Je n'en fais pas, petit père, je n'en fais pas.

— Menteur! Dis-moi qui t'a apporté ces œufs et ces deux copeks? Ah! tu te mords la langue.

— Grâce, père nourricier!

— Tais-toi!... Qui t'a dit que Jean allait se marier bientôt? Ah! ah!...

— Personne, petit père; je n'ai rien dit.

— Oh! mais tu persistes encore à mentir? Attends donc... *Gourei mourei alla borgouk!* cria Kircha, faisant de grands gestes et feignant d'invoquer des esprits avec ces mots cabalistiques.

— Je suis fautif, mon père! s'écria le sorcier en sautant de son banc et se jetant aux pieds du Zaporog.

— Il vaut mieux avouer, vaurien! Sans cela, j'ajoute un petit mot et te voilà transformé en corne de mouton.

— Que faire? J'ai péché : je suis maudit! Pendant quatre mois, j'ai tenu bon; mais aujourd'hui le diable m'a envoyé cette maudite Marpha. Elle s'est attachée à moi comme la fièvre : je ne savais plus comment m'en débarrasser.

— Bien! bien! Lève-toi. Tu as de la chance que j'aie besoin de toi; autrement tu aurais appris qu'il ne faut pas plaisanter avec moi. Tu dois me rendre un service.

— Tout ce que tu m'ordonneras, petit père.

— Si tu m'aides dans mon entreprise, je te récompenserai. Toi, tu trompes les bonnes gens; mais si tu veux, je ferai de toi un sorcier en règle.

— Oh! alors, j'irai pour toi où tu voudras et me mettrai à l'eau et au feu.

— Écoute donc. Tu dois sûrement savoir où se trouve le boyard Chalenski?

— Qui, petit père?

— Le boyard Kroutchyna-Chalonski.

— Timophéi Théodorovitch?

— Mais oui.

— C'est-à-dire mon boyard?

— Que diable! Pourquoi cette hésitation? Prends garde : n'aie pas l'idée de mentir. Dieu t'en préserve.

— Oui, mon cher, je le sais.

— Alors parle.

— Mais c'est défendu de le dire.

— Et moi, je te l'ordonne.

— Pourquoi en as-tu besoin, père nourricier? Tu peux bien te passer de mon concours : il te suffit de vouloir, et sur-le-champ tu verras où il est.

— Justement non : j'ai accepté l'hospitalité du boyard; pendant un an, ma sorcellerie n'a pas d'action sur lui.

— Ah! voilà.

— Toi, frère, tu connais le secret sans sorcellerie : parle vite.

— Grâce, mon père! Je serais dépouillé de tout si le boyard apprenait que j'ai révélé le secret.

— Ne crains rien, je ne le dirai à personne.

— Je n'ose pas, petit père. Fais ce que tu voudras, mais je n'ose pas.

— Alors tu t'entêtes encore? Attends donc, petit pigeon... *Gourei mourei!...*

— Arrête! arrête!... Oh! petit père, que dois-je faire? Est-il bien vrai que tu ne le diras à personne?

— Imbécile! quand tu seras toi-même sorcier, le boyard n'aura plus aucun pouvoir sur toi.

— C'est vrai, petit père; mais si tu connaissais notre boyard!...

— Qu'as-tu donc à marchander ainsi? Pour la dernière fois, me diras-tu, oui ou non, où se trouve Timophéi Théodorovitch?

— Ne te fâche pas, père nourricier, ne te fâche pas, je te dirai tout. Il réside maintenant à soixante-dix verstes d'ici, dans la forêt de Mouromsk.

— Dans la forêt de Mouromsk?

— Il habite la maison que son feu père avait fait bâtir pour chasser et tuer les ours, disent les uns; et comme repaire pour attaquer et piller les convois, disent les autres. Cette habitation s'appelle : *le Camp tiède*. Elle est, d'après ce qu'on assure, construite dans un tel antre, qu'à midi on n'y voit pas le soleil. On raconte aussi qu'il y avait autrefois à cet endroit un couvent dont les murs et les cellules souterraines sont encore conservés. Depuis que les Tartares ont pillé le monastère et tué tous les moines, personne n'ose s'en approcher. Chaque nuit, paraît-il, les moines égorgés sortent de leur tombe et se réunissent pour dire eux-mêmes les prières des morts. Les paysans qui campent dans la forêt entendent souvent au crépuscule et à l'aube le son des cloches. Un vieillard dont le fils vit encore racontait qu'une fois, en suivant les traces d'un ours, il se perdit et arriva vers minuit au couvent. Il jurait

Koudimovitch indiqua la fenêtre où se montrait un visage repoussant.

avoir vu de ses yeux une file de moines vêtus de soutanes noires, tenant à la main des cierges allumés, longer les murs et faire le tour du couvent et disparaître ensuite à l'endroit où l'on aperçoit encore aujourd'hui les traces des tombeaux. Le vieillard remarqua qu'ils étaient tout estropiés : l'un avait la gorge coupée, l'autre la tête en pièces, un troisième marchait sans tête...

— Et ce vieillard n'est pas mort de frayeur? demanda presque timidement Kircha, qui, pour la première fois de sa vie, sentit un frisson de crainte.

— Non, il n'est pas mort, reprit Koudimovitch; mais il fut tellement effrayé qu'il en devint fou et ne recouvra, dit-on, jamais la raison.

— Comment donc le père de votre boyard se décida-t-il à construire une habitation à cet endroit?

— C'était un véritable hérétique. Il ne croyait à rien, n'entrait jamais à l'église, n'allait pas au bain; il ne valait pas mieux qu'un Tartare. On assure, il est vrai, que pendant son séjour au Camp tiède les morts ne se montraient pas. Mais, pendant la nuit, ses domestiques entendaient des plaintes et des gémissements sous terre. Certains disaient que des personnes vivantes étaient prisonnières dans des cachots souterrains; mais, moi, je pense que c'étaient les âmes des trépassés qui avaient peur de se montrer. Cependant le boyard lui-même cessa d'aller dans son habitation. Depuis sa mort qui remonte à environ vingt ans, personne n'y avait mis les pieds. L'été dernier seulement, sur l'ordre de Timophéi Théodorovitch, elle fut réparée avec les dépendances.

— Eh bien, dis-moi maintenant : n'as-tu pas appris qu'il y a quatre mois environ, on avait amené de Nijni un jeune boyard?

— Environ quatre mois? Il me semble que non.

— Est-ce bien vrai?

— Attends donc!... Ne serait-ce pas aux environs de la semaine sainte? Oui, en effet... La nourrice Vlassievna me raconta que le samedi, veille du dimanche de la Saint-Thomas, elle avait mal dormi; avant le jour, elle entendit des cavaliers entrer au grand galop dans la cour du château, elle s'approcha de la fenêtre, regarda, et vit sur une charrette un homme bâillonné, les bras attachés derrière le dos. Une heure se passa de la sorte, puis l'écuyer Omliach sortit des appartements du maître, prit place sur la charrette à côté du malheureux et partit au grand galop.

— C'est lui! s'écria Kircha. Peut-être vais-je le trouver dans cette maison... Écoute, Koudimovitch : tu dois m'accompagner au Camp tiède.

— Que dis-tu, mon cher? Je n'y suis jamais allé de ma vie.

— Assez! Est-ce bien vrai?

— Par Dieu! jamais!

— Peux-tu me procurer un guide?

— J'en doute. Aucun domestique n'est resté dans le village, et quant aux paysans, aucun d'entre eux n'y est allé.

— Explique-moi au moins la route qu'il faut suivre.

— Ce doit être celle de Mouromsk. Si j'avais su, je l'aurais demandé sans en avoir l'air aux domestiques du boyard qui viennent souvent chez moi. Il n'y a pas plus de cinq jours, Omliach a passé la nuit ici; on l'avait envoyé en cachette chez le boyard Lessouta-Khrapounov. J'aurais assurément su par lui comment on peut aller au Camp tiède; bien que ce soit un ours, après quelques verres il aurait tout dit. La dernière fois, lorsqu'il eut avalé une cruche de boisson, il me raconta ce qui se passait là-bas chez le boyard. »

Subitement Koudimovitch pâlit, se mit à trembler, et ses paroles se glacèrent sur ses lèvres.

« Eh bien, que [se passe-t-il chez le boyard? dit le Zaporog. Mais diable, qu'as-tu? »

Au lieu de répondre, Koudimovitch indiquait la fenêtre où se montrait un visage repoussant aux yeux plissés et garni d'une barbe rousse.

« Omliach! » s'écria Kircha en saisissant son sabre.

Mais au même instant plusieurs hommes se jetèrent sur lui par derrière, le désarmèrent et le renversèrent à terre.

« Attachez-le bien! cria Omliach par la fenêtre. Moi, je vais tout de suite régler mes comptes avec le maître de la maison. Eh bien, Koudimovitch, dit-il en entrant dans l'isba, j'ai tout entendu. Nous allons voir ta force et si ta sorcellerie te sortira d'affaire.

— Je suis en faute! s'écria Koudimovitch tombant à genoux. Ne perds pas mon âme, laisse-moi me repentir.

— Ah! maudit sorcier! alors tu racontes au premier passant venu où habite notre boyard?

— Petit père! c'est la première et la dernière fois que j'ai trahi le secret. De ma vie, je ne dirai plus rien à personne.

— Oui, vraiment, tu ne parleras plus : je m'en porte garant! » dit Omliach en lançant sur le sorcier une grosse boule de fer attachée à l'extrémité d'une courroie. Koudimovitch tomba la tête fracassée.

« Ah! Omliach, dit un homme de taille moyenne dans lequel Kircha reconnut aussitôt l'agent de police rencontré naguère à l'auberge. Mes félicitations! Regarde donc... il n'a même pas poussé un cri.

— Je n'aime pas torturer les gens, dit avec calme Omliach. Je donne un coup et c'est fini. Mais toi, quel bel oiseau es-tu? Tu joues du fouet. Allons, mes gaillards, donnez-moi une corde bien longue pour le hisser le plus haut possible; précisément en face la porte! il y a un beau sapin.

— Savez-vous, les amis, dit l'agent de police, que pendre un seul sorcier est un acte agréable à Dieu; et nous autres, d'un seul coup, nous allons en pendre deux, continua-t-il en s'adressant à Kircha. — Ah bah! mon vieil ami, sois le bienvenu! Qu'as-tu à garder le silence? Tu n'as donc pas reconnu ton filleul?

— Mais c'est le sorcier qui soigna notre demoiselle! dit un des camarades d'Omliach.

— Eh bien, frère! Je ne sais pas comment tu ensorcelles, mais je sais comment nous allons en expédier deux au diable... Quelle veine nous avons!

— Dis donc, parrain, demanda Omliach, pourquoi es-tu venu ici? Ne serais-tu pas envoyé pour te renseigner au sujet de notre boyard?... Pourquoi ce silence? continua Omliach. Tu aurais pu causer avec moi, mais je n'ai pas le temps de m'occuper davantage de toi. — Eh bien, qu'attendez-vous, les enfants? Portez-le à côté du sapin et hissez-le au sommet. De là haut, il gardera l'isba. »

Kircha fut traîné dehors. Un des brigands grimpa sur le sapin, jeta autour d'une grosse branche une longue corde dont Omliach saisit un des bouts et y fit une boucle qu'il passa au cou du Zaporog.

« Écoutez, mes braves! dit alors Kircha; quel avantage avez-vous à me faire périr? Laisse-moi la vie sauve : vous ne le regretterez pas.

— Ah! frère, tu parles enfin; mais, mon chéri, tu ne nous enjôleras pas. Hissez-le!

— Attendez! Je vous payerai une rançon.

— Une rançon? Attendez, mes gaillards!

— Pourquoi l'écoutes-tu, Omliach? dit le policier. Je l'ai fouillé et il n'a pas un copek sur lui.

— Ici, dans la forêt, il y a un trésor.

— Un trésor! s'écria Omliach. Qu'en penses-vous, mes amis? Après tout, c'est un sorcier et il ne serait pas étonnant qu'il sache... Mais nous tromperais-tu, par hasard?

— Quel bénéfice aurais-je à vous tromper? Je suis entre vos mains.

— Eh bien, montre-nous où est caché le trésor? dit le policier.

— Vous le montrer? et puis vous me ferez disparaître quand même. Non, jurez d'abord que vous me relâcherez vivant.

— Tu veux encore marchander! s'écria Omliach. Indique-nous d'abord le trésor; nous verrons ensuite ce qu'il faut faire de toi.

— Vraiment! Promettez-moi de me mettre honorablement en liberté, et alors je vous montrerai tout. Sans cela, ajouta Kircha d'un ton décidé, coupez-moi si vous le voulez en morceaux, je ne soufflerai mot.

— Eh bien, fit le policier en clignant de l'œil à Omliach, soit! Nous te relâcherons sans te faire de mal : montre-nous seulement le trésor.

— Est-ce bien convenu, mes braves?

— Oui, oui, répétèrent Omliach et ses camarades. Nous ne te ferons aucun mal et nous te relâcherons honorablement.

— Prenez garde, mes amis. Vous commettriez un péché en me trompant! dit Kircha.

Le Zaporog se mit à creuser la terre.

— Si tu ne nous trompes pas, nous ne te tromperons pas, répondit Omliach.
Prends-le donc par le bras, ajouta-t-il, s'adressant à un de ses camarades; je vais
marcher devant, et vous autres, restez à mes côtés. Faites attention qu'il ne s'échappe
dans la forêt. Je le connais : c'est un malin. Emportez aussi la corde, pour que si
jamais il nous trompait on puisse le pendre.

— A propos, voici des pioches. Nous n'aurons pas à creuser la terre avec les
mains. »

Kircha les conduisit lentement le long du sentier qui menait au village. Désireux
de gagner du temps, il s'arrêtait à chaque instant, s'avançait à petits pas et répondait
aux menaces et aux instances de ses gardiens qu'il devait s'orienter avec soin pour
découvrir le bon endroit. Arrivé à hauteur de la chapelle, il s'arrêta, inspecta d'un
coup d'œil rapide les alentours et s'assura que ses cosaques n'étaient pas encore
arrivés au rendez-vous. Après quelques instants de silence, il déclara ne pouvoir
tenir sa promesse si on ne lui détachait les mains.

« Ne te fais pas de mauvais sang, frère, répondit Omliach. Montre-nous seulement l'endroit et ce n'est pas toi qui creuseras la terre.

— Oui, crois-tu que tu trouverais? dit Kircha. Le trésor ne se donne pas au
premier venu : il faut savoir s'y prendre.

— C'est la vérité! dit le policier. J'ai entendu raconter bien des fois que, sans un
homme habile, le trésor ne se laissait pas prendre. Vous n'avez pas le temps de dire :
Amen! il s'échappe et il faut aller le chercher ailleurs.

— Eh bien, déliez-le, dit Omliach; mais ne vous endormez pas, mes enfants, moi
je ne le quitte pas des yeux. »

Quand on lui eut détaché les bras, Kircha demanda une pioche; il traça un grand
cercle à côté de la chapelle et se plaça au milieu. Puis, ayant murmuré quelques
paroles incompréhensibles, il annonça qu'il devait écouter si le trésor sortait ou
descendait, et il colla son oreille contre le sol. D'abord, il n'entendit rien; tout
était calme aux environs; enfin il perçut un bruit de pas de chevaux.

« Eh bien, sens-tu quelque chose? demanda Omliach avec impatience.

— Oui, oui, répondit le Zaporog : tout marche à souhait, seulement il ne faut
pas se presser. Je vais creuser la terre; vous allez vous placer autour du cercle,
mais faites attention, ne bougez pas : ce trésor est sévèrement gardé, on ne l'aura
pas facilement.

— Alors, demanda timidement le policier, il va falloir invoquer le diable?

— Impossible sans cela, mon cher, répondit Kircha d'un air important. Le diable
est rusé; il va vous effrayer. Prenez garde, mes enfants. Ne vous laissez pas
intimider. Restez tranquilles et surtout ne vous retournez pas.

— Quelle bêtise ! dit Omliach regardant Kircha avec défiance. Le diable ne se montre jamais le matin, après le chant du coq.

— Allons, mettez-vous en rond ; ne dites mot, regardez le sol, et si une étincelle jaillit, fermez immédiatement les yeux.

Tous obéirent. Le Zaporog murmura ses invocations cabalistiques et se mit à creuser la terre en faisant de longues pauses.

« Chut ! murmura Omliach à l'oreille du policier. Entends-tu des pas de chevaux ?

— Au nom de Dieu, tais-toi ! répondit le policier d'une voix tremblante.

— Qu'avez-vous ? Pas un mot ! » dit le Zaporog en menaçant du doigt.

Le bruit d'instant en instant se rapprochait et devenait plus distinct.

« J'entends des voix, dit Omliach en regardant avec inquiétude autour de lui. Holà, sorcier !

— Chut !...

— Si tu nous as amenés dans une embuscade, alors...

— Chut !...

— Te calmeras-tu ? dit l'un des camarades en le poussant du coude.

— Des cavaliers approchent ! s'écria Omliach en sortant de sa ceinture un poignard.

— Eh ! petit frère, tais-toi, murmura un autre. C'est une illusion. »

Le policier ne disait mot, il n'osait remuer les lèvres et était comme pétrifié.

« Écoutez, mes braves ! dit Kircha s'arrêtant de creuser. Taisez-vous donc, ou bien il y aura un malheur. Tenez-vous tranquilles et ne vous retournez pas. »

Omliach se tut, et, fixant sur le Zaporog son regard perçant, il suivit tous ses mouvements.

Cependant un cosaque, puis un autre, ensuite un troisième..., débouchaient des taillis voisins.

« Eh bien, les enfants, dit le Zaporog, la fin approche : tenez-vous bien !... Malych, à moi !..

— Trahison !... » s'écria Omliach en saisissant Kircha au collet.

Il le renversa sur le sol, brandit son poignard et dit :

« Si quelqu'un bouge !... »

Subitement une détonation retentit... Omliach poussa un cri, abaissa son couteau dans la direction de la poitrine du Zaporog, mais Kircha par un effort se rejeta en arrière, tandis que le brigand tombait mort sur le sol. Deux de ses camarades tirèrent leurs sabres ; mais, transpercés en un clin d'œil par les lances des cosaques, ils allèrent rejoindre Omliach.

Pendant ce drame, le policier n'osait bouger; il croyait aux incantations diaboliques et, tout en bégayant de frayeur, récitait des prières. Lorsque, sur un signe du Zaporog, deux cosaques le saisirent par les bras, il ne put se contenir et cria comme un fou :

« Ne me touche pas! Ne me touche pas! Ce lieu est sacré!

— Cesse de t'égosiller de la sorte! dit Kircha. Tu ne te débarrasseras de ces diables ni par la croix ni par la bannière.

— Qu'est-ce donc? interrogea le policier, jetant autour de lui des yeux hagards. Omliach! Oudaloï! Tomila!...

— Assez crié : tu ne feras venir personne; nous sommes débarrassés d'eux, c'est maintenant ton tour.

— Ah! petits pères, nous sommes tombés dans un piège.

— Ne te fâche pas. Enfants, passez-lui la corde au cou et hissez-le sur le premier sapin.

— Grâce! cria le policier. Que t'ai-je fait?

— Ne vouliez-vous pas me pendre? Il faut payer ses dettes.

— Ce n'est pas moi. Dieu m'est témoin! Pas moi : Omliach a tout fait. Je n'ai pas dit un mot.

— Bien! bien! Nous n'avons pas le temps de t'écouter. Allons, plus vite, les enfants!

— Grâce! gémit le policier, rampant aux pieds du Zaporog. Traîne-moi... bats-moi... fais-moi rosser à coups de fouet; fais ce que tu voudras de moi, seulement sois un père, laisse-moi la vie. »

Le hideux visage du policier, son air exalté, sa barbe rouge et ses cheveux en désordre paraissaient si drôles aux cosaques qu'ils étouffaient de rire et ne se pressaient pas trop d'exécuter l'injonction de leur chef.

Seul, le bon Alexis eut pitié du malheureux :

« Ne perds pas son âme! dit-il à Kircha.

— Des bêtises, frère, répondit le Zaporog en clignant de l'œil à Alexis. Enlevez-le ou, plutôt, attendez!... Écoute, chien roux! Si tu veux ta grâce, dis-moi la vérité; mais prends garde, si tu bégaies seulement, je te fais mettre aussitôt le corde au cou. Jouri Dimitritch vit-il encore?

— Il vit, petit père.

— Est-ce possible? s'écria Alexis.

— Où est-il maintenant? continua Kircha.

— Dans la forêt de Mouromsk, chez le boyard Timophéi Théodorovitch.

— Veux-tu nous y conduire?

— Je vous y conduirai, père nourricier, je vous y conduirai.

— Nous aideras-tu à délivrer Jouri Dimitritch?

— Je vous aiderai, père; je vous aiderai.

— Où se trouve la fille du boyard Chalonski, Anastassia Timophéievna?

— Je ne sais pas, petit père.

— Tu ne sais pas?

— Je ne sais pas; mais j'ai entendu dire que son père l'avait conduite près de Moscou, dans un monastère dont sa tante est la supérieure.

— Le boyard a-t-il beaucoup de domestiques dans sa maison?

— Beaucoup, petit père : plus d'une centaine.

— Plus d'une centaine!... Dis-tu la vérité?

— La vérité, père nourricier. Je te les citerai tous par leur nom : Gabriel, Théodore, Kondratitch...

— Je te crois, je te crois... Ah! diable! l'affaire est assez difficile... On n'obtiendra rien par la force.

— Je vous aiderai, interrompit le policier; seulement laissez-moi vivre : je connais tous les sentiers de la forêt et je vous conduirai la nuit jusqu'à la maison, de façon que personne ne vous entende.

— Bien, monsieur le policier! dit Kircha. Si nous délivrons Jouri Dimitritch, je te relâcherai sans aucun mal; mais si tu t'avisais de ne pas nous aider, je te ferais enterrer vivant. Malych, donne-lui un cheval et confie-le à deux cosaques : s'il fait mine de s'enfuir ou s'il veut nous conduire où il ne faut pas, bonne justice sera faite sur-le-champ. En attendant, je vais chercher mon Tourbillon et je vous rejoindrai.

— A cheval, mes braves! cria Malych. Et toi, barbe rouge, en avant : montre-nous le chemin. Jagaïlo, marche à côté de lui sur sa droite, et toi, Pavcha, sur sa gauche. Allons, mes braves, en route!

XVII

Les bois de Mouromsk étaient célèbres dans les contes populaires, et les antiques légendes ont conservé encore aujourd'hui le don d'enflammer l'imagination des poètes russes. Celui qui n'a pas eu l'occasion de les traverser se représente avec frayeur la profondeur impénétrable de ces déserts sauvages, les sables mouvants, les marais infranchissables couverts de mousse, les espaces sombres peuplés d'immenses sapins qui prennent racine, grandissent et pourrissent à l'endroit où jadis s'élevaient leurs aïeux des siècles précédents; en un mot, même à notre époque, les forêts de Mouromsk passent pour être « le repaire des sorciers, des loups, des brigands et des mauvais esprits ».

Mais, au regret des jeunes poètes et pour le bonheur de tous les voyageurs, ces bois ont depuis longtemps perdu leur physionomie étrange. On chercherait en vain, à l'heure actuelle, la vallée entourée jadis de marais bourbeux où, d'après les anciens récits, s'élevait sur sept chênes la demeure inabordable du brigand Rossignol. Personne, au village de Karatcharov, ne montrerait au voyageur curieux l'endroit où se trouvait la hutte dans laquelle naquit et demeura pendant trente ans le puissant paladin Ilia Mouromets. Quant aux sorcières, on n'en parle même plus à Kiev; les mauvais esprits ne se produisent plus que dans les opéras, et les brigands romantiques, grâce aux commissaires de district, ont complètement dégénéré en Russie. Le malheureux voyageur qui avait rêvé d'éprouver le frisson d'une attaque nocturne devra, de retour chez lui, décharger en soupirant ses pistolets. Tout au plus pourra-t-il se vanter de sa lutte héroïque contre un maître de poste récalcitrant.

En 1612, il n'y avait pas dans les bois de Mouromsk des sorcières et des mauvais esprits, ainsi que la légende en avait accrédité la croyance parmi le peuple; mais les

brigands qui les peuplaient n'étaient pas un mythe et rendaient les routes dange-
reuses. Les marchands de toutes les villes du bas Volga qui partaient pour Vladimir
faisaient leurs adieux à leurs parents et, après avoir passé sans encombre à Mouromsk, considéraient comme indispensable de faire dire une messe d'actions de
grâces aux thaumaturges de la contrée.

Le *Camp tiède*, demeure du boyard Chalonski, se trouvait en plein cœur de la
forêt, à environ vingt verstes de la grand'route. Pour arriver à l'habitation, il fallait
traverser un vaste marais dans lequel se perdait un petit ruisseau. Un sentier étroit,
à peine frayé, serpentait le long du marais : de chaque côté, s'étendaient des champs
de mousse verdoyante; mais malheur au voyageur qui se risquait à quitter le droit
chemin! Sous cet aspect vert et trompeur se cachait la mort, et un pas imprudent
dans le bourbier sans fond exposait l'infortuné à une mort inévitable; une fois
embourbé, il ne pouvait, sans l'aide d'autres personnes, reprendre pied sur le terrain
solide : à chaque nouvel effort, il enfonçait davantage et éprouvait les affres d'une
lente agonie.

De l'autre côté de la fondrière commençait un chemin de traverse conduisant à
une vaste clairière par les marais et la forêt vierge. Dans cette clairière s'élevaient
les murs de l'ancien monastère, sur les ruines duquel était construite l'habitation du
boyard Kroutchyna. L'accès en était défendu par un fossé rempli d'eau, et devant
l'entrée se trouvait même un étang assez large. Un étroit chemin de fascines, cons-
tituant une digue, permettait d'arriver jusqu'à la porte de l'enceinte. A chaque extrémité se trouvaient des tours rondes en assez bon état, malgré leur apparence de
vétusté. Au-dessus de la porte d'entrée principale s'élevait une tour de guet à demi
en ruine. A l'intérieur de l'enclos, près du mur, s'étendait une vaste construction en
bois dont une partie servait d'habitation au boyard Chalonski, et l'autre était occupée
par les domestiques et les écuries. Au milieu de la cour, on apercevait les restes
d'une église assez vaste mais basse : les étroites fenêtres, ressemblant à des meur-
trières, étaient complètement bouchées par les herbes, et d'épais taillis croissaient
sur les voûtes.

La nuit était très avancée. Le vent secouait les arbres, et pas une étoile ne brillait dans le ciel sombre couvert de nuages épais. Les habitants du *Camp tiède* dor-
maient. Cependant la sentinelle de la tour du guet appelait de temps à autre celle
de la porte opposée.

De ci de là scintillait aux fenêtres la faible lueur des petites lampes suspendues
devant les icônes, et seule la partie de la maison occupée par le boyard Kroutchyna
paraissait brillamment illuminée.

Chalonski était assis avec son cher ami Istoma-Tourénine dans une vaste salle, devant une table de chêne couverte des reliefs d'un plantureux repas. Près de la porte deux domestiques sommeillaient, appuyés contre le mur.

« Bois donc encore, dit Kroutchyna en remplissant l'énorme hanap que Tourénine avait devant lui. Tu es seulement de mon avis lorsque tu commences à avoir beaucoup de bruit dans la tête. Tu es trop peureux. La victoire appartient aux audacieux, André Nikititch, et seul le paresseux n'a pas raison du timide.

— La prudence n'est pas de la timidité, Timophéi Théodorovitch, répondit Tourénine. Tu es trop imprudent : ainsi, par exemple, pourquoi ces deux individus sont-ils près de la porte? Sûrement pour écouter nos discours.

— Écouter? Mais osent-ils seulement avoir des oreilles quand ils sont dans mon appartement?

— Osent-ils?... Mais que n'ose parfois la valetaille! Écoute, Timophéi Théodorovitch; si tu veux continuer la conversation commencée, renvoie tes valets.

— Eh bien, si tu le désires, soit! Holà, vous autres imbéciles!... Allez-vous-en! »

Les valets saluèrent et passèrent dans l'autre salle.

« Maintenant nous sommes tranquilles, dit Tourénine en fermant la porte. Alors, Timophéi Théodorovitch, continua-t-il en s'asseyant, tu es décidé à quitter le *Camp tiède?*

— Oui, il n'y a rien à faire ici. L'hetman Khotkievitch doit être déjà sous Moscou, et quand bien même les brigands de Nijni-Novgorod, avec leur chef Pojarski et son capitaine le boucher Minine, arriveraient à temps pour prêter assistance au prince Troubetskoï, ce dernier sera malgré tout dans de mauvais draps. Zaroutski avec ses cosaques n'aura qu'à ouvrir les bras. Je ne puis rester plus longtemps ici comme un ours dans sa tanière.

— C'est juste, Timophéi Théodorovitch. Nous ferions bien de rejoindre l'armée du pan Khotkievitch : s'il est vainqueur, nous serons avec lui; si par malheur il était battu...

— Que dis-tu?... Est-ce possible?

— Comment le savoir d'avance, mon cher? Le veau attrape parfois le loup au piège, et Pojarski n'est pas un chef ordinaire : il est rusé et profite des bonnes occasions. Si, par hasard, les citoyens de Nijni-Novgorod avaient la chance de battre les Polonais et de débloquer Moscou, que nous adviendrait-il? On t'appelle traître, et moi aussi je suis inscrit chez Pojarski parmi les manquants. Notre sort serait dur. Si nous sommes au contraire avec Khotkievitch, quand bien même les événements tourneraient mal, nous partirions pour la Pologne et nous serions dans les honneurs.

11

— Alors il ne faut plus hésiter.

— Je vois bien ce que nous devons faire, mais comment arriver jusqu'à l'armée polonaise?... Partir seuls, c'est risquer de tomber entre les mains des brigands ou des partisans qui tiennent la campagne et défendent l'accès de la capitale. D'autre part, si l'on prend avec soi une trentaine de valets... On ne pourra passer inaperçus, et Pojarski est depuis longtemps en route de Jaroslav sur Moscou.

— Il n'aurait pu sortir de Jaroslav, s'écria Kroutchina, si cet imbécile de Senka Ivanov ne l'avait raté. Que lui est-il arrivé?... De concert avec Zaroutski, je l'avais expédié avec deux cosaques à Jaroslav pour égorger Pojarski, et ce fils de chien n'a pas su s'y prendre. Quand on y pense... ce n'est pas la peine de donner du pain à ces serfs.

— Le coup est raté. Il n'y a plus rien à faire : il faut marcher à l'aventure. Mais comme il vaudrait mieux tomber au pouvoir du prince Pojarski qu'entre les mains des maudits partisans, mon avis serait de ne pas nous mettre seuls en route.

— Je suis de la même opinion. Si demain le temps est meilleur... Brr!... petit père. Quel vent! Quel bruit dans la forêt!

— Oui, la tempête est déchaînée! Entends-tu comme le vent siffle et hurle?... Ah! petit père, qu'est-ce?... On dirait des voix humaines!

— En effet, dit Kroutchyna en se levant. Moi aussi, j'ai entendu! » Et il regarda par la fenêtre la tour du guet.

« Non, répondit Tourénine en hochant la tête; ce n'est pas si près d'ici. Peut-être tout au plus derrière la digue, dans la clairière.

— Ne serait-ce pas Omliach qui reviendrait avec ses camarades? dit Kroutchyna.

— C'est possible, répondit Tourénine; cependant il conviendrait de réveiller une douzaine de domestiques.

— Pourquoi?

— Mais afin de ne pas être surpris à l'improviste.

— De grâce, mon cher! Qui donc, sauf les nôtres, pourrait traverser les marais par ce temps-là?

— Très juste; mais vraiment il faudrait...

— Eh! mais je vois que tu n'as pas encore vidé ta coupe. Eh bien, frère, bois à ta santé. Le vin te donnera de la bravoure. Pourquoi avoir peur? Dans notre contrée, il n'y a aucune armée, et s'il y en avait une, quel serait le diable qui l'amènerait? Notre hypothèse est la plus vraisemblable. Omliach connaît tous les sentiers de la forêt, mais lui-même ne se hasarderait pas cette nuit à travers les marais.

— Où l'as-tu envoyé?

— Chez Zamiatnia-Opalev. Il doit rentrer aujourd'hui ou demain à l'aube. Donc,

André Nikititch, c'est décidé : demain nous nous mettrons en route. Nous devrons passer près du monastère de la Trinité.

— Pourquoi?

— Mais il faudra d'abord s'arrêter au monastère de Khotkovo pour y prendre Anastassia. Voici le quatrième mois qu'elle réside chez sa tante, la supérieure du couvent. Elle ne doit pas rester éternellement fiancée : il est temps pour elle de devenir la femme du pan Gonsievski; de plus, si nous sommes obligés de partir en Pologne, comment la retrouver ensuite? Cependant, je ne veux pas croire comme toi, André Nikititch, que ce ramassis de citoyens de Nijni-Novgorod résistera aux soldats polonais bien exercés et à un capitaine aussi célèbre que l'hetman Khotkievitch.

— Ne t'avance pas, Timophéi Théodorovitch; bien des choses peuvent arriver : on ne prévoit rien, et puis on se mord les pouces. Mais, dis-moi, si demain nous partons d'ici, que feras-tu de Miloslavski? Pourras-tu l'emmener?

— Oui, je voudrais livrer de mes propres mains ce traître au pan Gonsievski.

— Non, Timophéi Théodorovitch; si jamais il nous arrivait malheur, ce serait une accusation vivante.

— C'est juste. On sera obligé de le laisser ici.

— Fort bien. Pourquoi te créer tant de soucis? Si ton Omliach m'avait écouté, on ne parlerait plus depuis longtemps de ce Miloslavski. Mais non... « J'ai reçu ordre « de mon maître, — disait-il, — de le saisir vivant. » Vivant! Eh bien, débrouille-toi maintenant avec lui.

— Ce gamin m'a grossièrement offensé à table en présence du pan Tichkevitch et de tous mes invités. Je ne puis me rappeler cet outrage sans colère... Je voulais faire périr l'imprudent à petit feu, le voir fondre comme une bougie et lui apprendre ainsi à connaître comment le boyard Chalonski paie ceux qui l'ont offensé.

— Donne-lui un coup de couteau et ce sera la fin. »

Le boyard Kroutchyna réfléchit durant quelques instants et poursuivit :

« Dois-je le frapper moi-même?...

— Qui te le conseille? N'as-tu pas des serviteurs résolus?

— Omliach et Oudaloï sont en route; je n'ai pas grande confiance dans les autres.

— Fais appeler mon majordome : sa main ne tremblera pas.

— Alors nous devons?... pour notre sécurité...

— Comment donc! Nous avons les bras liés : ce serait une fin et un allègement pour lui aussi bien que pour nous.

— Eh bien, soit! » s'écria Kroutchyna en se levant lentement de table; puis, ayant rempli de vin son hanap, il le vida d'un seul trait.

Il s'approchait de la porte pour appeler ses valets lorsqu'il se retourna soudain et murmura d'une voix sourde : « Non, je ne puis !... Cela m'est impossible...

— Tu me parais bizarre ! dit Tourénine en hochant la tête. Tu voulais bien le faire mourir dans les fers.

— Oui ; mon sang bouillonne à la pensée que ce gamin osa m'insulter.

— Eh bien, alors ?...

— Alors, écoute, André Nikititch. Au moment de colère, je suis prêt à tout : j'égorgerais moi-même celui qui oserait... ; mais il est maintenant entre mes mains.

— Tant mieux !

— Enchaîné, épuisé par la faim, à peine vivant... Il me tendra le cou comme un martyr sans dire un mot... Non, André Nikititch, je ne puis...

— Qui te dit le contraire, Timophéi Théodorovitch ? Sans doute, il fait pitié : c'est un jeune homme qui pourrait vivre jusqu'aux cheveux blancs... Mais que faire ? Notre propre chemise nous est plus près du corps.

« Écoute, mon cher, continua Tourénine : ce qui est fait est fait, on ne peut y revenir ; à quoi bon en parler ? N'est-ce pas en ma présence que Miloslavski conseillait aux citoyens de Nijni-Novgorod de ne pas se soumettre à Vladislas ? N'est-ce pas sur ses instances qu'ils ont marché sur Moscou ? N'est-ce pas lui qui les encouragea en leur parlant de la faiblesse des Polonais et de l'intention des Moscovites de se soulever contre Gonsievski ? N'a-t-il pas juré fidélité à Vladislas ? N'est-il pas parjure et ne mérite-t-il pas la mort ? Eh bien, qu'as-tu à te taire ? Réponds, Timophéi Théodorovitch.

— Boyard Tourénine, dit Kroutchyna en le regardant d'un air sombre, il ne nous appartient pas de critiquer Miloslavski... Mais tu as raison, nous ne pouvons pas revenir en arrière... Que ce sang retombe sur ta tête !

— *Amen !* dit Tourénine en s'approchant de la porte.

— Attends ? s'écria Chalonski. Entends-tu ? Cette fois, ce n'est pas le vent...

— Oui, répondit Tourénine en ouvrant la fenêtre. En effet, voici le bruit de pas de chevaux.

— Est-il possible que ce soit Omliach ? Il serait revenu bien vite. Chut !... La sentinelle parlemente avec quelqu'un... Il semble, en effet. C'est la voix de Prokofitch.

— Du policier qui habite chez toi ?

— Oui, je l'ai fait partir avec Omliach.

— Ce sont eux sûrement. La sentinelle est descendue de la tour, elle ouvre la porte... Que diable !... et combien d'hommes as-tu envoyés avec Omliach ?

— Quatre.

— Quatre! Mais non, est-ce bien cela?... Il paraît y en avoir davantage... Attends donc, petit père, quelle quantité!... »

A ce moment, un cri de détresse semblable à la plainte étouffée et faible d'un homme mourant retentit dans la cour.

Il couvrit de baisers les mains de Jouri.

« Qu'est-ce que cela veut dire? demanda doucement Tourénine.

— Imbéciles! dit Kroutchyna. Auraient-ils écrasé quelqu'un dans l'obscurité?

— Timophéi Théodorovitch, s'écria Tourénine, regarde donc... Il me semble que trop de personnes passent sous la porte cochère.

— Vraiment? Eh bien, merci à Zamiatnia : je l'ai prié de m'envoyer deux douzaines de valets. J'ai ici la moitié des miens malades, et si j'en prends une trentaine, il ne resterait plus personne pour garder la maison. Des brigands pourraient venir nous rendre visite.

— Mais est-il d'usage de laisser la porte cochère grande ouverte la nuit?

— Comment grande ouverte?

— La sentinelle ne songe même pas à la fermer. »

Tout à coup on entendit dans le vestibule de nombreux pas pressés.

« Timophéi Théodorovitch, s'écria Tourénine avec terreur, on, vient ici.

— Que dis-tu? » demanda Kroutchyna s'approchant de la porte.

Un cri se fit entendre dans la salle voisine, et Kircha, accompagné de cinq cosaques et d'Alexis, entra en courant dans la salle.

« Trahison! s'écria Chalonski.

— Silence! dit Kircha en braquant son pistolet sur lui. Écoutez, boyards, si l'un d'entre vous laisse échapper le moindre cri, vous êtes morts. Timophéi Théodorovitch, conduis-nous à l'endroit où Jouri Dimitrich Miloslavski est caché chez toi. »

Chalonski tendit le bras pour saisir un couteau sur la table, mais Tourénine le retint et cria :

« Ne nous perds pas! — Brave homme!... continua-t-il, s'adressant à Kircha.

— Chut! Pas un mot! interrompit le Zaporog. Où sont les clefs de la prison? »

Kroutchyna fit en silence signe vers le mur.

« Bien! dit Kircha, et il prit les clefs pendues au mur. Montrez-nous le chemin et gardez-vous de donner l'alarme... Enfants, prenez-les par les bras. Les poignards sur la gorge... Allons, marchez!... »

Dans la pièce voisine, cinq autres cosaques les rejoignirent; les deux domestiques gisaient à terre les bras et les pieds liés.

Kircha et ses hommes suivirent Chalonski vers les ruines de l'église. Quand ils passèrent à côté des dépendances, le bruit de leurs pas réveilla plusieurs domestiques; il se produisit un remue-ménage et les fenêtres commencèrent à s'ouvrir.

« Timophéi Théodorovitch, dit Kircha, si ces gens-là ne se cachent pas immédiatement... Gare!... Et il lui appliqua le canon de son pistolet sur la tempe. Entends-tu, boyard?... »

Chalonski ne répondit pas, mais Tourénine cria d'une voix tremblante de frayeur :

« Pourquoi regardez-vous, imbéciles? Voulez-vous espionner vos boyards?... Attendez, vauriens, je vous... »

Les fenêtres se refermèrent et le silence se rétablit. Arrivés aux ruines, les cosaques pénétrèrent à la suite de Chalonski dans l'intérieur de l'église dévastée. Dans le sanctuaire, en face des stalles en pierre, Chalonski montra une grande plaque de fonte avec un anneau. Cette plaque fut déplacée, et les assistants aperçurent un étroit escalier conduisant aux souterrains.

« Timophéi Théodorovitch, dit Kircha, ouvre la marche, et toi, boyard, continuait-il s'adressant à Tourénine, suis-moi. Si par hasard il y avait une issue et si le premier nous échappait, toi, du moins, tu ne nous glisserais pas entre les mains. »

Les cosaques descendirent vingt marches et se trouvèrent dans un vaste souterrain. Des plaques de fonte couvertes d'inscriptions et de larges dalles de pierre indiquaient que ce souterrain avait autrefois servi de sépulture aux moines.

Dans un renfoncement se trouvait une porte basse garnie de ferrures; Kroutchyna, sans dire un mot, s'arrêta devant elle. En un instant les cosaques l'enfoncèrent. Kircha et Alexis, tenant une torche à la main, pénétrèrent en rampant dans ce caveau rectangulaire. Là gisait l'infortuné Miloslavski, étendu sur de la paille et attaché à une grosse chaîne scellée au mur.

En entendant ce bruit inaccoutumé, le malheureux se cacha le visage dans les mains.

« On nous a trompés! s'écria Alexis : ce n'est pas lui. »

Le timbre de cette voix réveilla Jouri de sa torpeur. Il ouvrit les yeux, se souleva et, tendant les bras, dit d'une voix faible :

« Alexis, est-ce toi?

— Mon Dieu! c'est sa voix! s'écria le fidèle serviteur en se jetant aux pieds de son maître. Jouri Dimitrich! continua-t-il en sanglotant; petit père!... Mon cher!... Ah! les criminels!... Qu'ont-ils fait de toi?... Barbares, buveurs de sang! »

Des sanglots entrecoupaient ces paroles. Il couvrait de baisers les mains et les pieds de Jouri, qui semblait ne pouvoir se remettre de cette arrivée inattendue et ne comprenait pas ce qui se passait.

« Bien! assez, Alexis! dit le Zaporog : tu auras le temps de te réjouir et de pleurer ensuite; maintenant, nous avons autre chose à faire. Enfants, enlevez vivement les chaînes, ou bien, non, halte! Dans ce paquet doivent se trouver les clefs. »

Kircha ne s'était pas trompé : on trouva les clefs et, quelques instants après, ils sortirent du caveau en soutenant sous les bras Jouri qui marchait difficilement.

« Alexis, dit le Zaporog, sors vite ton maître à l'air frais, et nous allons suivre immédiatement. — Eh bien, boyards, continua-t-il, vous allez prendre la place de Jouri Dimitrich. A deux, vous ne vous ennuierez pas. Vous êtes des hommes intelligents et vous trouverez des sujets de conversation. — Allons, mes braves, aidez-les à entrer dans l'appartement du boyard Miloslavski. »

Tourénine voulut prononcer quelques mots, mais les cosaques, sans l'écouter, les poussèrent, lui et Chalonski, dans le caveau et fermèrent la porte. Après être remontés dans l'église, ils se préparaient à remettre la dalle; mais Kircha leur donna l'ordre de ne pas fermer l'ouverture et tous sortirent sur le parvis. L'air pur avait ranimé les forces épuisées de Miloslavski. Ils arrivèrent sans encombre jusqu'à la porte d'entrée près de laquelle deux cosaques montaient la garde. Sur la digue, à dix pas du mur, les autres cosaques et le policier attendaient avec les chevaux. Alexis posa Miloslavski en selle, et le détachement, à la suite du policier qui marchait entre deux cosaques, traversa la digue en silence, puis trotta dans la clairière conduisant au marais.

XVIII

Après avoir trotté quatre verstes, Kircha commanda aux cosaques de s'arrêter afin de donner un peu de repos à Miloslavski. Le jeune boyard se tenait difficilement en selle, maintenu d'un côté par Kircha et de l'autre par Alexis, qui marchait près de lui étrier contre étrier.

« Repose-toi, boyard, dit le Zaporog en prenant dans son bissac une bouteille de vin et un morceau de gâteau. Et puis mange et bois un peu. Il va falloir mieux se tenir en selle : les marais vont commencer et nous serons obligés de marcher l'un derrière l'autre. Personne ne pourra te soutenir. »

Jouri, sans répondre, saisit avidement le gâteau et mangea.

« Eh bien, Jouri Dimitritch, continua Kircha, on t'a bien nourri chez le boyard Kroutchyna. Regardez comme il se bourre ! Et cependant le gâteau n'est pas fameux.

— Criminels ! dit Alexis. Qu'ils crèvent de faim ! Mange, petit père, mange, mon cher... Brigands !

— Prends donc ; bois du vin, boyard ! ajouta Kircha. Il peut à peine tenir la bouteille. Comme ils l'ont arrangé !

— Mécréants ! cria Alexis. Qu'ils n'aient jamais une goutte de vin pour humecter leur gorge !... Les maudits ! »

Après avoir calmé sa faim, Jouri dit d'une voix assez ferme :

« Merci, bon Kircha : je suis toujours ton débiteur. Combien de fois m'as-tu déjà sauvé la vie ?

— Eh ! Jouri Dimitritch, à quoi bon en parler ? Nous avons réussi : c'est l'essentiel, et, s'il fallait compter, tu m'as bien sauvé aussi. Un bienfait en vaut un autre.

Et toi, 'pourquoi m'as-tu soigné pendant une heure dans le steppe, alors que tu courais toi-même le risque de geler pour venir en aide à un inconnu? Non, boyard, jamais je ne pourrai te payer ma dette.

— Mais comment as-tu appris ma réclusion? Comment as-tu pu?

— Quand nous aurons le temps, je te raconterai l'aventure; mais maintenant tu es reposé : il faut se mettre en route. Si les gens du *Camp tiède* nous poursuivaient, nous serions en mauvaise posture. On ne peut galoper pour traverser les marais.

— Ne crains rien, Kircha, dit Malych, on ne se mettra pas à notre poursuite, car, malgré tes ordres, nous avons remis la plaque de fonte sur l'entrée du souterrain. On ne les trouvera pas de si tôt...

— Oh! Malych, c'est mal. Et si on ne les trouve pas, et s'ils meurent de faim?

— Où serait le malheur? C'est leur sort. Aurais-tu, par hasard, pitié d'eux?

— Je n'ai pas pitié d'eux; mais, à dire vrai, le boyard Chalonski ne m'a jamais fait de mal : j'ai mangé son pain et son sel... Mais enfin que le diable l'emporte! Si on pouvait seulement revenir, mais il n'y a rien à faire. Allons, l'avant-garde, en marche. Que le rouquin s'avance le premier à travers le marais et, s'il a des velléités de fuir, logez-lui une balle dans le dos!... En route! »

Lorsque le détachement fut arrivé au marais, les cosaques se mirent en file indienne. Le policier marchait en tête, et derrière lui suivait un cosaque tenant en main le fusil prêt à faire feu et à le jeter bas de son cheval à la première tentative de fuite. Ils avaient parcouru sans incident la plus grande partie du chemin qui longeait le marais, lorsqu'à dix pas du terrain solide le cheval du policier, effrayé par un gros pieu couché en travers du sentier, se cabra, se renversa de côté et, serrant son cavalier de tout le poids de son corps, s'enfonça dans la fondrière. Tous deux furent aussitôt attirés lentement dans l'abîme sans fond.

« Mes amis, s'écria le policier, je péris. Au secours! »

Mais Kircha s'écria :

« A quoi bon l'écouter, enfants? Passez!

— Pères, aidez-moi! continua en suppliant le policier... J'étouffe!... Aidez-moi!...

— Allons, mon cher, dit Alexis ému par les cris plaintifs du policier, ordonne de le retirer. Tu lui as promis toi-même...

— Oui, répondit avec calme Kircha : je lui ai promis de le relâcher sans mal; mais quant à le retirer du marais, il n'en a pas été question.

— Écoute, Kircha, dit Malych. Que le diable le prenne! Eh bien, quoi? Commande de le sortir.

— Qu'as-tu, frère? Nous lui avons donné notre parole de le laisser filer du côté

qui lui conviendrait, et s'il lui a plu de se lancer dans le marais, est-ce notre affaire?
Qu'il s'y promène !

— Au nom de Dieu ! s'écria Miloslavski, sauvez ce malheureux.

— Boyard, répondit Kircha, nous n'avons pas le temps de nous occuper de lui.
Il faut détruire les mauvaises herbes.

— Entends-tu comme il crie? Est-il possible que tu sois sans pitié?

— Non, Jouri Dimitritch, répondit d'un ton décidé le Zaporog. On doit toujours
payer ses dettes. Hier, ce vaurien est allé le premier chercher une corde pour me
pendre. Au galop, mes enfants ! » cria-t-il lorsque tout le détachement eut pris pied
sur le terrain solide.

Longtemps encore, le vent leur apporta les plaintes désespérées du policier réper-
cutées par l'écho de la forêt, puis subitement tout se calma. Alexis ôta son bonnet,
fit le signe de la croix et dit à demi-voix :

« Dieu ait son âme !

— Qu'il lui donne le paradis! ajouta Kircha. Je ne lui veux pas de mal dans
l'autre monde. »

Quelques instants après, les chevaux des cosaques qui marchaient en tête se
jetèrent de côté et commencèrent à s'ébrouer: Les cavaliers aperçurent parmi les
buissons des yeux brillants comme des charbons ardents, et soudain une bande de
loups passa au galop entre les arbres dans la clairière.

« Voyez le flair de ces animaux, dit Kircha en regardant filer les loups. Voyez
comme ils courent déjà vers le marais! »

Personne ne répondit à cette réflexion, qui fit dresser les cheveux et glaça le cœur
du bon Alexis.

Au point du jour, ils débouchèrent enfin sur la grand'route. Trois verstes plus
loin, ils entrèrent dans le prochain village d'où il n'y avait pas plus de vingt verstes
pour atteindre Mouromsk. A l'instant où les voyageurs s'arrêtaient devant l'auberge
et mettaient pied à terre, un groupe assez nombreux de cavaliers apparut au loin
sur la route de Nijni-Novgorod. Alexis fit entrer Jouri dans l'isba et s'occupa du
dîner, en pressant le patron qui lui promit une bonne soupe au poisson. Les
cosaques entrèrent dans la cour, et Kircha, ayant donné l'ordre de ne pas débrider,
resta sur le seuil de la porte cochère, afin d'observer le groupe des nouveaux
arrivants.

Celui qui marchait en tête arrivait précisément à hauteur de l'auberge : il mit
pied à terre et, s'approchant de Kircha, dit :

« Bonne santé, honnête monsieur ! Je vois que tu n'es pas d'ici.

— Oui, mon cher, répondit le Zaporog.

— Alors il est inutile que je te questionne.

— Qui sait? Cela dépend de ce que tu veux demander.

— Voici ; les boyards ne savent pas où passer pour se rendre au *Camp tiède.*

— Au *Camp tiède,* chez le boyard Chalonski?

— Alors, tu sais?

— Vous avez dépassé la route.

— Elle est à trois verstes d'ici?

— Oui, vous l'avez laissée sur votre droite.

— On nous l'avait dit, mais nous avons craint de nous égarer. Si on s'engageait à l'aveuglette dans cette contrée, on pourrait payer cher son imprudence. »

Pendant cette conversation, le gros de la troupe était arrivé devant l'auberge. En tête marchait un cavalier tenant un tambourin sur lequel il frappait à tour de bras, pour avertir les gens du peuple d'avoir à dégager la route. Derrière lui s'avançaient, côte à côte, deux boyards revêtus de riches habits; deux pas plus loin se trouvait un gros personnage aux joues rouges, avec de très longues moustaches, enveloppé dans un manteau polonais et coiffé d'un énorme chapeau, puis une dizaine de valets bien armés fermaient la marche.

« Stéphane Kondratievitch, dit le cavalier de tête en s'approchant du boyard qui avait le plus de prestance, ce brave homme dit que nous avons laissé derrière nous la route du *Camp tiède.*

— Eh bien, s'écria le boyard interpellé, je vous avais bien dit de prendre l'autre chemin. Et toi, Thomas Serguievitch, tu as voulu le contraire. Ce n'est pas pour rien que le très sage Salomon dit : « Le manque de sagesse fait perdre à l'homme son chemin. »

— Le malheur est réparable, répondit l'autre boyard. Il vaut mieux avoir parcouru inutilement deux ou trois verstes que de nous être égarés : « N'entre pas dans l'eau sans connaître le gué! » disait toujours le tsar Théodore Ivanovitch d'heureuse mémoire.

— Je le sais, je le sais. Tu me l'as déjà dit une dizaine de fois! interrompit l'autre boyard. Entrons donc dans l'isba et mangeons un peu. Vous autres, faites attention; ne descendez pas de cheval : nous allons nous remettre en route. »

Après ces paroles, les deux boyards Lessouta-Khrapounov et Zamiatnia-Opalev mirent pied à terre et entrèrent dans l'isba. Le gros personnage aux joues rouges descendit aussi de cheval, et lorsqu'il se fut approché de la porte, Kircha, lui barrant la route, lui dit en souriant :

« Ba-ba-ba! Bonjour, très illustre pan Kopytsinski! Comment cela va-t-il? »

Le Polonais regarda fièrement Kircha et voulut passer.

« Pourquoi es-tu devenu si fier? continua le Zaporog le prenant par le bras. Dis-moi au moins un petit mot.

— Qu'est-ce que c'est? s'écria Kopytsinski s'efforçant de se dégager. Lâche-moi, Moscovite!

« Mes amis, s'écria le policier, je péris. Au secours! »

— Tu le connais donc? demanda l'un des serviteurs des boyards à Kircha.

— Nous sommes de vieilles connaissances. Pan, voudrais-tu manger une oie rôtie?

— Écoute, Moscovite, siffla Kopytsinski, si tu ne me lâches pas... je...

— Pourquoi faire du tapage, très illustre pan? A quoi bon? Il n'y a pas ici de plates-bandes où l'on puisse se cacher. »

Le Polonais se dégagea et, ayant fait deux pas en arrière, saisit d'un air furieux la poignée de son sabre.

« Ne crains rien, mon brave! dit le serviteur. Il menace seulement : son sabre est en bois.

— Écoute donc, pan! s'écria Kircha au Polonais qui s'empressait d'entrer dans l'isba. A quel Moscovite as-tu pris ce sabre?... Le voilà disparu!... Comment est-il tombé chez vous? continua le Zaporog s'adressant au domestique.

— Vois-tu, répondit le valet, il est arrivé de Moscou il y a quatre mois; mais je ne sais pourquoi, il ne s'est pas bien entendu avec le pan Tichkevitch, qui était alors chez nous avec son régiment. Le colonel lui a déclaré que s'il revenait à Moscou, on le pendrait immédiatement. Aussi s'est-il installé chez notre maître le boyard Opalev. Il lui sert de bouffon; mais il est si emporté!... »

Le Zaporog entra dans l'isba. Les deux boyards étaient à table et se partageaient un grand gâteau sans faire aucune attention à Miloslavski, qui, à l'autre extrémité, mangeait en silence la soupe au poisson préparée par le patron de l'auberge.

« Est-ce toi, mon brave, demanda Lessoutà au Zaporog, qui as dis à nos domestiques que nous avons dépassé le chemin du *Camp tiède?*

« Oui, boyard! Hier encore, j'étais moi-même là-bas.

— Tu as vu Timophéi Théodorovitch?

— Comment donc! Lui et le boyard Tourénine.

— Alors Tourénine y est aussi? Sont-ils en bonne santé?

— Oui, seulement ils sont en train de jeûner.

— Comment cela?

— Ils vivent maintenant en ermites.

— En ermites?

— Si tu ne les trouves pas dans leurs appartements, cherche-les dans la crypte souterraine de l'église.

— Qu'y font-ils?

— Ils gagnent leur salut sans doute.

— Quel miracle! dit Opalev. Ils ne boivent pas de vin?

— Du vin! Mais si vous n'alliez pas les voir, ils resteraient trois ou quatre jours sans avoir un morceau de pain à se mettre sous la dent, tellement ils sont devenus jeûneurs.

— Qu'est-ce qui leur prend? s'écria Lessoutà. Mais ils vont se faire mourir.

— Justement, ajouta Opalev, « l'étude c'est la lumière, et l'ignorance les ténèbres! » Que dit l'Ecclésiaste? « Ne sois pas trop juste, ne deviens pas trop sage, car un jour tu t'épuiseras. »

— Ils ne doivent pas avoir lu ce livre. »

A ce moment, Kopytsinski, assis près de la porte de l'isba, tenant les yeux fixés sur Jouri, s'approcha soudain de Zamiatnia-Opalev et lui dit à l'oreille :

« Boyards, partons au plus vite d'ici. Il y a danger.

— Pourquoi mentir, imbécile? dit Zamiatnia.

— Je ne mens pas, continua le Polonais. Regarde donc cet homme pâle et maigri.

— Eh bien, qu'a-t-il d'extraordinaire?

— Tu ne le reconnais pas?... C'est un vrai brigand.

— Un brigand!... Attends donc! Sa physionomie m'est connue. Oui, en effet... Permets-moi de t'interroger. Il me semble que tu es Jouri Dimitrich Miloslavski? »

Jouri répondit par un signe de tête affirmatif.

« En effet, s'écria Lessouta-Khrapounov, je te reconnais maintenant. Eh bien, tu as maigri. Que t'est-il arrivé?

— Il est resté entre la vie et la mort durant quatre mois, répondit Kircha.

— C'est pour cela qu'on ne te voyait plus, continua Lessouta-Khrapounov. Te rappelles-tu, Jouri Dimitritch, comment nous avons fait connaissance chez le boyard Chalonski?

— Je me souviens, répondit Jouri.

— Il nous donna, n'est-ce pas, un vrai festin? Vous vous êtes d'abord un peu chamaillés, mais vous fîtes ensuite la paix. Chalonski est un peu raide et n'aime pas à être contredit. Mais aussi quelle table et comme il sait vous choyer!

— Sa colère est semblable au rugissement du lion, interrompit Opalev, et sa douceur est comme la rosée sur le blé.

— Hé! Jouri Dimitritch, continua Lessouta, beaucoup d'eau est passée sous les ponts depuis ce jour-là. Il n'y a plus de vie possible pour notre frère le boyard de haute lignée. Les révoltés de Nijni-Novgorod ont tout bouleversé sens dessus dessous. Ainsi, par exemple, moi, — premier officier de la garde-robe, le croirais-tu, Jouri Dimitritch? je ne jouis pas auprès d'eux d'un atome de considération.

— Sûrement, Jouri Dimitritch, tu vas rejoindre le pan Khotkievitch! dit Opalev.

— Je ne sais pas encore moi-même, répondit brièvement Miloslavski.

— Il ne reste rien d'autre à faire, observa Lessouta. Il est impossible d'aller maintenant à Moscou. Le pays est infesté par les troupes de Troubetzkoï, de Pojarski et les bandes maudites des partisans. Gonsievski est allé rejoindre l'hetman Khotkievitch; le pan Stroussia est resté à Moscou en sa qualité de plus ancien. Ah! Jouri Dimitritch, nous traversons de bien mauvais temps. C'est au point qu'on pourrait reprocher à ses parents de vous avoir mis au monde.

— Que fais-tu, Stépane Kondratitch? s'écria Opalev. Ne prononce pas de telles paroles : « Celui qui dit du mal de son père et de sa mère éteint la lumière, ses yeux verront les ténèbres. »

— Nous marchons depuis assez longtemps, sans cela, dans les ténèbres, répliqua

Lessouta. Quand un premier officier de la garde-robe du tsar comme moi ou noble du Conseil comme toi ne savent où reposer leur tête, il faut croire que la fin du monde est arrivée.

— A quoi bon en parler, Stépane Kondratitch? C'est l'abomination de la désolation. Bientôt viendra le moment où le soleil s'éteindra, où partout régneront des ténèbres impénétrables. Le clairvoyant Sirakh dit...

— Il est temps de nous remettre en route, interrompit Lessouta se levant de table. Adieu, Jouri Dimitritch! Nous saluerons de ta part Timophéi Théodorovitch.

— N'oubliez pas, boyards, dit Kircha, si vous ne le trouvez pas dans ses appartements, de le chercher dans la crypte sous l'église.

— Où est donc mon bouffon? s'écria Opalev. Allons, pan, où es-tu caché?

— Je suis ici, très illustre boyard, répondit Kopytsinski montrant sa tête à la porte du vestibule. Faut-il monter à cheval?

— Monte, mais plus doucement. Pourquoi te presser de la sorte? Regarde, je t'en prie, il a manqué renverser Stépane Kondratitch. »

Deux heures après, Kircha et son détachement se mettaient aussi en route. Ils se reposèrent vingt-quatre heures à Mouromsk, puis arrivèrent le troisième jour à Vladimir. Lorsque Jouri déclara qu'il voulait se rendre directement au couvent de Saint-Serge, Kircha, malgré qu'il dût pour cela faire un assez grand détour, se chargea de l'accompagner jusqu'au bourg même du couvent.

XIX

Le monastère de la Trinité de Saint-Serge, le couvent sacré pour tous les Russes, était à l'époque de l'interrègne, par sa richesse et sa magnificence, le premier couvent de Russie, car la ville capitale de Kiev, avec son célèbre monastère de Petchersk, appartenait aux Polonais.

Le couvent de la Trinité, fondé vers le milieu du xıv⁰ siècle par le saint thaumaturge Serge de Radonez, près du ruisseau appelé Krouchoura, est situé à soixante-quatorze verstes de Moscou. En 1612, l'église de Saint-Serge, avec ses deux tours de style gothique et son clocher le plus élevé de toute la Russie, n'existait pas encore. Mais les hautes murailles du monastère, flanquées de huit énormes tours, les cathédrales de la Trinité et de l'Assomption, avec leurs toits dorés et leurs coupoles, quatre autres églises et les bâtiments du monastère, frappaient le regard du passant.

A l'époque de ce récit, le monastère de la Trinité ressemblait plutôt à un château fort qu'à un paisible refuge de moines. Les canons disposés sur les murailles et dans les tours, le nombre des guerriers, les domestiques du couvent en armes et surtout les murs dégradés par les boulets et les ruines des maisons en dehors de l'enceinte rappelaient que ce monastère venait de supporter un siège mémorable dans les annales de Russie.

Trente mille Polonais, sous le commandement des pans Sapieg et Lissovski, célèbres par leurs talents militaires et leur bravoure sauvage, ne purent prendre

12

d'assaut le monastère défendu par une poignée d'hommes dont la plupart tenaient les armes pour la première fois.

Pendant six semaines, plus de soixante pièces de canon tonnèrent jour et nuit et ne purent ouvrir une brèche suffisante.

De simples paysans se montrèrent aussi fermes que les guerriers blanchis sous le harnais, se battirent avec acharnement et moururent en héros. On vit des soldats, des moines, des domestiques du couvent que les blessures et la maladie rendaient incapables de combattre, se traîner pour mourir sur les remparts et s'exposer aux balles et aux boulets ennemis qui tombaient comme de la grêle.

Les chefs des assiégés, le prince Dolgorouki et Golokhvastov, jurèrent sur la tombe de saint Serge de rester dans l'enceinte sans aucune défaillance et tinrent leur promesse.

Après un séjour de seize mois sous les murs [du monastère, les chefs polonais s'éloignèrent de ce lieu funeste qu'ils appelaient avec raison dans leur conversation : le Tombeau de pierre. En effet, le couvent de Saint-Serge fut un vaste cercueil pour la plus grande partie de leur armée et le tombeau de leur gloire militaire.

Un matin, avant la première messe, cinq domestiques du couvent groupés en cercle devisaient devant l'entrée du monastère. L'un d'eux venait d'arriver de voyage et faisait un récit à ses camarades; tous l'écoutaient avec attention, sauf un jeune homme de haute taille. Ce dernier ne prenait aucune part à la conversation et observait attentivement la route de Rostov qui contournait la montagne Terentiev et se perdait au loin parmi les champs et les bois épais.

« Est-ce bien vrai, frère Soueta? dit l'un des domestiques en hochant la tête. Tu as pu l'approcher?

— Certainement, petit frère, répondit le narrateur qui, par sa taille colossale, rappelait les imposants paladins de l'antique Russie. Pourquoi mentirais-je? Je lui ai remis en mains la lettre de notre archimandrite; je lui ai parlé face à face et il a daigné me répondre.

— Moi, je n'ai jamais pu voir le prince Pojarski, reprit le premier domestique : j'étais absent quand il passa chez nous au couvent. A-t-il l'air d'un brave?

— Il n'est pas de haute taille; il a même les épaules étroites, répondit Soueta en jetant un regard satisfait sur ses propres épaules de colosse. Mais quelle physionomie et quel regard!... Me croiriez-vous, mes chers? Quand je m'approchai de lui, je vis un homme pas plus grand que toi, ajouta Soueta en désignant un jeune homme de taille moyenne; mais quand il fut tout près et qu'il me regarda, il sembla qu'il me dépassait de la tête. Camarades, je ne suis pas timide et j'ai de la force, mais si j'étais obligé sur le champ de bataille de lutter contre le prince Pojarski, j'avoue que j'aurais peur.

— Que dis-tu, Soueta? Toi qui as tenu tête à un régiment polonais et fais mordre la poussière avec ta hallebarde à une vingtaine de mécréants, peux-tu avoir peur d'un homme?

— Tu n'as pas compris, tête bourrue! Celui-là ne ressemble pas aux autres hommes. Si tu l'avais vu se mettre en selle, et arriver comme un faucon devant son armée, lors de son entrée à Moscou, tu aurais eu peur. A côté de lui, s'avançait Minine. Eh bien, frère, celui-là aussi est un brave. Mais il n'a pas l'aspect aussi sévère que le prince Pojarski.

— Que deviennent les Polonais?

— Il y en a au Kremlin; d'autres, avec l'hetman Khotkievitch, sont près de Moscou.

— Une grande bataille est donc prochaine?

— Oui. Il est dommage que nos forces aient diminué : le traître Zaroutski est parti pour Kolomna, et puis on ne peut compter outre mesure sur l'arrivée du prince Troubetzkoï. Les soldats de cette armée se sont fâchés de ce que ceux de Nijni ne sont pas allés dans leur camp. A mon avis, ces derniers ont eu raison : pourquoi fréquenter des brigands? La force du Bas-Volga venue avec le prince Pojarski est une véritable armée : on peut l'admirer tout son content. Mais quand on regarde les régiments du prince Troubetzkoï, on a envie de s'enfuir à toutes jambes; ils n'ont qu'une idée, le vol et le pillage. Ils comptent, il est vrai, quelques héros, mais il y a trop de racaille.

— N'as-tu pas rencontré des partisans sur la route de Moscou? On prétend qu'ils rôdent partout.

— Ils m'ont arrêté à trente verstes d'ici. Mais quand je leur eus dit que je venais du monastère de la Trinité pour me rendre auprès du prince Pojarski, ils me relâchèrent immédiatement et m'offrirent même un verre de vin. Mais qu'y a-t-il donc là-bas? Voyez comme Martiach est attentif, il ne quitte pas de vue la route de Rostov.

— Qui sait? dit un des domestiques. Nous autres, nous t'écoutons, mais lui est sourd et peut-être baye-t-il d'ennui aux corneilles.

— Non, frère Danilo, reprit Soueta. Ne parle pas ainsi : Martiach est sourd-muet, mais personne ne faisait mieux son service quand nous nous battions contre les Polonais. Lorsqu'il était de faction, on pouvait sans s'inquiéter dormir à son aise : une mouche ne serait point passée... »

Soudain Martiach fit un bond, saisit Soueta par le bras et lui montra du doigt la route de Rostov.

« Eh bien, s'écria Soueta, vous voyez, mes braves!

— Oui, dit Danilo. Des cosaques s'avancent sur la grand'route. Il faut aller prévenir les chefs.

— Attends! Ils viennent de sortir du bois... Il y en a tout au plus une trentaine, ce n'est pas la peine de donner l'alarme.

— Et si c'était une avant-garde? observa un des domestiques.

— Mais non, dit Soueta. Plus loin là-bas on ne distingue personne. Voyez! Martiach s'est assis à son ancienne place et ne les observe plus. Il n'y a sûrement rien à craindre. Ce sont des passants ou des pèlerins.

— Il doit en être ainsi, dit Danilo. Regardez, devant les cosaques marche un boyard... Ils ont ôté leurs bonnets et prient dans la direction des églises. Ce doit être un boyard du Bas-Volga qui vient en pèlerinage chez nous. »

C'était, en effet, Jouri Dimitritch qui arrivait au monastère escorté par les cosaques de Kircha.

Quand la petite troupe fut arrivée à l'entrée du monastère, Kircha, pressé de retourner à Moscou, fit cadeau à Jouri d'un cheval pris aux Polonais et d'un riche sabre lithuanien, puis il s'éloigna et continua sa route vers la capitale.

Miloslavski s'approcha des domestiques du couvent et leur demanda s'il pouvait voir l'archimandrite.

« J'en doute, boyard, répondit Soueta : je reviens à l'instant de ses appartements, il est un peu indisposé et garde le lit; mais si tu as une affaire pressante, tu peux parler au prieur.

— Abraham Palitsyne?

— Oui, boyard, il est arrivé hier de Moscou et doit y retourner aujourd'hui.

— Pouvez-vous me conduire à sa cellule?

— Soit, je te conduirai, dit Soueta; et toi, frère, continua-t-il en s'adressant à Alexis, mène les chevaux à l'hôtellerie.

— Où pourrai-je trouver de quoi casser la croûte, mon cher? demanda Alexis.

— Là-bas, on te fera manger. Aucun pèlerin n'est jamais sorti affamé du monastère de Saint-Serge. »

Jouri, en suivant Soueta, put constater les dégâts causés par le siège à l'intérieur du monastère. La plupart des constructions avaient souffert : de nombreux ouvriers étaient occupés à les réparer.

« Le père Abraham habitait autrefois cette maison, dit Soueta montrant une construction de deux étages, adossée à l'enceinte. Mais tu vois comme ces méchants l'ont arrangée : le jour y passe à travers. Le père habite maintenant dans l'autre rangée de maisons, derrière les haies : il n'est pas mieux loti que les autres moines, mais il ne se montre pas exigeant pourvu qu'il ait une cellule isolée où il ne soit pas troublé pour écrire : c'est tout ce qu'il lui faut.

— Qu'écrit-il ?

« Assieds-toi et explique-moi ce que tu veux. »

— Je l'ignore. Le frère convers Timogène me disait un jour qu'il écrit une relation du siège de notre monastère. Viens par ici, boyard, vers ce petit perron. »

Après avoir suivi un long corridor jusqu'à l'extrémité du bâtiment, ils s'arrêtèrent; Soueta frappa à une petite porte et fit entrer le visiteur.

Jouri pénétra dans une petite cellule éclairée par une seule fenêtre.

Un moine assis devant une table feuilletait avec grande attention un gros cahier ouvert sous ses yeux. L'arrivée de Jouri interrompit cette occupation; le moine prit la plume, corrigea quelques mots et lut à haute voix :

« Ce jour-là, les hetmans Sapieg et Lissovski, avec leurs régiments composés de Polonais, de Lithuaniens et de traîtres russes, s'enfuirent vers Dimitriev. »

Puis il écrivit encore quelques mots, se leva de son siège et, après avoir salué Jouri, lui demada avec douceur ce qu'il désirait.

« Père Abraham, répondit Jouri avec humilité, j'ai une prière importante à t'adresser.

— Assieds-toi, mon brave, et explique-moi ce que tu veux. Parle franchement, mon enfant.

— Je suis seul au monde et voudrais me faire moine.

— Mais qui es-tu, jeune homme? interrogea le père Abraham.

— Jouri Miloslavski.

— Le fils du feu boyard Miloslavski?

— Oui, son fils. »

Le moine fixa son regard scrutateur sur Jouri et, visiblement étonné, s'écria après un court silence :

« Et toi, le fils de Dimitri Miloslavski, tu veux au même titre que les débiles vieillards, les guerriers invalides, incapables de combattre, te consacrer à la prière, alors que tout ton sang appartient à la patrie? Toi, jeune homme, à la fleur de l'âge, tu veux contempler tranquillement, — les bras croisés, — comment des milliers de tes frères arrosent de leur sang les champs de la patrie sous Moscou?

— Alors, père Abraham, tu repousses ma prière?

— Non, Jouri Dimitritch, pas moi!... Jette un coup d'œil autour de toi; interroge ces murailles démolies, ces maisons incendiées, ces tombes des religieux tués dans la lutte sanglante contre l'ennemi, et si leur réponse silencieuse ne te dicte pas ton devoir, tu n'es pas le fils de Dimitri... Non, Jouri Dimitritch, ta place n'est pas ici : elle est dans les rangs des héroïques bataillons de Nijni-Novgorod, sous les murs du Kremlin salis par la présence de l'ennemi... Non, mon fils, va mourir en défenseur fidèle de la patrie et en digne fils du pieux Dimitri. »

Jouri, les yeux baissés, se tenant comme un criminel devant son juge, ne répondait mot.

« Tu te tais? continua Abraham; tu hésites? Tu t'es moqué de mes cheveux blancs, tu m'as trompé! Jeune homme, tu n'es pas le fils de Miloslavski!

— Ah! père Abraham, dit Jouri, je ne puis tirer le glaive pour défendre ma patrie.

— Tu ne peux!...

— J'ai prêté serment de fidélité au prince Vladislas.

— Malheureux!... »

Il y eut un moment de silence. Puis le père Abraham poursuivit :

« La patrie avant tout. Tu es délié de ton serment. Va dans le camp du prince Pojarski et combats les Polonais.

— Alors, s'écria Jouri en versant des larmes, je puis de nouveau combattre pour ma patrie. Je suis tranquille : tu m'as rendu la vie. »

Le lendemain, au lever du soleil, Jouri, en compagnie d'Alexis, quitta le monastère et se dirigea sur Moscou.

XX

Lorsque les voyageurs eurent dépassé de trente verstes le monastère de Kotkovo, Jouri demanda à Alexis s'il savait où on allait.

« Sans doute, répondit Alexis avec un dépit visible, chez le pan Gonsievski.

— Tu n'as pas deviné? Nous allons au camp du prince Pojarski.

— Pourquoi?

— Pourquoi? Pour nous battre contre les Polonais.

— Contre les Polonais?... Tu plaisantes, boyard!

— Je ne plaisante pas. Je ne suis plus le serviteur de Vladislas.

— Ah! s'écria le domestique, tu as fini par y voir clair, boyard. Tu ne sais pas, Jouri Dimitritch? Maintenant, je vais te dire la vérité. Je ne t'aurais pas quitté même si tu étais allé servir non seulement les Polonais, mais encore les Tartares; cependant, si tu savais quels étaient mes remords!...

— Eh bien, Alexis, te voilà désormais content. Mais je suis bien fatigué; nous pourrions nous arrêter dans ce village?

— C'est le moment, Jouri Dimitritch : nous avons parcouru trente verstes. Voici l'auberge... Mais on dirait que des hôtes importuns ont passé par ici. Toutes les isbas viennent d'être rebâties. Oh! ces maudits Polonais! Ils ont fait une belle noce dans notre chère Russie! »

Les voyageurs entrèrent à l'auberge. Jouri se coucha pour se reposer, tandis qu'Alexis, après avoir arrangé les chevaux, s'assit près de la maîtresse de la maison. Le domestique lui demanda si l'on était renseigné sur les Polonais.

« Eh ! mon cher, nous autres, nous ne connaissons que nos affaires de paysans, répondit la patronne. Nous ne savons rien.

— Les Polonais sont-ils passés dans ce village ?

— Certainement.

— Eh bien, ma chère, vous devez vous rappeler d'eux.

— Sans doute, père nourricier.

— Ce sont de braves gens, n'est-ce pas ? »

La patronne jeta sur Alexis un regard plein de défiance :

« Ils sont bienveillants, dit-elle.

— Tu plaisantes !

— Eh ! mon cher, a-t-on les plaisanteries en tête ?

— Qui préfères-tu : les tiens ou les Polonais ?... Pourquoi gardes-tu le silence, petit cygne ? Aurais-tu perdu la langue ? Parle donc et dis qui tu préfères.

— Celui que tu ordonneras.

— Il n'est pas question d'ordre : je parle de toi. Qui aimes-tu davantage, nous ou les Polonais ?

— Vous, petit père, vous ! Et vous autres, pour qui êtes-vous, honnêtes messieurs ?

— Pourquoi le demander ? Pour la sainte Russie.

— Est-ce bien vrai, mon cher ?

— Parfaitement ! Nous allons sous Moscou combattre les Polonais.

— Les brigands nous ont complètement ruinés. L'hiver dernier, ils nous ont même dépouillés de nos vêtements. Qu'ils restent toujours sans feu ni lieu ! Qu'ils crèvent tous comme des chiens dans une isba enfumée !... Les misérables ! Les criminels ! Les païens maudits !

— Bah ! Qu'as-tu, ma belle ? Qui daignes-tu honorer de la sorte ?

— Qui ? Comment qui ? Mais tu sais bien. Le même que toi...

— Pourquoi cette hésitation ? que crains-tu ? Ne vois-tu pas que nous sommes orthodoxes ?

— Oh ! oh ! petit père, tous les orthodoxes ne se ressemblent pas. Ainsi, il y a environ une heure, deux boyards de passage avec une quarantaine de domestiques se sont arrêtés chez nous. Ils ont commencé par me demander ce que je pensais, et moi, par bêtise, je leur ai dit ce que j'avais sur le cœur. Comme je leur déclarais que je priais jour et nuit afin que cette racaille étrangère rentre chez elle, un des boyards se mit à crier de sa voix la plus forte et à me donner le fouet de sa propre main. Et il me battait, me battait !... Sans sa fille, il m'aurait peut-être tuée. Que Dieu donne à cette demoiselle une bonne santé et un fiancé qui convienne à son cœur ! Elle a pris ma défense, et quand les boyards quittèrent la maison, elle m'a glissé en cachette un copek en argent... C'est une bonne âme. Elle n'est pas très belle ni bien forte... Ah! imbécile que je suis! s'écria la patronne en sautant vivement de son banc, je me suis oubliée à causer avec toi. Mes pains doivent être brûlés! »

Les voyageurs se remirent en route, et lorsqu'ils eurent marché environ vingt-cinq verstes, le soleil touchait à la fin de sa course. Ils suivaient à ce moment un chemin frayé au milieu des taillis et longeant le bord d'un ravin. Soudain, ils entendirent un bruit éloigné suivi d'un coup de feu. Jouri arrêta son cheval.

« Entends-tu, boyard? dit Alexis. Voici une... deux... trois... quatre... détonations!... Ah! petits pères! on ne peut plus les compter. Oh! oh! quelle cuisine là-bas!

— Qu'est-ce que cela peut bien être? dit Jouri en écoutant la fusillade qui, d'instant en instant, devenait plus intense. Nous ne sommes pas encore, — il me semble, — près de Moscou?

— Ce sont des brigands de partisans qui font des leurs. Nous devrions retourner en arrière.

— Si ce sont des partisans, nous n'avons rien à craindre. Approchons-nous, Alexis. »

A peine avaient-ils fait quelques pas, qu'une voix rude venant de derrière les buissons hurla :

« Qui va là? Halte! »

Aussitôt vingt hommes, armés de courroies au bout desquelles étaient attachées des boules de fer, de pieux et de fusils, sortirent du ravin et barrèrent la chemin aux voyageurs.

A première vue, on pouvait prendre le détachement pour une bande de brigands. La plupart de ces hommes portaient des caftans de paysans, mais çà et là on apercevait les bonnets pointus des strélitz et trois cosaques. Celui qui s'avança vers les voyageurs paraissait être le chef de la bande. Il se distinguait des autres par sa riche pelisse de boyard. Il s'approcha de Jouri et demanda d'un ton peu bienveillant :

« Qui êtes-vous?

— Des passants! répondit Miloslavski.

— Où allez-vous?

— A Moscou!

— Avec les boyards qui vous précèdent?

— Non! nous allons de notre côté.

— Est-ce bien vrai?

— Dieu en est témoin, messieurs les partisans! s'écria Alexis.

— Tu mens!... Nous sommes une armée orthodoxe du zemtsvo et non des partisans. Attends donc, frère : les Polonais nous appellent ainsi. Tu dois les fréquenter.

— Oui, oui! Ce sont des traîtres! hurlèrent les hommes. Descendez-les de cheval!

— Calmez-vous, frères, dit Alexis, nous venons du couvent de la Trinité et nous allons rejoindre le prince Pojarski pour combattre les Polonais.

— Ne les crois pas, Bytchoura! dit un des strélitz : ce sont des traîtres.

— Attendez, frères! interrompit Bytchoura. Pour ne pas se tromper, comment t'appelles-tu, mon brave? continua-t-il en s'adressant à Jouri.

— Jouri Miloslavski.

— Le fils du voïvode de Nijni-Novgorod?

— Oui, son fils.

— S'il en est ainsi, poursuivit Bytchoura en ôtant respectueusement son bonnet, nous te demandons pardon, boyard, de t'avoir arrêté, et, si tu es en effet Jouri Dimitritch Miloslavski et si tu viens du monastère de la Trinité, tu n'as rien à craindre.

— Je ne crains rien, mes braves, seulement ne me retenez pas : je suis pressé d'arriver sous Moscou.

— Ne te fâche pas. Tu entends la fusillade sur la grand'route. Aussi daigne attendre.

— Mais que signifie cette fusillade?

— Ce sont nos braves qui arrangent des traîtres russes.

— Comment savez-vous que ce sont des traîtres russes?

— La belle affaire! Ils avaient engagé un guide qui se chargeait de les conduire jusqu'à l'armée du pan Khotkievitch, mais ils se sont trompés : le guide était des nôtres. Il les a menés par des chemins de traverse là où il fallait. Maintenant ils ne s'échapperont pas.

— Nous pourrions faire un détour?

— Peut-être, dit Bytchoura se grattant la tête. Mais ne te fâche pas, honnête monsieur : tu dois passer d'abord au village de Koudinovo.

— Pourquoi?

— Notre doyen, le père Jérémie, le pasteur du village de Koudinovo, nous a beaucoup parlé de ton père; aussi saura-t-il mieux que nous si tu es vraiment Jouri Dimitritch Miloslavski.

— Comment? s'écria Jouri avec dépit, vous ne me croyez pas?...

— Nous ne sommes pas incrédules, mais le harnachement de ton cheval est polonais...

— Eh bien, après?...

— Sans doute, ce n'est rien et ce n'est pas non plus une grosse affaire que tu aies un sabre lithuanien; mais il vaut mieux quand même que tu voies le père Jérémie. Certains hommes, quand ils tombent entre nos mains, peuvent, — poussés par la frayeur, — je ne dis pas cela pour t'offenser, nommer Miloslav-ki et même Pojarski. »

A ce moment, un homme accourut tout essoufflé et cria :

« Que faites-vous là, mes frères? Venez en aide !

— Vous n'êtes pas assez nombreux là-bas? dit Bytchoura.

— Le combat est sévère : on lutte maintenant à l'arme blanche. Nous avons renversé du premier coup le plus petit des deux boyards, mais l'autre abat les nôtres, et sa valetaille, suivant son exemple, fait de telle besogne que nous sommes en danger. Courez vivement, frères. »

Bytchoura donna l'ordre à quatre de ses hommes de se mettre en selle et d'accompagner nos voyageurs au village de Koudinovo; puis, avec les autres, il marcha au combat.

Jouri et Alexis devaient suivre leurs guides. Après avoir galopé cinq verstes, sur un chemin de traverse, ils entrèrent dans un village entouré de tous côtés par des marais et une épaisse forêt de bouleaux. Les habitants étaient rassemblés sur la place, devant l'église. Les conducteurs mirent pied à terre; Jouri et Alexis imitèrent leur exemple et se dirigèrent à leur suite vers deux tilleuls, à l'ombre desquels était assis un homme d'une trentaine d'années portant une épaisse barbe noire et de longs cheveux tombant sur les épaules. Il était vêtu très richement pour un pope de village. Sa longue soutane sans ceinture ressemblait à un manteau de boyard, et ses bottes jaunes, aux bouts recourbés, rappelaient ainsi la chaussure élégante des gens de haut rang de cette époque. Ayant par hasard jeté les yeux de l'autre côté de la place, Alexis aperçut deux poteaux surmontés d'une traverse qui avaient tout l'air d'un gibet. En arrivant au groupe formé par la foule, les voyageurs et leurs conducteurs s'arrêtèrent pour attendre leur tour de se présenter au terrible père Jérémie, devant lequel défilaient l'un après l'autre les chefs de détachements chargés de surveiller les routes menant à Moscou.

« Merci, cher fils! dit le père Jérémie après avoir entendu le rapport du détachement de la route de Serpoukhov. — C'est bien ! dix Polonais et dix Zaporogs couchés sur place et pas un seul des nôtres. Ah! le brave Temriouk! Quoique tu

« Je suis fautif, père Jérémie, » dit Zvierev en tombant à genoux.

sois d'origine tartare, tu défends la patrie aussi bien qu'un vrai Russe... Eh bien!
Matèroï, qu'y a-t-il de nouveau sur la route de Vladimir?

— Oh! père Jérémie, c'est à vous enlever le goût de sortir sur la grand'route. Voilà
déjà le troisième jour que nous n'avons pas vu un seul Polonais; les traîtres se sont
éclipsés, tous les passants sont des orthodoxes. Tu devrais permettre de les questionner de plus près : peut-être alors trouverait-on encore quelque traître; sans cela,
réfléchis bien toi-même, qui peut avoir envie d'encourir un tel danger?

— Oui, oui. Si on vous laissait libres, Minine lui-même deviendrait pour vous
un traître. Non, mon enfant, ne touche pas les miens! — Et toi, Zvierev, qu'as-tu
à dire?

— Sur la route de Jaroslav rien de nouveau! répondit un homme aux cheveux roux
et à l'allure de brigand.

— Tu n'as arrêté personne?

— Personne.

— Fais attention, ne me mens pas! A confesse, tu me diras bien la vérité. Est-ce
bien vrai que tu n'as arrêté personne?

— Comme Dieu est saint, personne.

— C'est vrai?... Approchez donc, vous autres. »

A ce moment, deux marchands sortirent de la foule et, saluant bien bas le père
Jérémie, prirent place près de lui.

« Eh bien, continua le père Jérémie en jetant un regard sévère sur Zvierev, connais-tu ces gens de Nijni-Novgorod? Ah! tu te mords la langue.

— Je suis fautif, père Jérémie, dit Zvierev, tombant à genoux. Grâce! Je ne suis
pas seul à les avoir pillés.

— Celui que je place à la tête des autres, celui-là seul est responsable. Pourquoi
as-tu volé? Pendez-le! »

Un murmure vague s'éleva de la foule. Ceux qui se trouvaient au premier rang
n'osaient rien dire, mais derrière eux du bruit se produisait, et sur trois points on
entendit des voix s'écrier :

« Pourquoi le pendre? Alors il y en aurait beaucoup! On ne peut pendre tout le
monde!

— Quoi, beaucoup? dit le père Jérémie en se levant lentement.

— Regarde donc, boyard, dit à voix basse Alexis à Jouri, quel géant! A côté de
lui Omliach lui-même serait un petit enfant.

— Ah! les révoltés! continua le père Jérémie, Chaldéens maudits! Je ne vous
laisserai pas approcher le parvis de l'église, et tous, comme des chiens maudits, vous
mourrez sans bénédiction. »

Le murmure se calma, mais personne ne bougeait pour exécuter l'ordre du père Jérémie.

« Qu'attendez-vous? s'écria-t-il d'une voix de tonnerre. Vous voulez donc que je le pende de mes propres mains? Temriouk, Gavrilo, Materoï, pendez-le!... Eh bien, qu'attendez-vous? » répéta-t-il en avançant de quelques pas.

On saisit le coupable et, malgré sa résistance acharnée, on le traîna vers la potence.

« Fais-lui grâce, petit père! dit l'un des marchands. Dis-lui seulement de nous rendre ce qu'il nous a pris.

— Votre bien ne sera pas perdu, mais ne vous mêlez pas de ce qui ne vous regarde pas! répondit avec calme le père Jérémie.

— De grâce, modère ton courroux, petit père! Mais nous ne voulons rien, dit l'autre marchand.

— Non, messieurs les marchands. Pas de grâce pour les brigands! Je me suis aperçu depuis longtemps qu'il n'avait pas la conscience nette. Je lui laisserai seulement le temps de se repentir. Allons, mes frères, emmenez-le en prison. Materoï, fais-le garder et que, dès l'aurore, il soit pendu. Et si quelqu'un souffle mot, je donnerai l'ordre de dresser une autre potence.

— Tiens, Kondratitch, comment es-tu ici? » continua-t-il en apercevant l'un des conducteurs de Jouri.

L'homme interpellé le salua respectueusement et s'approcha ainsi que ses camarades.

« Eh bien, mes enfants, vous êtes-vous débarrassés des traîtres?

— Nous sommes à l'œuvre, répondit Kondratitch; mais ils se battent bien, les fils de chiens! Les nôtres écoperont aussi.

— Comment? s'écria le père Jérémie. On se bat encore sur la route de la Trinité et vous êtes ici?

— Ne te fâche pas, petit père. Bytchoura nous a envoyés vers toi avec ce passant qui nous semble suspect, bien qu'il prétende être Jouri Dimitritch Miloslavski.

— Miloslavski? répéta le prêtre en s'approchant de Jouri. Il se dit le fils de Dimitrich Jourevitch? Soyez le bienvenu, boyard! Ah! mon clair faucon, dit-il, comme tu ressembles à ton feu père! comme deux gouttes d'eau! Il ne me ménageait pas sa bienveillance. Ton père daignait chasser souvent près de notre village, et bien que je ne fusse alors que simple diacre, il daignait toujours s'arrêter chez moi. Je te prie humblement, Jouri Dimitritch, d'entrer dans mon isba. »

Jouri et Alexis suivirent le prêtre dans une vaste et claire isba bâtie près de l'église.

« Femme, dit le pope en entrant, mets la table ; donne-nous une bouteille d'eau-de-vie de cerise et puis dépêche-toi. Mets sur la table tout ce que tu as sur le feu... Sais-tu qui est notre hôte?

— Je ne sais pas, petit père, répondit la femme du prêtre en saluant.

— Le fils du boyard Miloslavski.

— Oh! oh! mon nourricier! En effet, c'est un cher hôte... Viens, daigne t'asseoir. Sois le bienvenu! Tout sera prêt dans un instant.

— Où vas-tu, boyard? demanda le père Jérémie.

— Chez le prince Pojarski, à Moscou.

— Te battre contre l'ennemi? C'est bien, Jouri Dimitritch. D'ailleurs, un brave tel que toi ne peut rester les bras croisés quand tous les Russes marchent vers Moscou. Eh bien, boyard, tu dois être marié depuis longtemps et tu dois avoir des enfants?

— Non, père, répondit en souriant Jouri Dimitritch : je ne suis pas marié et resterai célibataire toute ma vie.

— Pourquoi donc?

— C'est ma destinée.

— Il ne faut jurer de rien, Jouri Dimitritch... Ah! voici Nalivatov, dit le père Jérémie apercevant un cosaque qui entrait. Tu viens de la route de la Trinité? Qu'y a-t-il?

— Nous avons eu le dessus de ces brigands, répondit le cosaque.

— Avons-nous beaucoup de tués?

— Plus d'une vingtaine des nôtres manquent à l'appel. Les traîtres se battaient à outrance : tous jusqu'au dernier se sont fait tuer. Ils avaient, il est vrai, bien des choses à défendre : des caisses pleines de vaisselle d'argent... il y en a cinq voitures. Et, quant au trésor, on ne l'emmènerait pas dans une troïka. Nos braves ont trouvé un tonneau de vin et ont tant bu qu'ils ne tiennent plus en selle. Bytchoura me suit avec une cinquantaine d'hommes; les autres amènent les voitures.

— Où est votre chef?

— Qui? Fiedka Khomiak? Ne demande rien à son sujet : c'est un traître.

— Que dis-tu?

— Bytchoura a tué ce traître de ses propres mains. Voici comment la chose s'est passée : il ne restait qu'une vingtaine d'adversaires, pas plus. Avec eux se trouvait leur boyard,... un brave, il n'y a pas à dire. Nous regardions de tous côtés pour voir où était Fiedka Khomiak. Malgré qu'il fût notre chef, il nous avait quittés pour sauver la fille du boyard. Il l'avait complètement emmenée dans la forêt, mais Bytchoura,

13

qui se trouvait en arrière en embuscade et qui venait à notre aide, le rencontra dans le ravin, le tua comme un traître et ramena la fille du boyard avec sa femme de chambre.

— Vous auriez dû les laisser libres. Que voulez-vous en faire?

— Comment, père Jérémie? N'est-elle pas la fille d'un traître?

— Est-ce que nous faisons la guerre aux femmes?

— Sans doute, pas aux femmes. Mais nos braves ne sont pas de cet avis. »

Jouri avait écouté haletant cette conversation; il n'osait pas s'arrêter à une idée qui lui glaçait le sang dans les veines.

Tout à coup on entendit un grand cri, des pas de chevaux, des hurlements sauvages et des coups de sifflet aigus. Une bande de cavaliers ivres, salués par les acclamations joyeuses des habitants du village, passait en tourbillon dans la rue et mettait pied à terre devant l'église. Un instant après, Bytchoura, accompagné d'une vingtaine d'hommes couverts de sang et de poussière, pénétraient dans l'isba.

« Félicitations, père! dit-il d'un ton respectueux. Un beau butin! Il n'y a pas à dire, nous avons bien travaillé aujourd'hui pour la Russie.

— Merci, enfants! répondit le père Jérémie; il est dommage seulement que tant des nôtres soient restés sur le carreau.

— Aussi nous sommes-nous amusés, et demain encore peut-être pourrons-nous ne pas nous ennuyer. Nous avons pris la fille d'un des boyards traîtres. Qu'ordonnes-tu à son sujet? Faut-il la pendre aujourd'hui ou demain? Et puis la voilà en personne... »

Deux paysans apportèrent une jeune fille enveloppée des pieds à la tête d'un riche voile; une femme de chambre suivait derrière en versant des larmes.

« La malheureuse est morte de frayeur! dit Jouri.

— Non, répondit Bytchoura, elle est seulement évanouie. En route, cela lui est arrivé cinq fois.

— Barbares! Méchants! Buveurs de sang! s'écria la femme de chambre en sanglotant. Me donnerez-vous au moins une goutte d'eau?

— Tiens, petit pigeon, dit la femme du prêtre lui tendant un vase plein d'eau. Asperge-la! Pauvre petite boyarine! dit-elle d'une voix pleine de compassion... Est-il possible que vous n'ayez pas pitié d'elle?

— Tais-toi, femme! murmura le prêtre : la nuit porte conseil. — Bien, mes enfants, qu'elle passe la nuit ici et demain nous verrons. »

Obéissant involontairement à une force irrésistible qui l'attirait vers elle, Jouri s'approcha du banc sur lequel la malheureuse jeune fille était couchée. Au moment

où la femme de chambre ouvrait le voile qui enveloppait sa maîtresse, Miloslavski
jeta un coup d'œil rapide sur le visage de l'infortunée et, comme foudroyé, il chan-
cela, voulut parler; mais, au lieu de paroles, un cri rauque et déchirant s'échappa
de sa poitrine.

L'inconnue ouvrit les yeux et fixa son regard immobile sur Jouri.

« Eh bien, j'avais dit qu'elle reviendrait à elle! dit Bytchoura.

— Anastassia! s'écria enfin Miloslavski.

— Encore lui!... murmura Anastassia cachant son visage entre ses mains. Ah!
je dors encore!

— Si c'était seulement un songe, Anastassia!

— Mon Dieu! mon Dieu! Alors je ne rêve pas? C'est lui! Mais pourquoi sommes-
nous ici... avec ces bourreaux?... Ah! j'étais à Moscou... Tu étais seul avec moi et
maintenant!...

— Ah bah! Alors tu la connais, boyard? demanda Bytchoura.

— Oui, braves gens! reprit Jouri. Vous vous trompez. Elle n'est pas la fille de
Chalonski.

— Comment cela?

— C'est aussi mon avis, mes enfants. J'ai vu souvent le boyard Chalonski : elle
ne lui ressemble pas.

— Pourquoi donc? répliqua l'un des partisans. Quand je lui ai fendu la tête, il a
dit en mourant à ses domestiques : « Sauvez ma fille! »

— Comment? s'écria Anastassia... En mourant?... Qui est mort?

— Le boyard Kroutchyna Chalonski.

— Mon père!

— Entends-tu, père, ce qu'elle dit? s'écria Bytchoura. Allons, boyard, aurais-tu
l'intention de nous tromper?

— Elle ne sait ce qu'elle dit.

— Non, dit Anastassia d'une voix ferme, je ne renierai pas mon père. Je suis la
fille du boyard Chalonski, et si ce n'est pas assez pour vous d'avoir fait périr le père,
tuez-moi aussi. Puis-je avoir aucune joie au monde quand, parmi les assassins de
mon père, je vois mon... Ah! tuez-moi!...

— Anastassia! s'écria Jouri. Est-il possible que tu puisses croire?...

— Non, ma petite boyarine, dit le prêtre, il faut dire la vérité : il n'a pas aidé
mes braves. Mais pourquoi parler de cela? A demain, les enfants. Il est temps de
vous coucher. Eh bien, pourquoi cette hésitation?... Allez!

— Voilà, petit père, dit Bytchoura en se grattant la tête : les camarades disent
qu'on pourrait la pendre pendant qu'on y est; tout serait fini.

— Mécréants! s'écria la femme de chambre, que tramez-vous? Croyez-vous que personne ne prendra maintenant le parti de la demoiselle? Sachez donc, brigands, qu'elle est fiancée à l'hetman Gonsievski, et si vous touchez un seul cheveu de sa tête, il vous enterrera tous vivants.

— Comment! c'est la fiancée du pan Gonsievski? dit Bytchoura.

— Qu'avez-vous à écouter cette imbécile? interrompit le prêtre.

— Oui, oui, la fiancée du pan Gonsievski! continuait à crier la femme de chambre.

— La fiancée du pan Gonsievski! répétèrent les hommes avec des cris sauvages. A la potence! Il faut la mener à la potence.

— Arrêtez! dit le père Jérémie en protégeant lui-même Anastassia. Je vous ordonne... »

Mais les cris étouffaient les paroles du prêtre. Avec la rapidité de l'éclair, la nouvelle s'était répandue dans le village. En un instant, l'isba s'était remplie de gens armés; l'enceinte de l'église était noire de monde, et mille voix, couvrant d'injures Gonsievski, répétaient :

« A la potence, la fiancée de l'hérétique!

— Écoutez-moi, mes enfants! dit le prêtre qui avait enfin pu rétablir le calme; vous devriez attendre jusqu'à demain.

— Mon père, répliqua Bytchoura, donne-nous-la sur-le-champ, sinon ce sera trop tard. Regarde, la voilà de nouveau évanouie. Elle ne vivra pas jusqu'à demain.

— Braves, s'écria Jouri, ne chargez pas votre conscience d'un crime. Elle est innocente : son père la mariait de force.

— C'est bien égal! Ce juif de Gonsievski a fait empaler mon frère. Qu'on la mette à la potence!

— Il a fait couper la tête à mon père! s'écria un autre.

— Il a fusillé sans jugement cinq de nos camarades! ajouta un troisième.

— Entraînez-la! hurlèrent tous les assistants.

— Mes amis, continua Jouri, si vous voulez sacrifier quelqu'un, faites-moi mourir.

— Qu'as-tu, boyard? Sommes-nous des brigands? dit Bytchoura. Tu es orthodoxe et des nôtres; mais elle est la fille d'un traître, d'un hérétique, et la fiancée de notre ennemi Gonsievski.

— Essayez alors de la prendre! cria Jouri en dégainant son sabre.

— Insensé! dit le prêtre le saisissant par le bras, as-tu donc deux têtes?... Écoutez, mes enfants, continua-t-il, j'ai condamné Senka Zvierev à être pendu pour

« Les voilà! » ajouta le prêtre en montrant les nouveaux mariés.

brigandage; vous avez tous pitié de lui..Eh bien, soit! Ne touchez pas à cette fille,
qui d'ailleurs vit à peine, et je gracierai votre camarade.

— Non, père, dit Bytchoura, si Zvierev est coupable, que justice soit faite. Mais
livre-nous la fiancée du pan Gonsievski.

— Oui, oui! répétèrent les assistants. Nous respectons ta volonté, Jérémie, mais
livre-nous l'hérétique. »

Jouri constata avec effroi l'hésitation du prêtre. La foule bruyante commençait à méconnaître l'autorité du père Jérémie. Au dehors, les cris du peuple en
fureur augmentaient d'instant en instant; plusieurs fois déjà le nom du prêtre
avait été prononcé avec des injures et des menaces. Le regard du père Jérémie
s'assombrissait : il contemplait avec pitié tantôt Jouri, tantôt Anastassia évanouie;
mais soudain sa physionomie s'éclaircit, il prit Miloslavski par le bras et lui dit à
mi-voix :

« Es-tu prêt à tous les sacrifices pour la sauver ?

— A tout, père Jérémie.

— S'il en est ainsi, elle est sauvée. — Allons, mes enfants, continua-t-il s'adressant à la foule, vous êtes inébranlables, soit. Il sera fait selon votre volonté. Seulement c'est une chrétienne comme vous et ce serait un péché de laisser périr son
âme. Prenez-la doucement, portez-la à l'église où elle reprendra plus vite ses sens.
Donnez-moi le temps de la confesser et de la préparer à la mort; ensuite vous ferez
ce que vous voudrez.

— C'est entendu, dit Bytchoura : personne ne s'y oppose. Allons, mes
frères, aidez-moi à la transporter à l'église. Et puis, sortez de l'isba. Mais il n'y a
pas moyen de passer. Père Jérémie, marche devant : tu les écarteras plus facilement. »

Un instant après il ne restait plus dans l'isba que Jouri, Alexis et la femme de
chambre qui pleurait à chaudes larmes et rappelait en sanglotant les qualités de sa
maîtresse. Miloslavski, malgré la promesse du père Jérémie, était aussi dans un état
effrayant; il marchait de long en large dans l'isba et, comme un fou, saisissait tantôt
son sabre et tantôt s'affalait désespéré sur le banc et pleurait lui aussi comme un
enfant. Alexis n'osait le consoler. Cinq minutes s'étaient écoulées : la porte s'ouvrit
soudain, et un vieillard de petite taille, dont les cheveux pendant en longue natte
dans le dos dénotaient un sacristain, fit signe à Miloslavski de le suivre. Comme
Alexis faisait mine d'accompagner son maître, il lui dit à voix basse de rester dans
l'isba. Jouri suivit son guide. En montant les marches de l'église, il jeta un regard
derrière lui. Près de l'enclos, des hommes armés étaient assis par groupes autour de
feux allumés; leurs exclamations, leurs conversations bruyantes, le firent frissonner.

Il suivit docilement le sacristain à l'église. Devant l'iconostase brûlait une petite lampe, et près de l'autel se tenait le père Jérémie, revêtu de ses ornements sacerdotaux, et Anastassia toute tremblante.

« Plus vite, Jouri Dimitritch! Plus vite! dit le prêtre qui était allé à sa rencontre. Mets-toi à côté de ta fiancée.

— De ma fiancée? répéta Jouri.

— Oui, c'est le seul moyen de la sauver. Entends-tu le tapage que font ces têtes brûlées? Le moindre retard lui coûterait la vie. Encore une fois, veux-tu la sauver?

— Oui! » répondit Jouri d'un ton ferme.

Le père Jérémie, ayant pris dans la main d'Anastassia deux alliances en or, commença la cérémonie nuptiale. Jouri répondait d'un ton ferme à toutes les questions du prêtre, mais une pâleur mortelle se peignait sur son visage; de grosses larmes brillaient aux yeux d'Anastassia. Sa voix tremblait, mais une vive rougeur colorait ses joues et sa main fiévreuse brûlait la main de Miloslavski froide comme du marbre.

Cependant l'impatience des bourreaux d'Anastassia était à son comble.

« Le père se moque-t-il de nous? dit enfin Bytchoura. Reste-t-on deux heures à confesse? Si c'était nous, il en aurait déjà expédié deux douzaines. Écoutez, amis, entrons à l'église. On ne peut confesser en présence de tiers et il sera obligé malgré lui d'en finir.

— Entrons, camarades! s'écrièrent les amis de Bytchoura, en se précipitant à sa suite sur le parvis.

— Elle est bien bonne! cria Bytchoura s'arrêtant tout interloqué; les portes sont fermées.

— Eh bien, camarades, poussons-les! dit Materoi. Peut-être sauteront-elles de leurs gonds. »

Tout à coup, les portes s'ouvrirent avec fracas, et le père Jérémie, revêtu de ses ornements sacerdotaux et fixant un regard foudroyant sur la foule révoltée, apparut.

« Infidèles! s'écria-t-il d'une voix de tonnerre, comment avez-vous l'audace d'entrer de force? Que voulez-vous, sacrilèges?

— Père Jérémie, risqua Bytchoura d'une voix timide en regardant ses camarades apaisés, tu as promis toi-même de nous livrer la fiancée de Gonsievski.

— J'aurais tenu ma promesse, si j'avais pu vous livrer la fiancée de notre ennemi.

— Et pourquoi ne le peux-tu pas?

— Elle n'est pas ici.

— Comment, pas ici? Camarades, qu'est-ce donc?

— Oui. Ici, il n'y a personne que Jouri Miloslavski et sa femme légitime, la boyarine Miloslavski. Les voilà! » ajouta le prêtre en montrant les nouveaux mariés qui
se tenaient par la main et allèrent se placer à côté de leur défenseur.

Le doute et la méfiance se peignaient sur les visages. Les assistants se regardaient
en silence. Une parole heureuse pouvait calmer les esprits comme aussi un seul cri
de révolte les pouvait tous transformer en bourreaux sans pitié. Déjà quelques
paysans ivres, à la physionomie féroce, s'apprêtaient à donner le signal de la tuerie.
Mais le père Jérémie prévint leurs intentions.

« Que pensez-vous? s'écria-t-il en prenant des mains du sacristain une coupe
pleine de vin. A la santé des nouveaux mariés! »

Deux ou trois voix seulement répétèrent le souhait, mais la foule se taisait
toujours.

« Et, pour que vous ayez de quoi boire à sa santé, le boyard vous offre un tonneau
de vin, mes enfants.

— Vivent les nouveaux mariés! crièrent alors des centaines de voix.

— Et moi, ajouta le prêtre, en signe de bonheur, je fais grâce à Zvierev et je
donne de ma bourse cinq altynes à chacun d'entre vous.

— Hourrah! hurla tout le peuple. Longues années à la boyarine Miloslavski!
Vivent les jeunes mariés!

— Merci, enfants : je vais faire immédiatement apporter le tonneau de vin et
demain vous viendrez toucher l'argent. — Allons, boyard, ajouta le père Jérémie à
mi-voix, pendant qu'ils vont boire et s'amuser, il ne faut pas perdre de temps. J'ai
donné l'ordre de seller vos chevaux et d'en préparer d'autres pour ta femme et sa
servante. Temriouk vous accompagnera. C'est un brave, et le seul en ce moment,
dans tout le village, qui ne soit pas ivre. Bien qu'il ait embrassé notre religion, il
suit encore sa coutume de mécréant de ne pas boire de vin. »

Lorsqu'ils entrèrent dans l'isba et que la femme de chambre apprit qu'Anastassia
n'avait plus rien à craindre, la pauvre fille serait devenue folle de joie si on ne lui
avait en même temps annoncé le mariage de sa maîtresse avec Miloslavski.

Cette nouvelle refroidit aussitôt son exaltation.

« Comment! s'écria-t-elle, Anastassia Timophéievna s'est mariée? Eh bien, la
noce est belle!... Sans fiançailles!... Si Vlasievna le savait! Mais toi, ma chérie,
pauvre orpheline, tu n'as personne pour te rendre hommage avant la noce.

— Trève à ce bavardage! dit le prêtre. Tu as, je crois, entendu les chansons de
noce qu'on leur chantait sur la place. — Eh bien, boyard, continua-t-il s'adressant
à Jouri, où vas-tu maintenant avec ta femme? Il ne convient pas aux femmes de
vivre dans le camp du prince Pojarski... Tu ferais bien de l'amener pour quelque

temps au monastère de Khostkovo, qui est tout près d'ici. La supérieure ne refu-
sera pas certainement de donner asile à la boyarine Miloslavski.

— C'est ma tante, dit Anastassia.

— Alors, pas d'hésitation. Allez, boyards, je serai plus tranquille lorsque vous
serez partis. Je n'ai pas peur, mais il vaut mieux... Partez!...

— Père Jérémie, dit Jouri, comment te remercier?

— Il n'y a pas de quoi, Jouri Dimitritch. J'ai profité de la bienveillance de feu
ton père, et en rendant service au fils je paye une vieille dette. Mais voilà. Temriouk
est prêt. Passez par derrière; personne n'oserait vous arrêter, mais il est préférable
de ne pas longer l'église. Que je vous souhaite prospérité, longue vie et toute sorte
de bonheur. Adieu! »

Les jeunes mariés et leurs domestiques, ayant passé par la porte de derrière,
traversèrent les jardins potagers et, accompagnés de Temriouk, sortirent du village
sans être inquiétés.

XXI

Longtemps encore après avoir quitté Koudinovo, les membres de la petite caravane entendirent la rumeur bruyante et les gais refrains des habitants en liesse. Anastassia gardait le silence. Elle tremblait à tout instant, et chaque bruit apporté par l'écho la faisait serrer frissonnante contre Miloslavski. Mais, lorsque le calme fut rétabli et que les reflets des feux de bivouac se furent éteints à l'horizon, elle commença à respirer plus librement et dit enfin d'une voix timide :

« Parle-moi, Jouri Dimitritch !... Une seule parole affable, un compliment pourra diminuer le chagrin d'une malheureuse orpheline.

— Anastassia, répondit Jouri à voix basse, je suis moi-même orphelin. Nous ne sommes pas unis pour la joie.

— Pas pour la joie !... Non, Jouri Dimitritch, mais avec toi la tristesse me sera une joie. Tu n'aurais jamais su, si tu n'étais pas mon mari, que je t'aime depuis longtemps. Jamais ma pensée ne te quittait. Tu étais mon prédestiné. Maintenant, tu m'appartiens, et si tu m'aimes !...

— Si je t'aime ! s'écria Miloslavski. Te souviens-tu, Anastassia, de l'église de l'Assomption, à Moscou ? J'ignorais qui tu étais, lorsque je t'ai vue pour la première fois, mais mon cœur battit d'allégresse. Il me semblait te revoir après une longue absence et te connaître depuis longtemps...

— Eh bien, maintenant, mon chéri, la mort seule peut nous séparer. Donne-moi ta main, joie de mes jours !... N'est-ce pas que tu ne m'abandonneras jamais ?... Sens-tu, continua-t-elle d'une voix pleine d'une tendresse inexprimable, en serrant

la main de Jouri contre son cœur, sens-tu comme mon cœur bat ? Il vit pour toi seul,
et si jamais tu cessais de m'aimer...

— Jamais! jamais! murmura Jouri en couvrant de chauds baisers sa main
tremblante.

— Mon trésor! mon sauveur! Oh! comme la vie me redevient chère!... C'est ton
cadeau, mon bien-aimé ; elle t'appartient... Ah! répète encore que tu m'aimes!

— Plus que tout au monde! s'écria Miloslavski. Mais il va falloir nous quitter.
Quelle fatale destinée nous poursuit!

— Puisqu'il le faut, pars. Je t'attendrai. »

Au loin on vit scintiller une lumière. Temriouk arrêta son cheval et s'adressant à
Jouri :

« Vois-tu, boyard? là-bas, derrière ces arbres, est le couvent de Khotkovo. Maintenant tu peux arriver sans guide ; la route est directe et il me tarde de me reposer.
Voilà bientôt quarante-huit heures que je n'ai fermé l'œil. »

Jouri laissa partir son guide, et un quart d'heure après les voyageurs arrivaient
au couvent. Ils frappèrent longtemps. Enfin la porte s'ouvrit et un domestique, frottant
ses yeux alourdis par le sommeil, demanda d'une voix rude :

« Qui est là ? Quels sont ces visiteurs nocturnes ? »

Mais, ayant reconnu Anastassia, il poussa un cri de joie et courut apporter la
nouvelle à la supérieure.

Les voyageurs mirent pied à terre. Anastassia restait immobile en silence, mais
lorsqu'il fallut se séparer, elle se jeta en sanglotant dans les bras de Miloslavski.

« Au revoir, mon sauveur!

— Au revoir, mon Anastassia! » dit Jouri en la serrant sur sa poitrine.

Anastassia s'arracha à son étreinte. Les lourdes portes craquèrent avec un bruit
de ferraille ; le domestique ferma le guichet et Jouri, sautant à cheval, s'éloigna au
grand galop.

XXII

Le premier jour de la bataille décisive des Russes contre l'hetman polonais Khot-kiévitch, c'est-à-dire le 22 août 1612, vers midi, les troupes du prince Troubetzkoï, composées de cosaques indisciplinés venus à Moscou pour le pillage et le butin, se trouvaient près du ravin de Crimée.

Un simple coup d'œil, jeté sur cette foule de fantassins et cavaliers éparpillés sans aucun ordre le long de la Moskova, permettait de constater la révolte et l'indiscipline qui régnaient dans leurs rangs. Le camp retentissait de chants et de violents éclats de voix. A vingt pas même de la tente de leur grand chef, le prince Troubetz-koï, une cinquantaine de cosaques s'étaient rangés tranquillement autour d'un feu de bivouac. Ils buvaient à la ronde, menaient grand tapage et couvraient d'injures les troupes de Nijni-Novgorod venues avec le prince Pojarski. Au passage des chefs, personne ne se dérangeait; aucun cosaque ne levait son bonnet.

A quelque distance de cette troupe se tenait à l'écart un détachement de cavaliers parmi lesquels on distinguait aussi des cosaques; mais l'ordre et le silence qu'ils observaient, et la considération qu'ils témoignaient à leurs chefs, prouvaient que ce groupe ne faisait pas partie de l'armée du prince Troubetzkoï.

En avant, sur un petit monticule d'où on pouvait suivre du regard toutes les sinuosités de la Moskova contournant les collines, se tenait le chef de ce détachement. Son attention se portait vers le monastère de Novo-Dievitchi, autour duquel étaient dressées les tentes des nombreuses troupes polonaises. A dix pas en arrière, causaient Kircha et Alexis. Le premier observait avec grande attention l'armée ennemie.

« Eh bien? demanda Alexis : sortent-ils du camp?

— Non, répondit Kircha. Le prince Pojarski ne s'est pas encore mis en mouvement vers les portes d'Arbats.

— Dis-moi, je t'en prie, mon cher, sais-tu pourquoi il vous a envoyés ici avec mon maître?

— Le prince Troubetzkoï avait demandé du renfort pour se jeter sur les Polonais au moment où l'action commencera.

— Mais le prince Troubetzkoï n'a-t-il pas assez de troupes? Regarde, on en voit à perte de vue. A eux seuls les cosaques sont aussi nombreux que les fantassins et les cavaliers du prince Pojarski.

— Oui, Alexis : il y en a beaucoup, mais ce sont des gardes nationaux. Nous attendons l'action d'un moment à l'autre, et eux ne se préoccupent de rien. J'aurais donné pour chef à ces farceurs le pan Lissovski. Lui les aurait menés à sa façon. Il n'y allait pas par quatre chemins, le bonhomme. Quand ça marchait mal, il vous envoyait une balle dans le front... Entends-tu comme ils crient à côté du pavillon du prince? Avec Lissovski, ils ne se seraient pas amusés à hurler ainsi. Quand il tortillait sa moustache et qu'il poussait un cri, on aurait pu entendre voler une mouche dans tout le camp... Attends donc, frère!... Attends!... Les Polonais se mettent en mouvement... Boum!... un coup de canon!... un autre!... La fête commence! »

Des portes d'Arbats, un bruit semblable au grondement du tonnerre se propagea dans l'air : les fantassins de Nijni-Novgorod s'ébranlèrent, la cavalerie passa au grand galop, et au bout de quelques instants les abords du monastère de Novo-Dievitchi se couvrirent d'un épais nuage de fumée.

« Si notre tour venait plus vite! s'écria Kircha : les mains m'en tremblent.

— Quel vacarme! dit Alexis. Oh! comme les canons tonnent! Mais c'est du côté des nôtres!

— Des nôtres! des nôtres! interrompit Kircha. C'est vrai... Allons, les braves, c'est bien, c'est bien! roulez les hérétiques. »

Miloslavski, qui commandait ce groupe isolé, brûlait d'impatience de prendre part à la bataille. Mais les troupes du prince Troubetzkoï ne bougeaient pas. Lui-même ne sortait pas de son pavillon, et bien que le combat autour du monastère de Dievitchi devînt d'instant en instant plus chaud, l'armée du prince ne faisait pas le moindre préparatif pour l'action. Les uns se reposaient, d'autres s'égayaient, et seuls quelques centaines de cosaques, grimpés en curieux sur les toits des maisons, contemplaient comme un spectacle intéressant la lutte sanglante et désespérée de laquelle dépendait le sort de Moscou et de tout l'empire russe.

Cachant à peine sa colère, Kircha s'approcha du groupe le plus éloigné du pavillon du voïvode en chef.

« Eh bien, camarades, dit-il, ce serait le moment de brider les chevaux.

— Pourquoi? demanda l'un des cosaques.

— Comment, pourquoi? Les nôtres doivent commencer à se fatiguer : voilà trois heures qu'ils se battent contre les Polonais.

— Eh bien, à leur santé! Qu'ils s'amusent à leur aise! interrompit un autre cosaque. Ils peuvent bien se défendre tout seuls contre l'hetman.

— Ils sont trop fiers! continua un sous-officier. Ils n'ont pas voulu venir dans notre camp; qu'ils se débrouillent comme ils l'entendront. Ils n'ont pas voulu de notre société, eh bien, nous ne voulons pas de la leur. Terechka, chante-nous donc un air de danse. »

Le cosaque, à moitié ivre, commença la chanson et toute la troupe l'accompagna en chœur.

Miloslavski s'approcha de la tente du prince Troubetzkoï.

« Qu'attendez-vous? dit-il au chef cosaque qui se tenait près de l'entrée du pavillon.

— Quand le moment viendra, on donnera des ordres, répondit le chef avec calme.

— Puis-je parler au prince?

— Non, il a prescrit de ne laisser entrer personne. »

Soudain un cavalier, couvert de sang et de poussière, arriva au galop près du pavillon. Il sauta à terre et demanda vivement :

« Où est le prince Troubetzkoï?

— Pourquoi? demanda le chef.

— Je suis envoyé par le prince Pojarski. Les Polonais commencent à avoir le dessus.

— Pas possible? interrompit le chef avec un sourire narquois.

— Des troupes fraîches viennent à chaque instant les renforcer, et nous autres nous sommes seuls. Si le prince Pojarski n'avait pas fait mettre pied à terre à sa cavalerie, il y a déjà longtemps qu'on nous aurait chassés du champ de bataille. Il demande du renfort.

— Laisse donc, frère, vous vous défendrez tout seuls. Mais attends, où vas-tu?

— Chez votre voïvode.

— Défense d'entrer. Retourne d'où tu viens.

— Que dois-je dire au prince Pojarski?

— Que nous lui souhaitons bonne chance et que nous nous battrons lorsque notre tour viendra.

— Non ! s'écria Miloslavski. Cela dépasse les bornes de la patience. Si, par rancune personnelle, vous voulez perdre notre patrie, je ne resterai pas inactif avec mon détachement.

— Doucement, mon brave. Ne t'emporte pas. Tu n'es pas ici le voïvode en chef. Et comment oserais-tu, sans l'ordre du prince Troubetzkoï, aller au combat ?

— Eh bien, tu verras ! dit Miloslavski retournant vers son détachement. A cheval, camarades !

— Au nom du voïvode en chef, le prince Troubetzkoï, je t'ordonne de ne pas bouger ! dit le chef cosaque accourant près de Jouri qui se mettait en selle.

— Ce n'est pas lui que je sers, c'est la patrie ! répondit Jouri, et il s'élança en avant.

— Halte ! s'écria le chef. Autrement je te fais arrêter de force.

— Essaie ! dit Jouri toisant son interlocuteur avec mépris. Plus vite, mes braves, continua-t-il. Sabres au clair !... En avant ! »

En un clin d'œil, le détachement de Miloslavski eut traversé la Moskova, et aux cris répétés : « Mourons pour la Russie ! » vola vers le lieu du combat.

De tout le détachement de Miloslavski, il ne resta sur l'autre rive de la Moskova qu'un seul cosaque. C'était Kircha. Mais l'honnête et brave Zaporog ne restait pas en arrière pour la trahison. Il avait observé que l'acte énergique de Miloslavski avait fortement influencé beaucoup de cosaques de l'armée du prince Troubetzkoï. Certains disaient même à haute voix qu'il était honteux de livrer ainsi ses frères.

Trois atamans de cosaques, Mejakov, Kolomna et Kozlov, semblaient mécontents de leur inaction, et lorsque Kircha s'approcha d'eux, Kolomna lui dit avec colère :

« N'as-tu pas honte de quitter les tiens ?

— Non, messieurs les anciens, répondit Kircha. J'ai honte, non de moi, mais de vous.

— Eh bien, il te sied de parler ainsi ! Fuyard, tu as quitté tes camarades.

— Je conseillais aux autres cosaques de rester ici, car comment nous montrer à l'armée du prince Pojarski ? Nous sommes des cosaques comme vous et il ne sera pas gai d'entendre les orthodoxes qualifier les cosaques de traîtres.

— Traîtres ! s'écria Kozlov.

— Comment donc ? continua Kircha. Ne sommes-nous pas des traîtres ? Nos frères russes versent leur sang et nous autres nous restons ici les bras croisés... Il serait plus honnête d'être avec les Polonais. Autrement que sommes-nous ? ni l'un ni l'autre : pis que des femmes. Elles au moins prient Dieu pour les leurs, mais que faisons-nous? Allons, camarades, nous ne survivrons pas à une pareille honte.

— Qu'en pensez-vous? Il dit la vérité, mes braves! s'écria Méjakov. On ne doit pas livrer les siens.

Lorsqu'il fallut se séparer, Anastassia se jeta en sanglotant dans les bras de Miloslaveki.

— Le malheur vient de ce que nos voïvodes se sont disputés, ajouta Koslov.

— Qu'ils se disputent! dit à son tour Kolomna. Cela ne nous regarde pas. Que chacun agisse à sa guise! Quant à moi, j'y vais avec mon régiment. Allons, les gars de Batourine, à cheval!

— Et nous aussi, nous y allons, » s'écrièrent les autres atamans.

Les cosaques se groupèrent autour de leurs chefs; mais la plupart d'entre eux manifestaient encore leur haine contre les soldats de Nijni-Novgorod, et beaucoup déclarèrent qu'ils ne se battraient pas contre l'hetman polonais.

Les atamans disposés à porter secours au prince Pojarski hésitèrent encore, quand tout à coup un des cosaques qui, du haut du toit d'une isba, observait le champ de bataille, s'écria :

« Bravo, les soldats de Nijni ! Les Polonais sont repoussés. Les voilà qui fuient.

— Ils fuient ! s'écria Kircha. Alors vous n'avez rien à faire. Au revoir, mes frères ! J'irai seul. Le butin sera meilleur pour les soldats de Nijni-Novgorod. Dans le camp polonais, il y a de l'or et de l'argent par charrettes.

— Qu'avons-nous à bayer aux corneilles ? se dirent les cosaques.

— A cheval ! à cheval ! répétèrent des milliers de voix.

— Plus vite, les braves ! Plus vite, en selle ! » clamèrent les atamans.

Un officier accourut du pavillon du voïvode en chef avec des ordres, mais les atamans répondirent d'une seule voix :

« Nous n'écoutons rien ; nous allons porter secours aux hommes de Nijni-Novgorod. »

Indifférents aux menaces de l'envoyé du grand chef, ils franchirent la Moskova avec leurs cosaques et s'élancèrent à la suite de Kircha vers le champ de bataille de Dievitchi, où la lutte était redevenue plus ardente.

Pendant ces pourparlers, le détachement de Jouri, après avoir longé la rive de la Moskova, s'était jeté sur le flanc droit de l'ennemi qui avançait rapidement malgré la résistance acharnée du prince Pojarski. Jouri volait en tête de son détachement. En quelques instants, il refoula dans la rivière et dispersa complètement le premier régiment qu'il rencontra derrière le monastère de Novo-Dievitchi. Puis, comme un torrent impétueux, il traversa les rangs les plus compacts des hussards ennemis. Il passait sous leurs épées, semait son chemin de cadavres et demeurait sain et sauf. Son détachement d'élite, composé presque exclusivement de gardes de Moscou, ne lui cédait pas en bravoure. Après avoir culbuté encore quelques régiments polonais, ces braves gens pénétrèrent au milieu des régiments de réserve.

Le trouble causé aux Polonais par cette attaque imprévue n'échappa point au regard d'aigle du prince Pojarski. Ce dernier lança en avant toutes ses troupes. Les Polonais fléchirent, prirent la fuite, mais, ralliant leurs régiments de réserve, recommencèrent l'action sur les bords mêmes de la Moskova. La situation du détachement de Miloslavski, réduit au tiers de son effectif, devenait plus critique. Entourés de tous côtés, resserrés entre les nombreux régiments ennemis, ces braves continuaient à se battre avec fureur. Parfois ils avaient encore l'avantage, mais enfin la cavalerie ennemie, qui n'avait pas encore pris part à l'action, s'élança sur cette poignée de guerriers intrépides, les dispersa, et chacun de ces braves fut obligé de lutter contre dix adversaires. Ce combat inégal ne pouvait durer longtemps.

Au moment où Miloslavski, à côté duquel Alexis et cinq de ses soldats se battaient en désespérés, tomba sans connaissance frappé d'un coup de sabre, les cris sauvages des cosaques qui, sous le commandement des atamans, arrivaient enfin au secours du prince Pojarski, se firent entendre. En un instant les Polonais bousculés se débandèrent, et Kircha, suivi d'une centaine de cavaliers, pourchassant l'ennemi, arrivait à l'endroit où, couvert de sang et entouré de cadavres, gisait sans mouvement Jouri Miloslavski.

Le Zaporog sauta à terre et, avec l'aide d'Alexis, plaça Jouri sur son cheval, le sortit de la mêlée et, arrivé près de la porte d'Arbats, l'installa dans une maison qui lui parut moins ruinée que les autres. Il laissa Alexis près de Jouri, et revint sur le champ de bataille; mais déjà l'ennemi prenait la fuite.

Les cosaques du prince Troubetzkoï, venus au secours, avaient décidé du sort de la journée. Leur attaque imprévue ébranla les Polonais; l'hetman Khotkievitch se retira en désordre derrière la Moskova et s'arrêta près de la montagne Poklone.

Malgré sa défaite, l'ennemi eut le temps, dans la nuit du 23, à l'aide du traître Grégoire Orlov, de faire entrer au Kremlin six cents heiduques. Renforcée par ce détachement, la garnison fit à l'aube une sortie et s'empara d'une petite tranchée près de l'église Saint-Georges, derrière la Moskova.

Pour profiter de ce succès, l'hetman Khotkievitch contourna le monastère du Don et attaqua la cavalerie du prince Troubetzkoï. Celle-ci, n'ayant pu résister au premier choc, céda et entraîna dans sa fuite les régiments de cavalerie du prince Pojarski. L'infanterie de Nijni-Novgorod arrêta cependant l'élan de l'ennemi : la lutte acharnée dura jusqu'à six heures du soir.

En vain, le prince Pojarski demanda-t-il du secours au prince Troubetzkoï; celui-ci se retira dans son camp retranché, près du ravin de Crimée, et ne prit aucune part à l'action. L'armée de Nijni-Novgorod dut supporter seule le choc d'un ennemi nombreux. Enfin la bravoure incomparable de ces fidèles enfants de la Russie l'emporta sur le nombre. L'hetman polonais fut obligé de battre en retraite.

Les cosaques de Troubetzkoï, voyant l'ennemi en fuite, s'étaient d'abord réunis à l'armée du prince Pojarski; mais, au moment où la victoire décisive allait couronner les efforts des Russes, les cosaques se retirèrent de nouveau et, accablant d'injures les hommes de Nijni-Novgorod, revinrent à leur camp retranché.

Cette trahison changea complètement l'aspect du champ de bataille. Les Polonais se ranimèrent, les Russes tressaillirent et le prince Pojarski, qui poursuivait déjà l'ennemi, vit avec frayeur que son armée, fatiguée par une lutte continuelle et découragée par la trahison des cosaques, pouvait à peine se maintenir sur le champ de bataille. Les cris de joie et de victoire retentissaient déjà dans les rangs ennemis. Le désespoir et la crainte se peignaient sur les visages exténués des guerriers de Nijni-Novgorod. La perte de l'armée russe, et avec elle la perte de la Russie, semblait inévitable.

A ce moment décisif, agissant sous le coup d'une inspiration supérieure, le célèbre Abraham Palitsyne accourut dans les rangs des cosaques du prince Troubetzkoï en les suppliant, les larmes aux yeux, de porter secours à leurs frères en péril. Ses paroles, pleines d'un ardent amour de la patrie, émurent enfin le cœur endurci de ces guerriers indisciplinés. Entraînés par l'accent convaincu et l'éloquence du célèbre vieillard, tous les cosaques revinrent au combat et abordèrent de front les Polonais.

A cet instant, le citoyen Minine, avec trois compagnies d'élite, ayant tourné l'aile ennemie établie derrière Moscou, la détruisait complètement. Le trouble se mit dans les rangs des Polonais et la fuite devint générale. Le camp fortifié, l'artillerie, le convoi, tombèrent entre les mains des vainqueurs.

L'hetman Khotkievitch, ayant perdu presque la moitié de son armée, s'enfuit honteusement de Moscou le lendemain matin, c'est-à-dire le 25 août.

Les Polonais qui restaient s'enfermèrent au Kremlin. Cernés de tous côtés, ils auraient été forcés de se rendre immédiatement si la mésintelligence qui régnait entre les principaux chefs de l'armée n'eût empêché les assaillants d'agir de concert. Le siège du Kremlin dura près de deux mois. Enfin les Polonais, épuisés par la famine et réduits, d'après les Annales, jusqu'à l'affreuse nécessité de se manger entre eux, se rendirent.

Après la prise de la ville et des faubourgs environnants, Miloslavski blessé fut transporté dans la maison du prince Pojarski à la Loubianka. Pendant plusieurs semaines, il resta cloué à la chambre. Le prince Pojarski, Abraham Palitsyne et le prince Tcherkaski lui rendaient quelquefois visite, mais il avait toujours auprès de lui son brave domestique Alexis et le fidèle Kircha, qui arrivait parfois à l'égayer par ses récits.

Un soir Kircha entra vivement dans la chambre du blessé et s'écria :

« Bonnes nouvelles, Jouri Dimitritch! bonnes nouvelles!

— Quelles nouvelles? demanda Miloslavski. Les Polonais se rendent?

— On doit leur rendre justice. Ils ont su se défendre. S'ils avaient eu de quoi se mettre sous la dent, ils ne nous auraient pas demandé grâce, mais nous les avons pris par la famine.

— Tu es sûr que nous entrerons demain au Kremlin?

— On le dit. Les Polonais, d'après ce que l'on raconte, ne veulent se rendre qu'à notre voïvode, le prince Pojarski, et pas à d'autre. Ils connaissent les cosaques du prince Troubetzkoï. Si tu avais vu, Jouri Dimitritch, quand on laissa sortir les femmes

Les atamans franchirent la Moskova avec leurs cosaques, et s'élancèrent à la suite de Kircha.

de boyards prisonnières chez les Polonais, quelle agitation s'empara de ces brigands! Et sais-tu pourquoi?... Parce qu'on ne leur permit pas de les violenter!... Enfin demain nous entrerons au Kremlin.

— Ami, cette bonne nouvelle m'a ranimé. Demain, je monterai à cheval pour me mettre à la tête de mon détachement. »

XXIII

Le 22 octobre 1612 fut un jour mémorable dans les annales de la patrie russe. Au lever du soleil, les Polonais sortirent du Kremlin en deux groupes. Ces malheureux, exténués par la faim, ressemblaient plutôt à des cadavres qu'à des vivants. Le premier groupe, sous les ordres du pan Boudila, se dirigea du côté où se trouvait le prince Pojarski. Les hommes furent l'objet, de la part de leurs ennemis de la veille, d'un accueil humain et compatissant. Un sort bien différent attendait le second groupe sous les ordres du pan Strousse, qui sortit du côté où stationnait le prince Troubetzkoï. Les cosaques, pour qui rien n'était sacré, taillèrent en pièces la plupart des prisonniers et s'emparèrent de ce qu'ils possédaient. Cette violation du droit des gens était, pour ainsi dire, le prélude des pillages, des meurtres et des incendies par lesquels les cosaques, déchaînés comme une bande de bêtes féroces, marquèrent leur passage à travers toute la Russie.

Lorsque l'ennemi eut quitté le Kremlin, l'armée du prince Pojarski y fit son entrée par la porte du Sauveur. En tête, marchait le grand chef Dimitri Mikhaïlovitch Pojarski. Une joie inexprimable se reflétait sur le front majestueux et doux de cet homme célèbre. A sa droite, monté sur un beau cheval de Kouban, caracolait le brave prince Tcherkaski ; à sa gauche, s'avançaient les boyards Mansourov, Obratsov, le citoyen Minine, Miloslavski et les autres chefs.

Arsène, l'archevêque de Galassounsk, portant l'icône de la Vierge de Vladimir, vint à la rencontre du vainqueur sous la porte du Sauveur. Les cloches des églises sonnaient à toute volée. Une foule innombrable entra au Kremlin à la suite de l'armée. La milice de Nijni-Novgorod s'installa autour du palais des tsars ; le clergé, les chefs, les citoyens notables entrèrent dans la cathédrale de l'Assomption. Les accents du *Te Deum* retentirent sous les voûtes de l'édifice et se répandirent au dehors dans ce Kremlin qui avait servi si longtemps de repaire aux ennemis et aux traîtres.

En sortant de la cathédrale de l'Assomption, Miloslavski rencontra Minine :

« Tu vois, boyard, dit le célèbre citoyen de Nijni-Novgorod ; je ne suis pas prophète, mais ma prédiction s'est accomplie. En prenant congé de toi à Nijni, j'aurais parié ma tête que je te reverrais sur le champ de bataille contre notre ennemi commun. Mais nous n'avons pas fini, continua Minine en montrant les masses désordonnées des cosaques du prince Troubetzkoï qui entraient comme des ennemis au Kremlin. — Vois-tu, Jouri Dimitritch, comme ces brigands sont enragés! Cette bande de gueux ressemble-t-elle à une armée? S'ils n'avaient pas peur de nous, il y a déjà longtemps qu'ils se seraient mis à piller le palais des tsars. Regarde donc comme ils rôdent aux alentours. »

En effet, les cosaques insubordonnés s'étaient répandus dans tout le Kremlin, étaient rentrés dans les maisons des boyards et n'attendaient que le moment propice pour voler le trésor laissé par les Polonais.

Tout en causant, Jouri et Minine s'approchèrent peu à peu de l'église du Sauveur. Ils entendirent les cris sauvages des cosaques qui, profitant de la cohue et du désordre, pénétraient enfin dans le palais, tandis que de nombreux citoyens de Moscou, effrayés par la violence de ces pillards, couraient chez eux se mettre à l'abri.

Trois semaines plus tard, Kircha, faisant ses adieux à Alexis qui l'avait accompagné jusqu'à la porte de la ville, disait :

« Salue encore une fois pour moi ton maître. Jamais je n'oublierai ses bienfaits. Grâce à sa bonté et à ma part de butin, je possède maintenant de quoi acheter une jolie petite maison, et puis vivre aussi bien que n'importe quel chef cosaque.

— Mais à quoi bon une maison? Vous autres Zaporogs, vous vivez tous ensemble comme moines au couvent.

— Qui t'a dit que je vais vivre comme les Zaporogs? Non, mon cher. Depuis que j'ai vu ton maître se marier, l'envie m'est venue de ne pas rester célibataire. Je vais à Batourine pour y chercher femme. Je voudrais être aussi heureux dans mon choix que ton maître. L'infortuné a eu bien des soucis, mais il est récompensé de sa patience. Adieu, Alexis! Peut-être nous reverrons-nous quelque jour. »

Quant à Jouri, il s'empressa d'accourir au monastère de Khotkovo retrouver sa femme, la belle Anastassia, et l'emmener dans ses domaines privés de Nijni. Ils purent enfin, après de douloureuses tribulations, y vivre dans le plus parfait accord.

Il suffira de rappeler à grands traits les conséquences de la guerre populaire de 1612, car les détails historiques de cette époque de la renaissance de la Russie sont connus.

Bientôt après l'occupation du Krémlin par les Russes, le roi de Pologne essaya de reprendre Moscou; mais le siège et la défense désespérée de Volokolamsk lui prouvèrent qu'il était impossible d'enjôler une seconde fois l'ennemi. S'étant arrêté sans aucun profit devant cette petite ville, il décida de ne pas aller plus loin et retourna rapidement avec toute son armée en Pologne.

Malgré sa complète délivrance des ennemis extérieurs, la Russie demeura long-temps dans le malheur par suite des révoltes et des discordes intestines. Enfin, tous les malentendus cessèrent, la voix du peuple nomma tsar russe le fils du vertueux Filaret, Michel Théodorovitch Romanov, et, le 13 juillet 1613, ce jeune souverain, l'aïeul de Pierre le Grand, posa sur sa tête la couronne des Monomaques. Son pre-mier soin fut de confirmer le prince Pojarski dans sa charge de boyard conseiller, et de combler de faveurs tous ceux qui avaient pris part à la délivrance de la Russie. Zamiatnia-Opalev et Lessouta-Khrapounov se présentèrent aussi à la cour. Le premier faisait valoir ses droits au conseil des tsars; mais, lorsqu'il apprit que le simple boucher Kosma Minine avait été aussi nommé membre du conseil, il s'en retourna dans ses propriétés en répétant avec importance sa sentence préférée : « Heureux l'homme qui n'assiste pas aux conseils des impies! »

Lessouta-Khrapounov, en sa qualité de courtisan, supporta avec plus de patience cette atteinte aux préjugés de caste; mais, malgré toutes ses supplications, il ne put obtenir la faveur de remplir sa charge de premier officier de la garde-robe et de porter le mouchoir et les mitaines du tsar pendant la cérémonie du couronnement. Il oublia dès lors la sagesse et la prudence qui conviennent à tout vieil homme de cour, s'enfuit de l'appartement du tsar, s'enferma seul dans sa chambre, et après avoir proféré à voix basse de terribles imprécations contre le nouveau pouvoir, il s'en alla le lendemain chez lui, raconter à ses voisins des épisodes du regretté tsar Théodore Ivanovitch.

La trentième année du règne de Michel Théodorovitch Romanov était en cours. Sous la sage administration de ce souverain, la Russie avait réparé les malheurs passés, et les peuples de l'Europe occidentale commençaient à regarder avec inquié-tude ce colosse du Nord, auquel il manquait Pierre le Grand pour étonner le monde entier par sa puissance.

Un matin de printemps de cette année, la veille même de la fête de la sainte

Trinité, de nombreux pèlerins cheminaient sur la route de Rostov. Les citoyens de Moscou, les habitants des provinces du Sud et même ceux de l'heureuse « Petite-Russie » se hâtaient pour assister aux fêtes dans la cathédrale de la célèbre Lavra de Saint-Serge. Dans l'enceinte du monastère, au milieu des rangs pressés de la foule, circulaient les boyards russes avec leurs hauts bonnets; les visiteurs notables de Moscou, accompagnés de leurs femmes et de leurs enfants, allaient d'église en église, faisaient dire des messes, répandaient l'or et, par des dons princiers, augmentaient les richesses du trésor du monastère. Au milieu de cette foule de pèlerins empressés, se faisaient remarquer, autant par leurs vêtements que par leur allure insolente et martiale, les cosaques de l'Ukraine envoyés, avec de riches cadeaux, par le commandant des cosaques de la Petite-Russie. Leur chef, un homme de taille moyenne, en pleine vigueur encore, attirait sur lui plus que les autres l'attention générale. Il inspectait avec beaucoup d'intérêt les abords du monastère et montrait aux curieux qui le suivaient les emplacements autrefois occupés par les armées des pans polonais Sapieg et Lissovski.

« Ici, disait-il, les Polonais avaient creusé une mine; là-bas, dans ce ravin, Lissovski faillit tomber entre les mains des braves défenseurs du monastère. En face cette tour, le brave Seliava, qui s'était voué à une mort inévitable, mit à lui seul en pièces dix adversaires et succomba en rachetant de son propre sang la traîtrise de son frère passé aux Polonais. »

Parmi les curieux groupés autour de ce chef, se trouvait un jeune boyard qui paraissait écouter plus attentivement que les autres le récit du guerrier. Il le harcelait de questions, et lorsque le narrateur, entraîné par le souvenir de ses anciens exploits, passa du siège de la Trinité à la victoire remportée par le prince Pojarski sous les murs de Moscou sur l'hetman Khotkievitch, l'attention du jeune boyard redoubla, sa physionomie s'illumina, et dans ses yeux bleus, bouillants de bravoure et d'énergie, se lisait le regret et l'impatience d'un guerrier écoutant le récit d'une bataille célèbre à laquelle il n'avait pu prendre part.

Le serviteur du jeune boyard, un petit vieillard blanc comme un cygne, ne quittait pas lui aussi des yeux le conteur. Ce dernier, après avoir fait le tour du monastère, entra enfin au cimetière et commença à examiner les pierres tombales.

« Qui est enterré là? demanda-t-il à un moine qui passait.

— Boris Godounov! répondit tranquillement le moine.

— Godounov! répéta le chef en secouant la tête. Il ne se doutait pas, en inspectant son innombrable armée, qu'on élèverait sur sa tombe un monument si misérable. »

Accoudé sur une pierre, le chef cosaque continuait à considérer soucieusement le tombeau, sans remarquer que le serviteur aux cheveux blancs du jeune boyard s'était approché de lui et semblait le dévorer des yeux.

« Oui, s'écria tout à coup le vieillard. C'est lui!... Kircha ! »

Le chef cosaque frissonna, jeta un regard rapide sur le serviteur et lui demanda comment il le connaissait.

« Ce n'est pas la première fois que tu ne me remets pas, répondit le vieillard. — Quand tu m'as connu, j'étais jeune; maintenant c'est à peine si je peux me traîner, et, cher ami, je suis plutôt usé par les chagrins que par les années.

— Qui es-tu donc ?

— Alexis Bournach.

— Comment! le serviteur du boyard Miloslavski ?

— Et quoi, frère ? tu es incrédule ?

— Non, non, je commence à te reconnaître. Bonjour, mon cher ami! continua Kircha en embrassant joyeusement Alexis.

« Eh bien, mon vieux camarade, continua Kircha, comment vas-tu? Mais dis-moi, je t'en prie, qui est ce jeune boyard que tu accompagnes et qui m'interrogeait avec tant d'intérêt.

— Vladimir Jourivitch Miloslavski.

— Le fils de Jouri Dimitritch ?

— Oui, son fils.

— Eh bien, c'est un luron. Ainsi était son père dans sa jeunesse, — du sang et du lait. Que fait maintenant Jouri Dimitritch? Où est-il ? Se porte-t-il bien? Je pense qu'il a dû autant vieillir que toi. »

Alexis regarda tristement Kircha et ne dit mot.

A côté d'eux, un homme déchiffrait l'inscription d'une pierre tombale. Il disait à son fils :

« Tous les deux sont morts le même jour : ils ont dû bien s'aimer !

— Mais pourquoi gardes-tu le silence? s'écria le Zaporog. Tu n'as donc pas entendu? Je te demande où est maintenant Jouri Dimitritch. »

A ce moment, le fils de l'inconnu se pencha sur la pierre tombale et lut à voix basse :

« En l'an 1630, le 10 octobre, sont décédés le boyard Jouri Dimitritch Miloslavski et sa femme Anastassia. »

FIN

32775. — Tours, impr. Mame.

www.ingramcontent.com/pod-product-compliance
Lightning Source LLC
Chambersburg PA
CBHW051814020726
47502CB00005B/1461